视 点 文 丛

风骨随身

王兆军 著

中国青年出版社

目录

序言 ·· 1

我 想

被误解的话题 ·· 2
感谢春秋 ·· 10
商鞅的成功与王安石的失败 ···························· 13
轻商意识的出来与终结 ································ 24
说官商相食 ·· 31
质朴与奢侈之争 ······································ 35
王莽的教训 ·· 38
彼岸潮涌今方知 ······································ 41
老少博尔豪斯 ·· 48
市场之歌 ·· 50
读史八憾 ·· 56

我 感

太平时代说进取 ······································ 72
谏豪强书 ·· 78

论"与国际接轨"和"不搞西方那一套" …………… 82
庸吏之害甚于贪官 …………………………………… 86
中国文化的暗疮 ……………………………………… 90
文人从政之弊 ………………………………………… 99
必先诉诸正义然后道德 ……………………………… 103
瓦尔登湖之辩 ………………………………………… 106
夜行车上看《杂文》 ………………………………… 114
城市化是一把双刃剑 ………………………………… 118
讲史热的缺陷 ………………………………………… 128
论文化的同化力 ……………………………………… 130
人生需要借口 ………………………………………… 133
暗码与你擦肩而过 …………………………………… 136

我 观

14世纪欧洲风情画 …………………………………… 140
鲁迅是一种精神 ……………………………………… 152
笛卡儿与帕斯卡尔 …………………………………… 156
读苏东坡 ……………………………………………… 160
再读苏东坡 …………………………………………… 163
从浮世绘看历史的相似 ……………………………… 167
耶稣之死的经济原因 ………………………………… 170
俄罗斯双城记 ………………………………………… 173
纪念维克多·菲克先生 ……………………………… 186
陈汤的教训 …………………………………………… 189

序　言

退休以后,我才成为一个真正的读书人。

此时之读书,和在职时多有不同。以前,为了工作,经常要读些和职业有关的书,即使有时与自己的兴趣不合,也要硬啃,劳心劳力,真是勉为其难。退休后就不一样了,无关稻粱,便觉潇洒自由,可以只读自己喜欢的书。此时的读书容易陷入"为读书而读书"的状态,床头旁是书,茶几上是书,就连厕所里也放着书,读书主义了,也不好。

读书毕竟还是好处多:第一,读书能够满足人的求知欲,让你知道很多事情,解决认识不清的问题;第二,读书可以忘我,读书人一旦进入书里,便可忘却世事纷扰,仿佛游历着另一处境界;第三,读书并非完全被动,它能给人以启发,让原本模糊的、肤浅的、支离的想法得到突然的光照,浮想联翩,心情焕然,思想的快感油然而生,类似创造与发现。

肉体的快感是不言而喻的,美食让舌底生香,美景让人心驰神往,美声让人三月不知肉味,美女让人想入非非,前人之述备矣。今人早已扫荡了古人的优雅与羞涩,不再惮于描述肉体的快感,从《金瓶梅》到《查泰莱夫人的情人》,唤起了多少隐秘的叫床声,造就了多少难以评说的悲剧喜剧!近年得了数码照相和互联网的给力,视频作品大行其道,宣泄快感的天地更加广阔,绘形绘色,无所不用其极。

但是，思想的快感则较少有人描述。人类不同于其他动物的，主要在于理性精神，思想的快感几乎为人类所独有。思想的快感具有寻幽探秘的主动性，万事都想问个究竟，一旦有所发现，便如黑暗中看到光明，凄冷时发现火光；思想具有强大的逻辑能力，它让人见微知著，当思想的触角洞察某种隐秘，人就会喜形于色，仿佛发现了新的星系；思想具有强大的想象力，它让人摒弃身边的黑暗与脚下的丑陋，憧憬美好，渴望进步和文明，为未来提供蓝图；思想具有对比和概括的能力，不仅能见微知著，也能化腐朽为神奇，落后的东西无论怎样掩饰都不能遮蔽思想的阳光。思想是开发人类智慧的发动机，一切愚昧的、丑恶的、不人道的制度和习惯都会因思想而原形毕露，促进人们改变现状，拥抱美丽。思想是人类基本的欲望之一，我们必须满足它的要求。惟其如此，才能体会思想的美妙，才有资格说自己是人。即使身体为此忍受痛苦，也在所不惜。

思想的快感和其他种类的快感还有许多不同，比如，思想是无私的，辐射的，利他的。当思想的触角发现了一种美妙的东西，第一反应就是真切地记录下来，完成其构架，理清其脉络，阐述其意义，并尽快告诉别人，让人们和自己一起分享这种快乐。没有听说哪位思想家发现一种新理论而将之藏在箱子里。思想天生具有大公无私的品德。试想，当你获得一份美食的时候，你会首先想到分给别人吗？当你获得异性的爱情时，你会和别人一起分享吗？当你听见一阵天籁时，你首先会排除周围的纷扰安静地欣赏，至多事后告诉别人那声音多么美妙，绘形绘色，甚或作出曲子来与人分享。思想不同，它犹如一颗颗发光的恒星，它在形成的那一分钟里就划过苍穹，在赠与中获得强烈的快感。

思想的美感兼有写实与写意的成分，前者清晰具体，犹如阳光下坚实的道路，后者则苍茫辽阔，给人再发挥、再丰富、再创造的空间。当一个人发现了现实的美丑之所在并因此获得解救之法，或者，思想让你检讨了生活的得失因而获得教益，你会在片刻之间扫描人生全部，在电光石火中俯瞰过往与未来，豁然开朗，顿觉毫发毕现，柳暗花明。那一过程中的快感转瞬即逝，灵感的电火无法复收，只让你拍案击节。思想不仅拥抱逻辑和概念，那里还有朦胧的诗意，那趣味极其美妙，让你乐不思蜀,沉迷其中,其诱人之处远胜于美人和美食。思想的快感让人从深邃的潜意识里大快朵颐,这是上帝对思想家额外赠与的点心。

当一种思想诞生之时,你会因此而自豪,也值得自豪。你的最简单的一句话,足以让小说家用毕生的心血去描述,你的看似单调的推理可能让科学家节约500年的荒凉探索,你的寥寥数语可能结束数千年的谎言,让人们醍醐灌顶,茅塞顿开。思想的伟大在于从来不偏袒个人,它总是针对人类,普世价值才是真理的灯塔。试想,如果没有卢梭和《社会契约论》,没有约翰·密尔和《论自由》,没有马克思和《资本论》,没有孟德斯鸠和《论法的精神》,今天的社会是什么样子?试想,如果没有爱因斯坦和相对论,现在的科学是怎么个样子?从这个意义上说,思想几乎不该是人的禀赋,而应是神的天职。

思想之所以伟大,不单因为它能纵览过去,还在于它能作出预言,这看起来类似占卜,但绝不是巫术,近似打赌但和一般的赌博也不同。占卜是借助偶然,赌博是基于选择,思想则基于概念、资料和逻辑。思想之所以具有类似占卜的神秘性和赌博的快感,是因为思想必须通过该领域的最高端向人类发出警示和挑战,而最后揭秘的仅仅是实践。当一种思想横空出世时,人们往往视其为异端,人类需要几代人才能达至它的预设,其中多少悲剧和喜剧,思想家常常要挑战全人类的保守和平庸。正是这种挑战性,让思想具有伟大的张力,思想者因而获得近似神灵的感觉。目光如炬,声若洪钟,所向披靡,思想成为万灵之长的羽翼,帮助人类飞翔。思想,作为一切肉体感官的神,它当之无愧。

有人说,越是封闭的地方,人们越是乐于思想,而且想得更深邃更悠远。我以为不然。思想不是闭门思过,不是偶然机锋,不是钻牛角式的面壁参禅,思想需要凭借,这包括工具和材料。只有在拥有了这些可能之后,才能进入思辨的阶段。我不承认那种越是简陋憨直越能达至智慧的所谓顿悟。我的很多想法都是借助读书、调查、分析得到的。你可以说这是笨办法,但我觉得这办法比较可靠。读书开阔了我狭窄的视野,读书让我获得了参与思想的途径,还有先知先觉们的视角和方法,读书是思想的必备之物。如果问我死后希望得到怎样的评价,我说,称呼我读书人吧,那将是最高的奖赏。

我　　想

被误解的话题

回想从小受的教育,发现有若干历史问题被教科书弄拧了。

第一个问题——此前我一直以为上古三代尧、舜、禹(史称"三圣")之间的权力传递是禅让。爱好宣扬"礼"和"仁"的儒家子弟们为读者编造了一个美丽的童话,说我们的先人早在原始社会就那么谦恭礼让,对权力的认识极为彻底极为超脱,执政者从来没有什么私心杂念,交接权力时总是出于公心,没有丝毫的出于私利的留恋,表现出超乎寻常的智慧,温文尔雅,清澈透明,高风亮节,后世简直无法企及。

第二个问题——教科书给我一种误解,以为原始共产主义是非常美好的时代,而代之而起的奴隶制则是黑暗而残忍的制度。在很长的一段时间里,我总是想象,原始社会那时多么好啊!大家一起去打猎,弄来很多猎物,整个部族围着篝火烤肉吃,吃饱了就跳舞,唱歌,捉虱子。分配猎物都是按平均的原则,即使部落酋长也不能多吃多占,老人和孩子皆有所养,公平、公道而且公开,没有人舞弊作奸。奴隶制就不同了,奴隶主骄奢淫逸,花天酒地,生杀予夺,草菅人命,而可怜的奴隶们则像牛马一样终日劳作,连生命都没有保障,很多少男少女被作为殉葬品活生生埋到贵族的坟墓中,等等。

我本愚钝,到很晚才弄明白以上两个历史命题都是人为的误解。在这里，我要感谢所有正直而渊博的历史学家和文化大师，其中包括主持编写《中华文明史》的袁行霈、严文明等一批堪称优秀的学者。这套四卷本的皇皇巨著，让我对中国文明史有了比较明晰的认识。首先，我因此明白了三代间的权力传递并非一帆风顺，被教科书美化了的所谓禅让，其实充满了血腥的争斗。尧、舜、禹虽为圣贤，但他们照样无法摆脱人性的束缚和社会发展的必然。其次，原始社会并不如我从前想象的那么美好，相对于部落社会来说，奴隶制国家的出现是一次巨大的进步。从那时起，中华民族拥有了一个大国，而大国给我们带来了许多好处。任何部落从原始社会到奴隶制社会的过渡，都是一种划时代的进步，中国如此，世界亦如此。

可以说，人类只有迈过奴隶制社会，才算进入了文明的历史。此前的历史只是文明的上游，主要依靠人性的基本欲望维持着简陋的社会组织。此后，也就是从奴隶制开始，文明史才真正形成像样的江河，劳动、理性和审美开始联手，从而创造了辉煌的文明。历史教科书应当对原始社会的鄙陋给予描述，而对奴隶社会的历史贡献也应加以肯定，不能单从阶级斗争的角度看问题。

三代权力的传递，并非一帆风顺的禅让。

先说尧。《史记·五帝本纪》说：尧在授位于舜之前，曾经有传位于其子丹朱的想法。《孟子》曰："舜生于诸冯，迁于负夏，卒于鸣条，东夷之人也。"许多文献资料对舜都有描述，说他是一位伟大的贤人，对父母很孝顺，对人很宽容，且忠于爱情，贤达而浪漫。他死后，妻子娥皇和女英哭得死去活来，遍天下的竹子都带上了她们的眼泪，成为湘妃斑竹，等等。无疑，舜是一位贤人，当时的他确实拥有很高的社会威望。史书说，尧在移交权力的时候，曾经十分为难："授舜，则天下得其利而丹朱病；授丹朱，则天下病而丹朱得其利。"这里的"病"，就是受伤害的意思。尧因此而犹豫彷徨了一段时间，后来"终不以天下病而利一人，而卒授舜以天下"。从这段话看，尧是自觉地、主动地让位于贤人"舜"的，果如此，不愧为道德高尚且很有理性精神的圣人。

其实，这一描述并不完整。史书只是用"终"、"卒"记载了结果，省略了争斗的历史过程。据《孟子》的说法,舜早就看出尧想授位于其子的意思,起初他对此采取了贤人的姿态(实际上是观望),不争论,也不争夺,希望尧最终不会那样。后来,舜发现形势不对劲了,于是一改韬晦之计,主动出击,从尧的手里夺了最高权力。据《古本竹书纪年》记:"昔尧德衰,为舜所囚也",这句话再明白不过地说出当时的情景:舜认为尧的德行堕落了,不该让自己的儿子接班,于是就把尧抓起来了,尧成了舜的囚徒。"复掩塞丹朱,使不与相见",还把他的儿子藏起来(就是软禁),不让他们父子相见。这说明,那次权力继承其实是一次宫廷政变,为此,韩非子说舜是"人臣弑其君者"。

  这件事,在道德伦理的层面上,很难说谁对谁错。尧如果将权力私相授受,破坏了既定的规矩,当然不妥。舜在夺权过程中使用了武力,后人也有诟病者。今人只能从历史的层面上去认识这件上古之事。这件事说明了,当时的社会正处于转型时期,禅让制已经摇摇欲坠,但是世袭制的条件还不够成熟。

  有学者考证,50万年前周口店古人类可能是食人族。当时听了这话,我觉得很不舒服,我们中华民族历来是礼仪之邦,怎么说我等的祖先是吃人的魔王呢!后来弄清楚了,早期人群可能大都是食人族。这可以想象:那时的自然环境十分凶险,人类没有什么像样的工具,获取食物就靠赤手空拳,有时难免会弄不到吃的。除了自然灾害,还有四季的更替,冬天最是难以找到食物的。挨饿挨到性命难保时,人类会互相残杀,捉到的俘虏不会轻易放掉或埋葬,有可能当食物吃了。在没有俘虏可吃的时候,凭空抢掠附近的部落,也是不难想象的。所以,早期人类部落的战争多是为了争夺领地和食物,俘虏往往是难以保全性命的。这是人类史前文明的重要特点之一。

  什么时候开始不杀俘虏了呢?那就是,当一个人的生产价值超过自身所需时,人类开始不杀俘虏了。战争中逮到的俘虏,总要留下一些强壮的,让他们从事养殖和畜牧业,以创造剩余价值。由于农业的发展,人类有了粮食储存,俘虏成为新兴产业的劳动力,实际上这就是最初的奴隶——奴隶来自俘虏。从那时起,人类闻到了社会转型的香味儿。我们可以这样说,奴隶社会是从不杀俘虏开始的。这不能不说是一次伟大的进步。

　　随着生产力和生产方式的进步,权力的产生与交接,在这个时期也发生了改变。史前人类的首领就是带着大家找食物、找山洞、找水源的头人,跟狮群、狼群、猴群里的首领差不多。那时生产方式很落后,也没有什么像样的工具,首领之所以受到大家的敬畏,首先是因为他们比其他人更为雄健,更聪明,分配食物比较公道。那时的头人首先要身强力壮(因此享有更多的交配权),头脑灵活,遇事能想出办法,能带领大家找到食物,还能保护整个部落的安全,这些,就是当时的最高公德。羿射九日的故事,虽为神话,其实很可能是上古时代人类遇到的一次大旱灾的演义。后羿带领大家克服了困难,成为英雄,于是就有了很多女粉丝,其中有个美女叫嫦娥,嫁给了他。其实那时还谈不上嫁娶,部落首领就拥有这种特权。

　　后来,后羿堕落了,从英雄异化为暴君。他不仅占有许多异性,而且占有部落的所有财富,颐指气使,成为欺压部族的恶魔。为了延续他的特权,后羿想方设法弄到一种长生不老的灵丹。嫦娥意识到,那个恶魔的长寿意味着百姓要继续忍受痛苦(这是民间的声音),于是她盗取了丈夫的灵药,飞上了月球。今天的人们,每当看到月亮上那个万古寂寞的美女,往往产生许多感激与敬佩。西施、貂蝉、杨玉环、王昭君,都是王族权力的牺牲品,只有嫦娥,她代表了民众的呼声。

　　处于史前文明中的部落,其首领是大家共同推荐的,或者说,核心是在实践中自然形成的。那时的权力交接必然是让贤,必然是禅让。为什么这么说呢?因为,如果不是德智体全面发展的优秀人物,不可能在打猎中有所斩获,大家不会敬佩,他也就不可能成为首领。如果首领的儿子身体瘦弱,才智低下,怎么能得到人们的敬畏呢?即使首领想让儿子接班,不争气的儿子也不可能管理好整个部落。所以说,那时的制度必须是选贤任能,非如此不足以延续部落的生存。

　　可是,当人类有了物质财富的积累后,情况就不同了。即使首领的儿子才智较差,身体也不够强壮,只要他能控制部落里的财富——主要是食物——他就会有爪牙、谋士和美女,就可以操控权力,即使德行不怎么样,也可以领导一个部落走下去。上古时代,随着奴隶社会诸因素渐渐充实扩大,各部落的首领陆续开始建立世袭制的尝试。说到底就是,有了剩余财富,首领不肯把那么多好东西留给外人,即使那个外人拥有很高的声誉,也不行。

再说舜。舜的儿子叫商均,商均也很想得到王位,这不奇怪。可是,当时大禹已经是个了不起的人物,如同一座不可逾越的高山。舜有心传位给儿子,但大禹不肯。大禹是在实践中形成的核心,他不仅拥有很高的威望,还有一支强大的治水队伍。这支队伍劳苦功高,具有很强的战斗力,其中不乏像皋陶、有扈氏那样智勇双全的人物,而商均不过是个身无寸功的公子哥儿,没什么政治实力。结果,舜的私心没能实现,大禹接过了最高权力。这件事再次说明,当时的领袖对禅让制已经很头疼,很想搞世袭,但一时还搞不成。

一种制度的形成,往往来自实践的多次重复。大禹的传位一如先人尧舜,充满了残酷的斗争。禹本来有意安排东夷的首领皋陶接任他的职务,在当时说,这就是传统价值观的继续。《史记·夏本纪》:"皋陶于是敬禹之德,令民皆则禹。不如言,刑从之。"可见皋陶不仅是大禹的忠实信徒,也是一位酷吏。《左传·召公十四年》引《夏书》说:"皋陶之刑有昏、墨、贼、杀四种。"从痛打一顿到处以极刑,十分严酷。皋陶是中国历史上第一个奉行思想专制、设立言论罪的人。可惜这个被钦定为接班人的皋陶命不好,还没上台就一命呜呼了。皋陶到底是怎么死的,史无记载(也可能是暗杀)。于是,大禹便把位子让给了他的儿子启。皋陶的儿子伯益(有些地方写成伯翳)不服(怀疑其父受到秘密迫害),和启展开斗争,最终启接管了禹的权力。这是历史上的第一次世袭。世袭制度的产生,说明私有制已经从家庭层面达到社区、部落、国家的层面。原始社会的禅让制度彻底死亡,奴隶制社会开始了。

这次制度转型,并非一帆风顺。大禹之子启在与皋陶之子伯益的斗争中虽然建立了夏王朝,但东夷部落依然强大。由于当时各部落还习惯于禅让制,对大禹和启父子间的"私相授受",不服者甚多,东夷部落是这些反对者的首领。事实上,启的统治不久就被皋陶的儿子伯益所代替。伯益击溃了启,占据了都城,但他没有因而改朝换代,而是沿用了夏朝的名号——东夷不懂改变国号的政治好处。这就是历史上著名的"穷寒代夏"或"夷代夏政"。"夷代夏政"凡四十年,直到少康打败东夷后,这段历史才告结束。因乎此,孔子说"鲁不乱华"。

世袭制是一次伟大的政治创新,是一种了不起的社会进步。

奴隶制确定了私有财产的合法性,这是人类文明大进一步的重要阶梯。第一,向使中华民族还处于原始部落状态,大家吃饱了就去晒太阳,跳舞,性交,互相捉虱子,中国上古社会不可能实现大踏步地前进。第二,世袭制促进了社会政治学的形成,国家成为一个重要的崭新的概念,一个靠财富保障靠军队维持的行政体系出现了。第三,也是最重要的,个体的人具有了明确的劳动价值,生命受到了最基本的尊重,不再是抓到俘虏就杀,就活埋了。为了增加劳动力,就连沿袭多年的活人殉葬制度,到了夏代也有所改变,原先以活人陪葬的很多,后来逐步减少,直到取消。三代以后,很多地方用陶俑代替活人陪葬。第四,财富的积累产生了效率概念,生产工具大大改进,甚至出现了手工业和工业,比如采矿和冶炼。历史学家认为,山东一带在奴隶社会时期就已经实现了农业和手工业的分工,岳石文化——石器和金属工具并用时期——就代表了当时最先进的生产力。《墨子·耕柱》:"昔者夏后开,使蜚廉折金于山川,而陶铸之于昆吾。"可见当时不仅有矿山,也有专门的冶炼场所,濮阳、聊城一带在夏王朝时期就有很大的冶炼场。当时最重要的器物,一是鼎,一是兵器,前者用来区分尊卑贵贱,后者用来征服反对者。

这样就产生了第五点,奴隶制创造了伟大的文化。我们见到的许许多多的玉器、青铜器、甲骨文,几乎都是在奴隶制时期出现的,几乎看不到原始部落的此类遗存。为什么?原始社会没有剩余价值,人们吃都吃不饱,生命朝不保夕,还有什么闲心琢磨玉器!再说了,那时的人群在地位上也没有多少层次可分,除了首领,大家都差不多。奴隶社会就不同了,人有了三六九等,不分等级就很难管理,于是就有了礼仪、秩序和政治。可以说,没有奴隶制,就没有我们;如果有,也还是茹毛饮血的野人。从这个意义上说,成功进入奴隶制社会是中华民族历史上的一大进步。

夏、商、周三代,是中国奴隶制高歌猛进的时代,是当时世界上唯一能和尼罗河文明相媲美的东方文明。我们的祖先在3000多年前就创造了中华文化的第一次辉煌,让我们至今感叹不已。少康复国之后,原本散落在东方的东夷再没有出现少昊、皋陶、伯益那样的人物,也没有联合成为像样的势力。东夷与夏王朝之间时战时和。从蚩尤到后羿,东夷的祖先从来不乏英雄主义精神,但上古时代的东夷缺乏政治的先知先觉,生产力和生产关系落后于中原,在社会发生大转型的时期,他们理所当然地失败了。当然,从历史的长河看,哪个部落都没有失败,大家共同融入一个中华民族里,剩下的只是政治的得失和历史的遗训。

总结东夷的教训,我们可以发现很多值得汲取的教益,其中包括生产力发展的重要性、联合共存的好处,还有大国的意义。首先,出于对剩余财富和人力资源的追求,奴隶制国家有了关于疆域和幅员的意识。原始部落习惯于自我划定一个地盘,不准别的族群侵入,跟野兽撒尿圈定领地一样。奴隶制国家的政治意识加强了,国家的幅员不仅决定了军事安全的纵深,也关系到人力资源的多少,对国家的经济强弱起到至关重要的作用。东夷的失败,就是因为这一觉醒来得晚了。长期处于分裂状态,政治上不统一,蚩尤虽然神勇,但他没能对长期延续的旧制度进行改革并及时吸纳周围各部族共同组成一个大国,以至于被黄帝和炎帝的联军打败,蚩尤的失败,后羿的堕落,夷代夏政的短命,都不是偶然的。

其次,大国可以迅速推广科技成果,提高生产规模和效率,国力增长因此而加快。一个地方的先进技术,无论是农作物的品种选择还是兵器的制作,无论是耕作技术的改进还是畜牧养殖的新方式,无论是文字的发明还是艺术的创新,一旦在大国中推广开来,可以迅速产生规模效益。小国不行,即使有一点先进技术,推广的地域有限,效益总量的增加也比较慢,扩大再生产的能力比较弱。

最后,大国人才辈出,流动幅度大,涉及的地域也宽广,彼此可以相互借鉴相互交流,从而产生更多的创新。小国虽然也有人才,毕竟数量少,很难在多方面居于高端。小国视野狭窄,文化的多元碰撞较少,缺乏新因素的刺激,难以激发国人的思想活力,故步自封者多。加之当时部落之间战争频仍,壁垒森严,彼此很难沟通,大小国之间的差距也就越来越大。

大国的优势,即使在今天也还存在。联合国虽然实行一国一票制,但理事会几乎由大国组成,尤其是常任理事国。在国际事务中,大国和强国的分量比小国要重,虽然为小国所诟病,但现实难以改变。欧洲联合起来,欧盟的地位就比过去许多小国重要多了。如果现在你是一位小国公民,会更真切地体会到大国的自豪从何而来。我们应当感激祖先留给我们幅员如此辽阔的国家,要加倍珍惜自己的历史和文化,这可不是随意就能得到的。瑞士是小国,很美好,很富裕,但瑞士只有一个,大家不可能都做中立国;都中立了,也不见得和平。

小国以美好为目标,大国以强大为特色。用现代的话说,大国肩负着更多的责任。一个稳定的大国对推动生产力的发展,对于调动更多的社会元素进行变革,具有强大的能力。因此,保持国家的稳定和统一,是进行伟大变革的必需条件。从这一点看,上古时代中原的政治胜利是必然的,是代表了先进生产力和生产关系的。正因此,中原才得以形成巨大的吸引力,导致四方豪强纷纷朝中原凝聚,最终形成一个伟大的民族。从这方面说,我们应当感谢中原。中原犹如一座美丽的山峰,让四方景仰,这是历史的馈赠,其中政治的、文化的和思想的资源,至今仍有伟大而崇高的人文价值和实际利益。

中国历史上第一次社会转型持续时间最长,动荡最多,在出土的断编残简中,我们偶尔还能发现一些当年的血腥与残忍,但是支离破碎,挂一漏万,迷雾重重。今人需要珍惜的,主要是其中的教训:经济形态的转型促进了社会的进步;转型期是一个社会最富创新能力的时期;转型必须有一个与之相呼应的思想和文化体系,最好的转型是依赖生产力的发展而产生的渐变。没有以上条件,即使力大如神能射下九个太阳来,也不能单凭一己之力而取得社会转型的胜利。

感谢春秋

春秋,是中国历史上思想大解放的时期,百家争鸣,蔚为大观。它正好与欧洲的希腊时代相一致,东西方的思想巨子们各领风骚,盛况空前。当时希腊出现了苏格拉底、柏拉图、亚里士多德等伟大的思想家,中国则涌现出堪称伟大的诸子百家。诸子百家主要在山东,所以世界上有个说法:山东是中国的希腊。

2000多年前的百家争鸣来自那个时代的文化积累,思想的标新立异展现了上古以来中华民族灿烂的智慧,光芒万丈,异彩纷呈。当时,儒家的仁恕和礼乐,道家的天人合一,孟子批杨朱,荀子排老庄,同出一辙的学派也可能针锋相对,上演了一出壮丽的思想史大剧。墨家作为儒家的对立物出现,对孔子多有批评,而孟子和荀子则把墨家看成主要论敌,批驳对方也是声色俱厉,毫不留情。庄子另辟蹊径,以无用无为之道直抒胸臆,鞭挞儒法,扫荡名墨,纵论百家之长短,大有唯我独尊的气概。韩非代表的法家对各家都有尖锐的批评,大有扫除异己,并吞八荒之气势。法家的思想甚至为秦始皇的焚书坑儒提供了理论根据。

中华民族自上古以降所积蓄的营养,到春秋时期实现了第一次总萌发,思想的光辉照耀华夏,简直铺天盖地。纵观诸子百家,各自都有独到之处,每一家都有千古矗立的人物,都有堪称经典的大作。其论述之精湛,语言之生动,学问之丰厚,让我们至今不敢妄言超越!稍微浏览前贤的大作,就能想象当年的情景是何等壮观!各种思想流派,各种代表人物,纷纷张扬学说。一位先生教出许多不同的学派,老师可以批评学生,学生也可以批判老师,如荀子和墨子。谁都可以随时到一个国家效劳,并随时可以离开。道不同,吾将乘桴浮于海,浩气万丈,牛得很!他们有时小聚会,有时大辩论,谈吐潇洒,绝无东张西望。他们都那么真诚,或慷慨陈词,或循循善诱,各持己见,没有含糊与暧昧,没有虚情与假意,没有廉价的恭维和明哲保身。为了让自己的学说畅行天下,他们有时争论于帝王面前,或针锋相对讲台席间,没有贼眉鼠眼,没有暧昧矫情。每个人都怀璧自重,谁都不喜欢借着托儿吹捧,也没有炒作的恶习。他们都是学富五车的人物,即使是敌人也不敢轻视对方,如同江湖上好手相遇。看他们引经据典、口若悬河、舌如利刃的样子,不要说言之有物,单从语言和口才看,也让后代子孙叹为观止。我们的祖先当时是多么的透明,多么的率意,多么的渊博,没有八股腔调,书写历史简明扼要,不玩藏掖,发表见解幽默风趣,论述观点说理清楚,批驳对方逻辑严密,那些鲜活的概念和比喻,足以让后代如我者自愧弗如。那些富有哲理的寓言,那些随手拈来的典故,一个个都是祖先馈赠给中华民族的精品,让我们至今享用不尽。春秋啊春秋,那个时代让我们老觉得愧对祖宗!

中华母亲走过漫长的青春期,她的乳房到那时才真正饱满起来,思想的乳汁四溅喷射,说明一个新时代的分娩即将成为现实。凡是喝过这一乳汁的,一下子就成了中国人。没有喝过这一乳汁的,很难了解中国文化的根系和源泉。一切都从那个时代过来,如同大马哈鱼的产卵地,前辈的归天之地就是新生儿的诞生之所,祖宗的祭坛上草木葳蕤,旗帜飘扬。文化精神领域的像样的大树几乎都是在那时种下,每一棵都枝叶繁茂,各种各样的鸟儿在上面歌唱,子孙后代在那里乘凉,生发着各种各样的花朵和果实。三千个春夏秋冬,冻死了多少生灵,烂掉了多少腐败,许许多多的虚妄都被大风吹到爪哇国去了,锈蚀的箭镞和腐败的血肉掩埋地下,勇士和叛徒的尸体同样模糊,如今都成为我们考古的好资料。但是,只有一种东西没有死亡,那就是祖先们留给我们的丰富多彩、摇曳多姿、雄浑博大的思想体系。多少英雄豪杰试图挑战它，积豚置鼎者有之，投鞭断流者有之，付之一炬者有之，束之高阁者有之，如今安在哉？远古的大路上，历史的骆驼姗姗而来，脚步不紧不慢，什么都不屑一顾，行囊中只有思想的宝剑不肯丢弃，这是保护一个伟大民族的通灵宝玉。这真叫人感叹啊：历史如此偏爱思想，以至于叫人恐惧，担心人类将来有一天会被思想的行囊压垮！

历史的实践证明，中华民族不但不会被祖先的行囊压垮，还不断地丰富着我们的思想和文化宝库，后人并不逊色。汉代独尊儒术，孔孟之道长成了参天大树，巍然屹立于庙堂之上，星光照耀江湖与民间。道家学说几度兴旺，至今仍是圭臬，不仅用于个人的修身养性，也鼓励人们追寻天地大道，创造天人合一的生存境界。后来又有心学、玄学、阴阳等许多学派，诸如此类，进一步丰富了中国文化的宝库。中华民族因为精神上底气充盈，敢于在文化上敞开胸怀，先是吸纳了佛教文化和伊斯兰文化。佛教方面，我们不仅发展了大乘小乘，还创造了禅宗，在整个亚洲影响至深。伊斯兰文化包含的和平精神、科学技术、经营理念和管理方略，充实了中国文化的部分空缺，这一贡献似乎尚未得到充分的认识。中华民族之最辉煌的精神在于仁厚与好学，前者让我们胸怀开阔，后者让我们智慧无穷。正是因为自信与好学，国人接受了马克思主义，社会主义自20世纪初进入中国，成为挽救民族颓势、对抗列强侵扰的强大武器。近30年来，又有改革和开放，不仅吸收了许多西方思想，也创造了一些新说法，等等。

感谢春秋，我们的祖先老早就给我们树立了高耸入云的标杆，让我们后人不敢妄自菲薄。积数千年之瑰宝，我们终于拥有了对付各种局面的思想武器。纵览中华民族的文化库存，如果不是直接源自春秋的根系，至少也能从方法论上找到上古的脉络。每当阅读精神文化类著作时，都会让我想到春秋时代的辉煌，想到光芒四射的诸子百家。虽然我未曾将之作为高不可攀的巅峰，但委实经常为此感到自豪。我爱中国文化，很大的一个缘由是爱春秋！

商鞅的成功与王安石的失败

按照通常的说法,人类社会经过了原始社会、奴隶制社会、封建社会三个主要阶段,有些国家(如欧美和日本等)现处于资本主义阶段,我国则处于社会主义的初级阶段。社会形态之间的过渡,通常被称为转型。转型是否成功依赖于旧的社会母体是否已经成功孕育了新社会形态所必要的诸因素,而不是出于个人的一相情愿。

夏、商、周三代,是奴隶制社会的辉煌时期。到东周,也就是春秋时期,这一制度已经处于摇摇欲坠的状态,新的生产力呼唤新的社会形态。当是时,商鞅变法帮助秦国首先从旧制度破茧脱生,从而完成了历史上那次伟大的转型。

奴隶制是怎样走向破灭的呢?

汗牛充栋的典籍,壮丽巍峨的宫殿,精美绝伦的石器玉器,深邃的陵墓和豪华的陪葬,磅礴大气的青铜器(酒器、乐器和祭器),烦琐完备的礼仪和灿烂绚丽的石刻与文字,让今人对三代奴隶制文化景仰仰止。三代文化的美感,恰恰反映了当时奴隶这个社会主体的精神气概:刚毅、质朴、雄奇、沉郁。在我们阅读三代文物时,总觉得这些蔚然大观中蕴藏着一种静默之气,内含着奴隶们的沉重悲伤。在那个社会里,千百万奴隶的劳动都是没有代价、无须任何支付的。因为是无偿劳动,所以可以用许多人的一生去打造一件微小的玉器;奴隶形同牛马,奴隶主不惜用几万甚至几十万人花费几十年的时间修筑一座陵墓;奴隶是一个沉默的人群,奴隶主可以让数千人从千里之外搬运古木用作宫殿的栋梁。用千百万人的劳动累积为一个时代的标志物,能不壮丽吗?奴隶制所体现的文化,其根本的美感就是由此而生。今人不可能复制当年的文化标志物,根本的原因是谁都无法得到那么大量的无偿劳动。古今中外,只要某个群体的劳动是无须支付的或者过于廉价,就一定会产生某些只能用伟大、壮丽、叹为观止之类词语才能形容的庞然大物,长城如此,金字塔也是如此。

  美感往往和丑陋并存一体。奴隶制文化虽然得到巨大的历史性成功,但是奴隶制也将因此被毁灭。大量的奴隶不堪忍受虐待,纷纷逃亡,恰值当时中央政权已经被诸侯国所分割,各国都以新条件吸纳流亡者,比如给予少量土地,这就渐渐形成了自耕农。可以说,这一让步改变了奴隶阶层的生活方式和生产方式,同时孕育了一个进步的社会形态,奴隶制因此日渐瓦解,最终让奴隶成为那个社会的掘墓人。这个道理已经被经济学家和历史学家说得很明白了:因为得不到像样的待遇,奴隶的劳动不仅效率低下,而且不断出现反抗,后来出现的稍为聪明的奴隶主不再坚持全无偿劳动制,而是把土地分成许多小块,奴隶们只要把公田种好,其他收获归于自己,这就是历史上的井田制——一种区别于产品全部收集制的农业赋税制度萌芽了。不仅如此,手工业方面也出现了类似的情况,工匠只要完成贵族王室交给的任务,其他产品可以自己拥有,并且可以出售——商业萌芽了。这种变化陆续在春秋各国出现,奴隶社会的终结为期不远了。

  春秋时期的社会变革,还依赖了百家争鸣所孕育的思想成就。思想和文化的进步为社会变革的婴儿提供了丰富的羊水,而战国时代的变法则是分娩时的阵痛。真正将这个辉煌的婴儿接生下来的,则是秦。为了完成这次从妊娠到分娩的过程,秦采取的措施是:强大而持续的政治支持,坚定而无情的行政法律,国家间的强力征服和排除异己的文化集权。锐意革新的几代秦王,无不拥有一言九鼎的威严和生杀予夺的大权,那是一个不容许人们自由喘息的时期,任何力量都无法对抗或延缓秦国的步伐,正如助产士不断催促临产的孕妇"push"、"push"、"push"!历史基本上是瓜熟蒂落的事,犹如十月怀胎一朝分娩——这也是渐变的优势所在。

即便如此,人的努力依然不可忽视。秦的转型成功,在于变法。《史记·秦本纪》记:"三年,卫鞅说孝公变法修刑,内务耕稼,外劝战死之赏罚,孝公善之。甘龙、杜挚等弗然,相与争之。卒用鞅法,百姓苦之。居三年,百姓便之。乃拜鞅为左庶长。"这段话告诉我们,即使是一种进步的创新,老百姓也不见得马上就能看到好处,变革的成果需要一定的时间去展现。一只手飞速掠过火焰,可能烧不掉一根毫毛,秦国变法的效果三年之后才看出来。向使不变法,秦国无以强大。当时甘龙等人敢于反对变法,不仅政治上有贵族集团的支持,思想上还有儒墨老庄的影响,经济上有奴隶社会延续下来的陈规陋习和贡献制度,这给予保守派以强大的依托,变法者面临着空前未有的难题:如果三年后仍然没有好效果,怎么办?

秦国的成功就在于坚持改革,变法没有中断,也没有回头。那不是一代人的坚持,而是六代秦王的持续不懈的努力。从秦穆公到秦始皇,多少故事,多少变乱!合纵者有之,连横者有之,巧舌如簧,纵横捭阖,各种各样的论调,随时出现的干扰,说客、食客、政客穿梭其间,口若悬河,舌如利刃,朝云暮雨。拥兵自重者则挟天子以令诸侯,稍受刺激便兵戎相见,战争的烟火笼罩大地,秦王朝犹如一虎对群牛,形势不可谓不严峻。但是,所有这些都没能改变秦王的进取之心。秦先以商鞅为相,大刀阔斧进行革新,后以李斯为相,汇天下之才,兴利除弊,灭六国、遣逸民,置贵族的哀号于不顾,摧枯拉朽,矢志不渝。刺客偷袭,匕首藏于鱼腹,壮士挺椎,多少次机关暗算,都不曾动摇秦王除旧布新的意志。六国之中,何曾有一人如此,何曾有一国如此!

秦国的改革是在血与火的洗礼中完成的,改革成果是在大智大勇的实践中实现的,其中不乏残酷与冷血。如果没有19年的坚持,改革的成果就不会凸现;如果改革半途而废,历史将在噩梦中持续许多年,甚至倒退。进一步说,如果秦国当时稍微控制政治变革的激进步伐,在改革中更多注意到民众的承受力,拿出一定的时间消化那些得之不易的成果,从而度过改革的阵痛期,陈胜、吴广将消声于草莽之中,刘邦、项羽将沉寂于栋梁之下,秦帝国很可能走向稳定并继续强大。若其然,中国将是什么样子?谁能说得清?

事实上,秦国的变法经历过许多波折。秦孝公死后,他的儿子秦惠文君上台,当年就把商鞅杀了。为什么?因为"鞅之初,为秦施法,法不行,太子犯禁,鞅曰:法制不行自于贵戚,君必欲行法,先于太子。太子不可鲸,鲸其傅师。于是法大用,秦人治"。由此可见,商鞅推行变法是多么坚决,对秦国是多么忠诚!为了变法成功,他甚至连皇帝的儿子都不放过!可是,"及孝公卒,太子立,宗室多怨鞅,鞅亡,因以为反,而卒车裂以殉国"。一位伟大的改革家就这样惨遭车裂,何等悲壮!这件事,表面看去好像是秦太子记私仇,实际上是那些被新法限制了利益的宗室贵戚的反扑。当历史被无情追究时,我们看到,任何制度的改变都不可能是绝对彻底的!

秦的成功标志着奴隶制社会向封建社会转型的完成。这一胜利的内在因素,还在于经济形态的改变和生产力的提高。秦从前,奴隶都是被强迫劳动的,生产效率不高。由于奴隶不享有普通人的权利,一不小心看管,就会逃跑,甚至集体造反。后来有人针对这种现象提出了创新的措施:给他们土地,让他们到时缴纳赋税,奴隶因此获得了较大的自由,努力从事生产,不再逃跑了。贵族和王室的财政收入不但没有减少,反而大为增加。这一创新,造就了一个新阶级——自耕农。自耕农不需要强制管理,制度本身让他们具有了生产的积极性,社会经济总量大大增加。以秦国为榜样,六国陆续推行这一崭新的生产形式,由产品收集制转变为赋税形式,管理成本大大降低。这种变化最终导致了中央集权和郡县制——官员负责管理土地、收取赋税,贵族的利益因此受到限制,中央政府更加强大了。这种形式被历史学家称为"亚细亚生产方式"。于是,封建制度在铺天盖地的自耕农的基础上建立起来,并且持续了两千多年。

作为一种社会历史形态,封建社会比奴隶社会进步多了。只要看一看两千多年来中华民族取得的那些伟大而辉煌的成就就可以知道,封建社会曾经是一个多么灿烂、多么进取、多么蓬勃的阶段。这一历史大进步,是生产力的推进造成的,经济形态起了决定性的作用。有人问,既然当时自耕农已经普遍形成,为什么秦国成功了,其他六国却失败了?

战国七雄当时都程度不同地建立了自耕农制度,但秦国实施得最彻底,其他六国则时断时续,也不普及。读一读《论语》,还能看到当年鲁国季氏兄弟的横征暴敛——对自耕农的过分剥削,终于造成了鲁国的衰落,而当年齐国的一度称霸,正是和自耕农制度推行较早有关。秦的兴旺与六国的衰亡,给后人提出了弥足珍贵的警示:变法的政治资源来自民众,经济形态的转变是最基本的转变,政权的稳定是变革继续进行的保障,等等。无论从政治上还是从文化上看,秦国的变法都给后世留下了丰厚的遗产,商鞅和秦始皇都是伟大的先驱。如果说奴隶制的完成让我们形成了一个伟大的中华民族和一个民族国家,创造了举世无双的奴隶制文化,那么奴隶制向封建社会的转型成功不仅让我们拥有了辽阔的国家版图,还有一整套封建制度,包括郡县制、车同轨、书同文、统一度量衡等一系列划时代的政治和文化成果。作为历史的继承者,我们不可能拥有经历者的切肤之痛,也没有操刀解牛的豪情挥洒。作为观赏者和后继人,我们为先人的痛快淋漓而自豪,他们慷慨雄奇,质朴刚毅,气象万千,让人叹为观止!

秦国是奴隶社会向封建社会转型的成功范例,而王安石变法的失败说明,社会形态不可能在勉为其难的状态下完成更新。

经过唐代的发蒙和宋代的发挥,中国的工商业得到一定程度的发展,科技的发明,手工业的兴隆,商人队伍的壮大,一度形成云蒸霞蔚的景象,社会因此具备了某些转型的因素。但是,我一直不能承认这样的结论:宋代社会已经具备了完整的资本主义的因素,一个新型的体制呼之欲出,王安石变法是一次社会转型的实验,等等。我认为,当时的资本主义因素还没有得到充分生长,没有相应的生产方式,没有强大的市民阶层,也没有形成相应的文化艺术,尤其缺乏新制度的旗帜——新思想。如果说有一点资本主义的因素,也只是纤弱的萌芽。打个比喻说,那只是个乳臭已干乳牙未退的孩童，这样的孩子没有承担自主婚姻和家庭责任的能力，让"处于萌芽状态"的小东西去完成社会转型的严峻课题，只能是史学家的一相情愿。

客观地说，王安石变法只是对封建制度的一次粗糙的修补。认识王安石变法的教训，对今人和后人是有启迪意义的。如果那次变法还不能归结到社会转型的实验，至少，那是一次资本主义因素的浪漫萌动，如同青少年的遗精。这次萌动不是商业文化的自觉的兴奋，而是附着在封建体制肉体上的梦幻。只要稍微注意一下王安石变法的前后过程，就能得出这样的结论。

王安石变法的目的是一个王朝的富国强兵。王安石变法是自上而下地推动，而不是新兴阶级（初级商人和不完全的市民）对自身利益的政治诉求。这次变法中没有系统性的新思想作为指导。宋朝的工商业虽然一度繁荣，但从整体看，既没有关于资本的理论，也没有商业文化精神和全国性的市场体系，更没有支配权社会的金融体系和强大的海外贸易，就连工商业者本身，也还没有形成像样的政治自觉和利益要求。这种局限性极大的变法，只能是一种"过家家"似的游戏，不可能具有社会转型的意义。

宋朝中后期，财政拮据，朝廷贫弱，除了应付一般官员的俸禄，国库中没有多少余钱可用。用现在的话说，就是工资财政。面对北部金王朝咄咄逼人的攻势，国家没有余力整饬军队，甚至连地方治安都无力维护。具体难题，第一，大地主控制了大部分土地，残酷盘剥农民，大量自耕农沦为完全的佃农。地主豪强与政府勾结，税收无法足额完成。遇到灾荒，农民流离失所，增加了社会不稳定因素。稍有变动，脆弱的社会就要发出无法承受的呻吟。第二，商人的势力畸形发展，常常处于难以控制的状态。他们可以随意哄抬城市的物价，也可以随意打压，大商人囤积货物，低时买进，高时抛售，彼此呼应，敲诈市场，官员和商会彼此勾连，沉瀣一气。在漕运、手工业、铸铁等许多方面，商人控制了市场，国家无法有效实行管制和调节。第三，由于财政不足，又失于训练，军队战斗力很差，各地军队冒领军饷的现象相当严重。第四，农田水利破坏严重，多年失修，旱涝灾害连年发生。第五，科举制度存在很多弊端，很多书呆子、伪君子、庸吏、恶霸、奸商,借科举进入政府,削弱了行政能力,败坏了社会风气等。

这种现状迫使统治者进行必要的变革,同时也给变革出了巨大的难题。1067年正月,宋神宗即位,立志革新。熙宁元年(1068),皇帝召王安石入京,具体筹划变法立制,旨在富国强兵,改变宋王朝积贫积弱的现状。熙宁二年,变法开始,其主要内容为:颁布农田水利法。条约奖励各地开垦荒田,兴修水利,修筑堤防圩岸,由受益人按户等高下出资兴修。在王安石的倡导下,一时形成"四方争言农田水利"的热潮。北方在治理黄河、漳河的同时,还在几道河渠的沿岸淤灌大批淤田,使贫瘠的土壤变成了良田。保甲法,熙宁三年颁行,主要是加强社会治安;方田均税法,熙宁五年颁行,以限制官僚地主兼并土地、隐瞒田产和人口;青苗法,目的是确保国家储备粮食;均输法和市易法,目的是夺取富商大贾的部分利益,减轻纳税户的额外负担,增加朝廷的财政收入;将兵法,自熙宁七年始行,旨在提高军队的战斗力。另外,王安石等变法派还改革了科举制,整顿了各级学校等。王安石变法前后将近15年。在此期间,每项新法在推行后基本上收到了预期效果,豪强兼并和高利贷者的活动受到一些限制,中上级官员和皇室的特权受到一定的限制,乡村上户地主和下户自耕农减轻了部分差役和赋税负担,国家加强了对直接生产者的统治,增加了财政收入。

但是,各项新法或多或少地触犯了中上级官员、皇室、豪强、高利贷者的利益,最终被罢废。王安石变法之所以失败,归结起来,有如下几个原因。

第一,政治资源不足。变法就是改革旧体制,说到底,是社会利益的再分配。实行变法,必然会触犯一部分人的利益,即使是理性上不反对变法的人,一旦自己的利益被触及,也会不高兴,甚至改变初衷,转而支持反对派。当时的大官僚、大地主、大商人在各级政府中都有代言人,这些人本身就是大庄园主,他们的日常收益主要不是靠朝廷的俸禄而是来自土地租赁、手工业作坊、当铺和商铺,甚至还入股漕运、盐业、冶炼等。新法限制了这些人的利益,他们当然会拼命反对。事实上,当时宋王朝的宫廷里,从大臣到内侍,几乎都有私下经营的资产。

有人会问,商鞅变法也触及贵族的利益,但是成功了,为什么宋代的变法失败了呢?商鞅变法不同,他获得了秦始皇的一以贯之的强力支持。在封建社会,这种支持至关重要。可是王安石变法就不一样了,宋神宗不具备一言九鼎的力量。皇后、太后、大臣,都有不同的声音。由于皇帝本人不具备至高无上、不容置喙的权威,王安石的变法从一开始就缺少把握。这既是体制的问题,也是政治资源问题。王安石高估了自己的热情和皇帝一人一时的力量,一旦遇到麻烦,只能是败北。

第二,是执行力问题。王安石的新法对增加国库收入、减轻百姓负担确有好处,但是良好的动机未必有好的效果。政策再好,如果各级官员在执行中给你走了样,七折八扣,掺糠使水,搭车敛财,政策也就变了味。比如青苗法,该法是针对豪强兼并之家利用农民青黄不接之时放高利贷而制定的,法令规定以常平、广惠各仓储存的钱谷为资本,夏秋之时按户等以不等的数额贷给农户,利息在二分到三分,夏秋收成后随两税一起缴纳,其目的自然在救农户之急以抑兼并,而不是为公家取利。实际效果如何呢?欧阳修有一段评论:"夏粮钱于春中俵散,尤是青黄不接之时,尚有可说;秋料于五月俵散,正是蚕麦成熟,人户不乏之时,何名济阙?直是放债取利耳。"可谓一针见血。青苗法在执行中问题也不少,如法令规定不许强制,实际上大多强行抑配,就连王安石自己也承认:"抑配诚恐有之。"

均输、市易法强调对商业贸易实施国家垄断,"尽笼诸路杂货,渔夺商人毫末之利",而且市易法还垄断了货源,"凡商旅所有,必卖于市易"。结果造成"卖梳朴则梳朴贵,卖脂麻则脂麻贵"的局面。尽管王安石声称推行市易法的目的是"通有无,权贵贱,以平物价,所以抑兼并也",但实际结果却是"官中自为兼并","商贾为之不行……而上下均受其弊"。市易法之弊,连最初倡行市易法的魏泽宗都"愤惋自陈,以谓市易主者摧固掊克,皆不如初议,都邑之人不胜其怨"。加之执行变法的官员片面追求所谓政绩,力图通过市易获取更多收入,多有强买强卖的,更令市易法之弊害民不浅。王安石十分信任的吕嘉问提举市易司,收买货物不按立法规定,"务多收息以干赏,凡商旅所有必卖于市易,或非市肆所无,必买于市易。而本务率皆贱买贵卖,重入轻出,广收赢余"。在吕嘉问手中,市易法完全成了"官府而为兼并之事"的工具。

第三,一次改得太多。社会改革是牵一发而动全身的系统工程,很多政策彼此相关,有时会因一个细节而搞得全盘被动。国家积弊甚多,需分轻重缓急,或先易后难,或逐步剥离,或中间开花,或毛细渗透,以期在相对平稳的状态下度过各个瓶颈。这里不仅要有精细的设计,还要有耐心,企图一口吃成个胖子,必将遇到麻烦。比如说,国家储备的财粮本来是用于战备的,可是长期叵积会造成粮草腐烂,不进入市场循环,又缺乏管理,势必构成浪费,这就有违富国强兵之本意了。变法对军队的影响也不好。元丰三年,政府派员检查各路行将兵法的情况,发现"河北十二将军马多不应格",江南东路、淮南东路的将兵武艺生疏,不依原法结队,逐队呼名不相照应。保甲法的推行则增加了百姓负担,防盗的事普遍没有做好,很多地方的保丁常聚为盗贼,"官军追讨,经历岁月,终不能制"。宋朝对辽和西夏的弱势地位因此未能改观。熙宁七年,宋辽重定边界,宋弃地七百里于辽。对西夏作战,先小胜而后大败,所得不过米脂等六城,而灵州、永乐两役,死去官军、义保、熟羌60余万。可以说,这是对强兵的极大讽刺。

第四,主事者不善于沟通。假如王安石能开诚布公地与韩琦、富弼、范纯仁、司马光、文彦博这些当年的改革者作倾心之谈,以国之根本利益打动他们,这些名臣中的大多数不会抱残守缺,坚持腐朽之见或仅以利己之心论国事。他们毕竟不是贪赃枉法、利禄熏心的昏官庸吏。王安石在建立改革的统一战线方面失之褊狭,以至树敌过多。假如王安石在用人上听其言而观其行,坚持用人唯贤的路线而不是党同伐异,至少新法在实行过程中不会变味走样而成为某些人打着变法之名营私舞弊、中饱私囊的工具。

第五,用人不当。名臣们一致反对王安石变法,很大程度在于他的用人不当——他任用的人多为名臣所不齿、君子不屑为伍之辈。不久,舆论上发生了倾斜,危及变法本身。王安石在变法中走的是一条党同伐异的干部路线,只要拥护新法,即便是口头上拥护,不管其人品怎样,节操如何,是否有实际工作经验,是否充分理解变法的终极目标并能切实执行之,都是他重用的对象。事实证明,他用的那些人大多是政治投机分子,是一些借改革之机飞黄腾达的小人。曾布是王安石推介为主管变法的司农寺的少卿,也是青苗、市易诸法的参与制定者,在神宗对变法有所动摇时,曾布即与另一个市易法的倡议人魏继宗联手大肆攻讦王安石的另一得力助手吕嘉问。只此一点,就可见曾布、魏继宗人品之一斑。首倡差役诸法的前三司使韩绛(王安石罢相后继为宰相而继续推行新法者)与王安石得力助手吕惠卿多有不和。王安石复相后,韩绛又因市易司的用人问题与王安石意见相左,自请辞职外任知州。王安石荐用吕嘉问掌管市易司,又为吕惠卿所不满,双方时有芥蒂,为王安石子王雱所知,雱仅指示御史中丞邓绾上书弹劾吕惠卿在华亭县借富民家财置田产,由县吏收租,"交接贪污",致使吕惠卿罢政,牵连同人章惇,使王安石又失两大臂膀。这样一个临时拼凑的、貌合神离的变法集团,个人品行又不好,以至授人以柄,怎能不让王安石内外交困?再如,接任王安石宰相的枢密使吴充是王安石的儿女亲家,却不能"心许变法",率先改弦易辙。王安石的弟弟王安国竟然与前宰相富弼的女婿冯京联合支持朝廷言官郑侠上书皇帝,攻击吕惠卿"朋党奸邪"。在外有强大政敌内部离心离德的情况下,独木难支的王安石只有息政。至此,新法已经成了蔡京六贼(另五位是高俅、童贯、王黼、朱缅、李彦)揽财害民的工具,天下纷扰,民不聊生,内忧外患纷至沓来,宋江、方腊起义在内,金人入侵在外,各种非议都加在新法头上,致使王安石多少年来一直蒙受着历史的不白之冤!

第六,缺少与改革相配套的文化。从唐到宋,中国在经济、科技方面虽然大有发展,但文化精神方面却在走下坡路。唐人的胸怀万物、傲视群雄、一往无前的精神气概似乎随着唐宗宋祖的辞世而消失殆尽,后来兴起的佛教、道教,还有被人奉为圭臬的程朱理学,陆九渊的心性说,一直都在讲述个人的所谓道德和修养,没有什么经世致用的东西,也缺少春秋时代那种百家争鸣的气象。在这种氛围里,一边是腐败、积弱、苦难、起义与杀伐,一边是民族的危机和朝廷的畏怯,而知识分子们却在无休止地阐述儒、佛、道的微言大义、阴阳五行、天人合一、顿悟、机锋等。至变法时,中国封建制度已经丧失了年轻时代的进取精神,整个社会处于苍白文弱的状态,畏怯而且保守,如同地窖里的红薯芽子。在这连绵阴雨般的文化环境中,王安石变法犹如一阵风,虽然清新但没有后劲——既没有思想界的助威也没有社会精神的支撑,这样的变法不可能成功。

就当时大宋的财力、人力、国力说,完全有能力打败落后民族的入侵,可宋代统治者多是科举选拔上来的书生,他们接受的是苍白的儒学,缺少那种"不教胡马度阴山"的激情,缺少"虽千万人吾往矣"的气概,缺少"虽远必诛"的大丈夫气概,也缺少持之以恒、锐意进取、具有实践经验的官员——体制和文化都出了问题!年迈的母亲已经喂养我们数千年,本不应在她早已干瘪的奶头上继续咂摸了,可是不孝子孙们直到13世纪还为之涂脂抹粉、希望她继续生育!我们的祖先注定要栽跟头了。

没有精神支撑的巨人倒下来,比侏儒更悲惨!

总而言之,王安石主导的这次变法基本上不具备社会转型的意义。中国封建社会的母体里还没有形成资本主义的卵子,变法只能是一次懵懂的春梦,如同少女的初潮。更确切地说,它只是封建大殿的一次不成功的修补,一次没有准备好的盛大宴会。从秦到宋,中国历史上的两次相隔千年的变法,一成一败,叫人想到"水到渠成"的古训。任何英雄豪杰都不可能对社会拔苗助长——凭空挖条沟,没有充足的水势,也只是不伦不类的摆设。

轻商意识的由来和终结

商业和商人,在中国是个古老而有趣的话题。

市场古已有之。《周易》:"日中而市,致天下之货,聚天下之民,交易而退,各得其所",就是明证。当时物资匮乏,管理松散,市场的诞生、存在和发展基本上是自然主义的。到春秋时期,各国对贸易实行有限管制,《礼记》载:周朝禁止出售王室专用的物品,如某些玉石、青铜器、宗教用品等,祭祀用品也不得随意买卖,不符合规格的食品不得上市流通(那时没有免检制度)。战国时期,秦国开始实行盐铁专营,此法一直延续到汉及以后各代,是为政府垄断的发端。汉武帝时期设立了平准局,专司平抑物价。宋代中央政府为扩大财政收入,不仅实行盐铁专卖,还把垄断扩展到茶、酒、矾、药材和香料等。

流通是一个时代、一个国家、一个地域是否繁荣的标志。无工不富、无商不活,如今已是尽人皆知的常识。但在古代中国,商人和商业的社会地位一直不高。原因是第一,农业社会,国家强调以农为本,以为富国强兵全赖农业,故视商人为贱人,商业为贱业。以儒家为主体的传统文化也多强调耕读,所谓仕途经济,前者强调的是做官,后者则指打理赋税,操办劳役,未曾将商业齐眉平视。第二,中国一直缺乏真正意义上的商业,盐铁、漕运、丝绸,都是国家垄断,经营此类商业者大都是官员。这种千年沿袭的形式造成了深刻的偏见，多数人以为官商本应一体，游离于权力之外的商业则不入正宗。第三，在流通方面，中国缺乏真正意义上的自由市场和公平竞争，中国的商业一直没有得到完全的市场支撑等。

唐代的商业仿照汉魏两晋，但在海外贸易方面更为开放，朝廷和地方政府都有专司商贸的机关，政府保护商人的意识得到加强，在边塞贸易诸如丝绸之路上尤其如此。宋代的商业，好的时候多，受压的时候少。宋代的商品经济之所以能够发达起来，很大一个原因是税收改革带来的。此前，税赋多按实物交纳，如谷物，劳役也都是人力亲为。到宋代，不再完全使用实物，而改用货币，没有谷物也可以，拿钱就行。货币化为商业的发展提供了便利条件，如同大河的流水给行船提供了方便。

但是，宋代的货币化并没有形成国家意义上的金融体系，也没有建立起强大的国内外贸易市场，更没能形成牢固的商业制度和重商文化。宋朝皇帝不是马上得天下，所以重文轻武，科举取士成为当时最重要的取士制度。以儒学为主体精神的文人，一般都有轻视商人和商业的传统意识。宋代的大臣多出于笔墨名流，如欧阳询、王安石、苏东坡等，很少有来自商界，也少有来自军旅的。

轻商重农，明朝尤甚。朱元璋屡屡说：上古时代，每个男人都耕地，每个女人都织布，所以水旱无虞，饥寒不至。自从人们学会了经商，也就学会了享受，故农桑之业废。他认为，要让天下人都吃饱饭，关键在于禁止商业。为了贬抑商人，他于洪武十四年诏令天下：农民可以穿绸、纱、绢、布四种衣料，而商人却只能穿绢、布两种料子的衣服。商人考学、当官，都受到种种刁难和限制，受歧视，伤自尊。

由于倭寇的侵扰，朱元璋因噎废食，索性禁止一切海外贸易，规定"片帆不得下海"。为了严格限制商品经济的生存基础，他甚至恢复了低效率的实物征收制和劳役制，在税收制度上倒退了几百年。明初还有这样的规定："衙门内的传令、狱丁都由各乡村轮派，凡文具、纸张、桌椅、板凳、公廨之类零星杂碎的，皆向村民征收。"什么意思呢？就是什么都不买，官员连最起码的办公用品都采取摊派的形式，以为这样就可以铲除商业。用黄仁宇先生的话来说，洪武型的国家财政是一种"缺乏眼光，无想象力,一味节省,以农村内的经济为主,只注重原始式生产,不顾投资,不为来日着想"的土地主思路。"这种维护落后的农业经济不愿发展商业及金融的做法,正是中国在世界范围内由先进的汉唐演变为落后的明清的主要原因。"

　　封建社会的轻商意识,说到底,还是因为商人的价值理念与主流意识形态存在歧异。商人看中流通,而非稼穑,这在农业经济社会中必然处于主流之外。商业追求利润,利润以货币体现,而货币的本质是一种等价交换物,一种结算形式,而主流意识形态主要是以官本位进行换算的,伦理辅助之。商人依附于市场,市场的本质是自由竞争之所,因此商人的本质是自由主义的。皇权和官员强调的是国家利益,主流知识分子讲究的是"经世致用",商人总觉得和他们格格不入。

　　一个秉承地主文化的统治者怎么看待商人呢?他们认为,商人不需通过实物生产就能获取财富,得之太容易,因而缺乏正义性,不足以称为劳动;商人财大气粗,出手阔绰,屋宇广大,用物光鲜,妻妾成群,童仆众多,消费上一点不输于官僚,地主和官僚们往往觉得这些财富来路不明。商人辗转于江湖,若云中之鸟、浪中之鱼,很难控制,很难管理。一物时髦,瞬间风靡,如海如涌,上可达于宫廷,下可深入巷陌,商人于是囤积居奇,一夜之间即可腰缠万贯;一物衰落,朝夕之间即成废物,无人问津。金钱所到之处,平地成为闹市,荒丘成为高楼,及至资金撤走,商业凋零,昨日歌舞楼台马上变成荒草废墟,一时繁华不知去向,直如水银之泻地,残云之飘散。因为商业具有这种水的特点,让滋生于死板土地的豪强、官僚心生恐惧,爱不得也恨不得,远不得也近不得,闻之腥臭,食之喷香,于是乎便有了"非我族类"的意识,即便恩爱一时,到底是水中月、镜中花。

　　《中国文明史》中关于商业、商人和传统文化的关系,讲得很细致也很深刻。商业的兴旺是一个社会繁荣的标志。中国人在商业经营方面具有很高的智慧。然而在数千年的封建社会里,朝廷总是打压商人,传统文化中存在着根深蒂固的轻商意识。政商之间虽然有过相对宽松的时候,但聚少离多,双方总是不能赤诚相见,磕磕碰碰,很不和谐。打个比方说,中国的商业如同豪绅的小妾,朝廷有时对商人爱护有加、如胶似漆、甜甜蜜蜜;有时则气急败坏、大打出手,弃之如敝屣。商人也常"远之则怨,近之则不逊",好时挺腰腆肚、得意忘形,失意时灞陵伤别、魂断蓝桥。前者说商人水性杨花,后者怨官府始乱终弃。离别之后,一个是藕断丝连,一个是暗送秋波,待到再聚首时,还是打得火热,也还是貌合神离。历史上演了多少官商分合的悲喜剧!

封建制度迫使商人在价值观方面作出让步,官府和官员也在这种让步中得到好处。为了生存,商人经常要向官府行贿,借以得到一些本为商业题中之义的权利;商人发财后,为了家族的荣誉、个人的体面与生意的安全,往往要捐个名分,以为那样就可以和官员平起平坐了;即使不喜欢读书的商家,也要把孩子送去考秀才考举人,借助科举正名等。实际上,商人的这些做法大都非为本意,不过是对社会主流压力的委曲求全,"为从虎穴暂栖身","在人矮檐下不得不低头",如此而已。

近代早期的欧洲也是轻商的,教会和农业在社会上拥有最好的地位。那时的教会和政府也跟中国一样,视商人为异己,不仅对商业课以重税,而且不能给予商人认真的保护,以至于土匪盗贼常常骚扰城市里的商户,甚至发生暴力行为。由于一些妇女参加了经商,她们在经济上日益独立于家庭和丈夫,很多人觉得这威胁到传统的家庭结构,于是产生了一种怪异的活动:搜巫。搜巫,就是假借神灵的意思对妇女施加魔法,指控她们是"着了魔法的妖精",然后加以惩罚,目的就是打击那些因为经商而独立的女人。

太远了不敢说,至少500年来,凡是轻商的国家,凡无端打击商人的地方,没有一个不伤筋动骨的,没有一个能持续繁荣的。西班牙的安达卢西亚曾是多么发达的地区,阿拉伯人不仅在那里构建了最好的农田水利系统,光大了辉煌的伊斯兰文化,也成就了西班牙最为强大的商业系统。后来伊莎贝尔女王打击阿拉伯人,该地区的商业和农业都沦落了,整个西班牙从此都走了下坡路,一个曾经称霸世界的西班牙变成了二流、三流国家,后来甚至堕落为专制国家。

无论东方还是西方,商业都曾经处于传统文化的重重压力之下,主流社会一直在轻商和重商之间反复。当统治者看重商业为国家提供的丰裕的财政收入时,朝廷有时不得不顾惜商人的要求,就连科举取士制度也因此有所改进。唐朝有规定,商人被纳入"良人"范畴,只是不能做官。当年有个进士叫陈会,他父亲开了个小酒铺,因为未按时扫街(相当于门前三包之类的规定),陈老汉曾被基层官吏鞭笞过,当然很是郁闷。陈会的母亲坚持把儿子送出去读书,考不上功名不许回来。后来陈会果然考中进士,当地节度使看了他的简历,见上面有商人背景,私下里叫人赶快去那里关了那个小酒铺,还嘱咐千万要把铺前的酒旗拿掉,免得给当今进士丢人。可是陈家老汉并不以商人为耻,就是不让拆,闹得贺喜的人只好在门前转来转去,好不尴尬。

儒家一直把经商人作为末业,商人被称为"市井小人",长期被排斥在主流文化之外。著名诗人陆游的家训中就有这样的话:"子孙才分有限,无如之何,然不可不使读书。贫则教训童稚以给衣食,但书种不绝足矣。若能布衣草履,从事农圃,足迹不至城市,弥是佳事。……仕宦不可长,不仕则农,无可憾也。切不可迫于衣食为市井小人之事耳,戒之戒之。"就连陆游这样的大诗人也看不上商人,可见传统文化的轻商意识多么严重!我们的先人怎么这样死脑筋呢!

欧洲的轻商思潮是被文艺复兴的飓风刮散的,或者说,文艺复兴的飓风恰恰就是起源于商业和手工业繁荣之处。文艺复兴讲究的是人本,神不再是一切,现实享受才是幸福的要旨,天堂尚在其次。于是乎,商人高举现实主义的大旗高歌猛进,商业一举成为社会上的显业。政府依靠商业获得巨大而稳定的财政利益,于是制定了有利于商业发展的种种法令,并因此和传统的神权力量发生了冲突,这反过来导致了欧洲的宗教改革。当然,商业的发展也扩大了文艺复兴运动的成果。比如绘画,从前都是教会向画家定做,用途大多在于装饰教堂,题材几乎都是圣人圣迹。后来商人开始买画了,题材也从圣父圣母圣子变为个人肖像,还有室外风景和家庭生活,美术的性质一下子就解放出来了。伦勃朗的《夜巡》中画了好多人物,他们的大小、角度、受光,都是根据出钱多少决定的。商业原则让艺术从传统意识形态里脱胎而出,简直水到渠成,让人浑然不觉。

从这个意义上说,商业是推动近代历史发展的主要动力之一。

解放后,我国的商业经历了先抑后扬的马鞍形轨迹。建国初期,中国大陆地区采用了苏联的计划经济模式，商业流通基本上是国家垄断，民间商贩只起到较小的作用。1956年实行城乡社会主义改造，公私合营，民间性质的商铺全都变成共有的了，小商小贩几乎销声匿迹，什么都成国营了。乡村还有集市贸易，但都局限于很小的地域，很难做大做强。县以下的商业主要由供销社承担。供销社最初是集体企业，农民入股，后来农民的股份被强制替换，供销社也都变成国营的，就业人员也都纳入公务员行列。这种现象，直到20世纪80年代以后才有了根本的改变。

建国以后，商人的地位提高了，工农兵学商，都是国家的主人，彼此好像没什么贵贱高低之分。从社会文化心理看，轻商意识大多存在于经济方略的层面上，具体地说，就是商业只是为农业服务的，流通不曾被确定为独立的经济门类。作为拿工资的供销人员在基层得到尊重，主要是因为他们为民众提供了服务，而且在形式上操控着一切按计划发放的东西。如果不是体制内的行商小贩，既会受到官府的打压，百姓也不能给予充分的尊重。那时，自由商贩被冠以"投机倒把"的名称，有贬义。

近30年来，社会心理的最大变化就是轻商意识基本终结。改革开放之初，很多人心目中还有看不起商人的残留，他们总是把"唯利是图"、"坑蒙拐骗"、"小市民"这些概念和流通连在一起。当时那些敢于离开体制去下海的，都要有相当的勇气，因为离开体制去经商不仅有是否赚钱的成败风险，还要承担文化地位颠倒的风险。严格地说，离开国有单位下海经商，本身就是对传统文化的挑战。弄好了，人们没话说；弄不好，就会被人说成舍本求末、弃明投暗、买椟还珠。回忆当时，那些人的毅然决然，大有风萧萧兮易水寒的悲壮情怀。

传统社会心理在近30年所发生的变化，不再是商人迁就传统，而是现实修改了立场。这是一个很大的进步。从经济层面看，国家的财政收入中已经有相当大的一部分来自第三产业，流通业不仅吸纳了大量的就业，其经济效益也超过了第一产业。数千年来一直作为经济主体的农业让位给了流通，这是翻天覆地的变化。正是基于这一变化，官员也好，百姓也好，再也没有小看商人的。现在不要说城市居民，就连农民的生产生活，也和市场紧密地联系在一起了。地里产的粮食蔬菜油料，饲养的家禽牲畜,都要拿到市场上去卖,同时买回生产资料和生活用品,大家都要通过商业找饭吃。

轻商意识的终结是中国社会的一大进步,也是传统文化的历史性修正。

社会因此而得到融合,人的观念得以更新,当代文化更健全,也更丰富了。

说官商相食

中国人的聪明在商业活动中表现得淋漓尽致。

世上公认为擅长做生意的民族有三个：一是以色列人，一是中国人，一是阿拉伯人。如果不信，只要研究一下美洲、欧洲的中国城，就能明白。那些被称为唐人街的地方，100年前大都是以色列人在那里经商，后来他们发达了，有些进入工业和金融寡头的行列，老商业基地就被华侨占领了。在亚洲的南洋，华人都以擅营工商业著名，印尼、马来西亚、新加坡的华侨都是当地最重要的巨头。阿拉伯人也善于经商，他们曾经垄断了全世界的瓷器、香料、丝绸交易，并创造了非凡的商业文化。

中国人能在商业上获得成功，除了商业本身的功能之外，主要靠勤劳、远见、坚忍不拔与头脑灵活。任何一个朝代，只要政策允许，商业就会很快发展起来，而一个朝代的强大与否和商业是否兴旺有着直接的关系。汉唐是这样，宋朝是这样，明清也是这样，商业不仅影响国力，也是一个民族文化进步的基本动力。凡是动荡的年代，商业便会低迷，国力便会削弱，社会因此失去活力，进而发生文化上的倒退。

商业的精髓在于其草根性和流动性，可塑性很强。为了市场尽可能大，商品必须走向民间，所以商业总是表现为扁平型结构。因为利润依赖于消费群体的大小和消费能力的强弱，商人非常注意"急群众之所需"。商业不喜欢固定的等级,而鼓励流动的欲望。因此,商人更渴望社会安定、经济繁荣,他们讲究信用规则,不赞成无政府主义。商品的本性又是招摇的,越招摇越引人注意,东西也就卖得快卖得好。这种本性影响了商人的文化意识。他们动辄妥协、让步和讨价还价,在行为方式上具有较多的层次,和农民不尽一样。商人一旦有点成功,就压抑不住显摆的欲望,出入则香车宝马,居家则锦衣玉食,既是为了取得舆论的青睐,也是要消解内心被压抑的郁闷。

古代中国,商人还有个特点:有了钱就买官买地。他们一旦发财,便渴望改变低微的社会身份——一种基于虚荣心的地位,提高自己的名声,扩大在官场的影响,处心积虑要把名字纳入主流社会中去。他们广泛交友,挥金如土,附庸风雅,尤其喜欢巴结官场要员,以求得到官场的承认——也就是社会主流意识形态的认可。另一方面,官员和有钱人交往也没有空手而归的,总能得到一些有利于自己的东西,除了权力的保护,还有社会影响。于是二者很容易结成互相抬举的关系。无论是唐宋还是明清,每当财政拮据,朝廷为吸纳资金,都会允许商人用捐资的方式取得一定的名望,就像现在的买卖学历——收取商人钱财,卖出了不计其数的学位和乌纱帽。

在西方,商人的命运与中国的大同小异。中世纪的欧洲,神学家认为以商业为手段的谋利活动是不道德的。他们认为商人只关注自己的私利而忽视群体利益。教会甚至一度禁止收取贷款利息,认为那是不劳而获的收入。从这可以看出,工商业和封建制度似乎有着天生的对立,东西方无一例外。直到18世纪初,资本主义当仁不让地承担了振兴欧洲经济的历史重任,商业已经成为社会大殿堂的拱顶石,人们才不得不对商业另眼相看。伟大的苏格兰哲学家亚当·斯密曾经站出来大声疾呼,并为商人辩护,他将资本主义描述为"使整个社会受益匪浅的经济体制"。他认为,个人对利益的追求可以为社会带来普遍的繁荣。

但是,即使在西方,这个认识过程也是十分缓慢的,甚至也是痛苦的。商业以赢利为目的,经营活动让商人不得不排除那些无谓的应酬和本应由社会承担的事务。当一个商人为了追求利益而无视邻居家的困难时,人们根本不会理解商人对救济穷人的审慎态度,他们认为商人就是为富不仁。只有在亚当·斯密把商业与社会的关系彻底说清楚之后，人们才对商人有了较为清晰的认识和最起码的尊重。

中国人历来诟病官商勾结，无论是"官食商人"还是"商人食官"，都是私相授受，既不为当局所许可，其本身也未曾形成制度上的联盟和思想文化上的结合。官商关系好时，彼此看中的是权钱交易，而不是制度的进步和更新。官商关系不好时，相互愤恨，前者动辄动用行政命令禁商闭关。中国商人缺乏创新的勇气，平时只顾图小利，一旦遇到打压，形不成阶层意义上的力量，最终只能如鸟兽散。等到枯木逢春，不知驴年马月，几乎没有话语权。如今，很多官和商也还是停留在"彼此得些好处"、"弄点散碎银两"的阶段，不曾从国家长远发展的角度朝深远处想。

中国的工商业之所以没能像欧洲发展得那样快，后来的帝王甚至未能延续汉唐两宋的辉煌，还有一个重要的原因，就是漠视技术革新政策。"明清两代的皇家军队采用了欧洲人用中国发明制造的火炮，但他们自己在工业和农业方面几乎没有什么革新。技术革新的脚步之所以放缓，部分地与政府角色有关。唐宋两代，朝廷鼓励技术革新，借以提高军事和经济力量，但明清两代统治者更看重政治和社会的稳定，他们总是担心科技革新会带来令人不安的变革。不仅如此，充足的技术工人为工业提供了稳定的劳动力资源，雇主发现雇用更多的工人比投资技术革新节省成本。这种行为可以让大部分人就业，也可以中国在短期内维持繁荣，但是从长期看，不利于中国的强大，欧洲人在18世纪迅速赶上并超过了中国，就是因为文化启蒙、技术革命和扩大商业贸易。"(见《新全球史》)

《新全球史》中还有这样一段文字："从孔子时代起，手工业者和商人的杰出贡献就推进了社会和经济的发展。虽然中国依然是一个以农业为基础的国家，但比起古时候，制造业和商业在经济上更加重要，那些能够发现和利用机会的人就有可能过上舒适的日子，甚至爬上特权士绅阶层。但是，中国的商人和手工业者始终没有和政府当局建立合作关系，形成像英国和荷兰在近代早期所形成的政治商业联盟。明朝晚期和清朝政府允许商人从事小规模的贸易，并允许外国人通过在广州的官方商会进行交易，但是他们主要关心的是保持一个庞大的农业帝国的稳定,而不是通过商贸增强国家的综合力量。因此中国的君主们没有授权商人在更广阔的世界积极散播影响,从而强化商人和国家的实力。"

这是当代商人应当格外注意的。

质朴与奢华之争

30年前,讲究节俭的还是一种美德,稍微时髦一点,就会被视为资产阶级生活作风,浪费更被视为犯罪。改革开放以后的这些年里,质朴与奢华成为一对摔跤手,各有占上风的时候。一般地说,经济下滑市场萎缩时,主流社会就会鼓励大家多买东西,恨不得让人把存款都取出来用掉,随你买皮大衣还是电冰箱,都好;经济发热通货膨胀时,就有人出来反对奢华,限制货币流通,恨不能让大家都把钱存在银行里,一个子儿都别动。

中国的消费市场远没有成熟,很大一个原因就是社会保障系统不健全。近年来,政府在医疗、教育、养老方面做了很多事情,不仅促进了基层的安定,也改善了国人的消费心态。可是,文化心理不是一两天、三五年就能改变的,所以奢华与简朴之争老是在文化与道德层面上"打架"。这一点,中国人很像犹太人,有了钱喜欢存款,出了名的精明算计。由于传统心理作怪,中国即使把社会保障体系做好了,也不会马上形成一个消费社会。

实际上,质朴和消费并不冲突,买几件高档家具,日子过得舒心一些,有了闲钱闲空一家人出去旅游两次,也不算奢华。只要条件允许,循序渐进地改善生活条件,这类消费并不有悖于质朴精神。只有虚荣、挥霍、浪费,以金钱自诩,以乱花钱炫耀,那才是质朴的反面。社会应当坚持不懈地鼓励人们为提高生活档次而努力工作,挣了钱就花,不要跟苦行僧似的。小沈阳说:人生最大的悲哀就是人死了钱还没花掉。倒也是。

　　从前一说奢华,就有人说商人把风气搞坏了。传统政治经济学认为,商人发财后渴望改变低微的社会身份——一种基于虚荣心的地位——以提高名声,往往会广泛交友,挥金如土,附庸风雅,目的是得到官场的承认和社会的赞许。从两宋到明清,朝廷为了敛财,卖出了不计其数的乌纱帽。其实,商人并不真的喜欢这些假冒伪劣的官帽,也并不真心要去做官,他们要的只是一个和官宦平起平坐的身份——平等而已矣。

　　商人的消费,应从人本的角度去看。所谓人本,就是满足个人对物质和精神的需求。他们的消费,包括买官,都是为了提高幸福指数。有两点可以佐证我的看法:在价值观走向多元化的今天,还有多少商人肯去花很多钱买官做？广东地区有相当一部分官员挂印封金,干企业或经商去了。还有,在消费方面,真正的商人其实都讲究质朴,不肯大手大脚地花钱,赶时髦的多是不经商的市民,尤其是白领。

　　一个民族的文化精神是否健康,生活方式是否文明,和消费没有绝对的联系。一辈子不肯花钱的人可能是野蛮的一群,生活上很讲究的,未必就是恶人。清初有些文化人抱怨商人生活浮华,说他们造成了奢侈的坏风气。康熙二十三年(1684),理学名臣汤斌出任江苏巡抚,公开宣告禁止奢侈风气,商人的吃穿住行都不准僭越礼制。乾隆二十四年(1759),江苏巡抚陈宏谋也提出过"禁奢倡俭"的口号,要求人们遵守古制,不论你多有钱,享受方面不能超越官员的待遇。

　　这次禁奢倡俭运动,时间不长就失败了。不仅商人不认可,就连一般人也觉得这种"官本位"的东西不公平,凭什么只许当官的吃好、穿好、车马好、房子好？自己挣钱自己花,你管那么宽干吗？有那么多正经事你们做不好,真是狗拿耗子多管闲事！松江人陆楫公开反对禁奢倡俭的口号,认为社会总是"先富而后奢,先贫而后俭,奢俭之风起于俗之贫富","大抵其地奢则其民必易为生,其地俭则其民必不易为生","只以苏杭之湖山言之,其居人按时而游,游必画舫肩舆,珍馐良酝,歌舞而行,可谓奢矣。而舆夫舟子,歌童舞伎,仰湖山而待爨者不知其几"。

这种观点,当时得到很多人的支持。清初名士顾公燮就说:"有千万人之奢华,即有千万人之生理。若欲变千万人之奢华而返于醇,必将使千万人之生理亦几近于绝!"有意思的是,雍正皇帝也不喜欢汤斌等人的做法。他问他们,如果骤然禁止商人的奢华消费,很多人将失去生计,失去生计,必然走向邪路,你们说该怎么办?乾隆对此事的观点也很鲜明,说到有人批评他南巡奢华时,他说,之所以允许商人大兴土木,就是想叫他们把挣的钱拿出一些,用在公益事业上,"本地工匠贫民,得资力作,以沾微润,所谓分有余以补不足,其事尚属可行"。

绵延数千年的轻商文化,到明清有了一定程度的变化,商人们开始主动认识自身,关心社会,并积极接受新思想投身进步活动。明清商人不仅会消费,也有志于先进文化的学习,眼界较之古代商人,开阔多了。有学者认为,中国清代的扬州学派诞生在扬州不是偶然的,因为那里的商人支持他们。梁启超先生说,两淮盐商对乾嘉学派的支持跟南欧大商人对欧洲文艺复兴的支持可以相提并论。这些说法是有根据的。事实上,辛亥革命期间,商人对革命的支持力度很大。而国民党之所以建都南京,主要是因为江南乃富庶之地,工商业强大,不仅财政来源深广,且商人更接近民主、自由、平等的现代文化,与封建制度格格不入。后来的几次复辟,很多地方的旧官僚和旧知识分子摇身一变穿上黄马褂,重新当上旧制度的臣仆,而江南的商人一直支持国民政府,反对复辟。

王莽的教训

社会的改革,非走实事求是的道路不可。

我们的传统文化太过芜杂,其中有实事求是的英雄,也有大睁两眼说瞎话的霸王;有洞悉规律的智者,也有任意胡来的莽汉;有尊重常识的贤人,也有无视规律的狂徒;有直抒己见的豪杰,也有曲意奉承的奸邪。从历史上看,中国文化中一直潜藏着浩荡的浪漫主义和诗性哲学,很多事都是凭想当然,教训多多。

古代帝王,凡能做到实事求是的,大都能有所建树,即或没有丰功伟绩,弄个清平世界是不难的;而那些失败的头人领袖,大多犯了主观主义的毛病。王莽曾被正统的卫道士讥讽为篡位者、大奸臣、伪君子,其实不然。王莽是个忠实奉行儒学精神的改革家,他的缺点不在虚伪,而在泥古。王莽受封安汉公后,拒绝了皇帝赐给他的大量土地,只要了很小一块采邑。他很律己,曾经把家产拿出来救济灾区。他减轻了农民的赋税和劳役,还在各地修建了为下层农民治病的诊所,给百姓孩子读书的学堂。他颁布法令,保护穷人、老人、妇女和儿童的利益。王莽痛恨大地主兼并土地所造成的社会黑暗,痛恨上层社会的骄奢淫逸。他的次子王获因一时愤激打死了一位仆从,王莽迫使这个儿子自杀以谢世人——这很难做到,也不是一个伪君子轻易就能做到的啊。王莽不是个坏人,也不是假道学。

但是,王莽深受儒学教条的束缚,做人做事有些迂腐。在执政方面,他不是个实事求是的人。他所推行的改革大都因奉行僵化的儒家信条而失败,最终葬送了政权。王莽实行的井田制是根据古人的传说臆想出来的。胡适在给廖仲恺的一封信中说过:"井田的均产制乃是战国时代的乌托邦,战国以前从来没有人提及。"井田制是孟子说的,滕文公曾请教孟子到底井田制是个什么东西。如果周代实行过井田制,孟子应当知道,同时代的滕文公为什么就不知道呢?再说,即使有井田制,西汉末期的土地也不够那样分的。王莽虽然个人品德很好,但在经国大事上却不从实际出发,喜欢从古书里找办法,所以他的井田制最终还是行不通。黑格尔批评说"古代中国人的全部行政几乎都以古训为原则",可谓恰中要害。

另一个戕害改革大局的错误,是他实行的货币政策。这个熟稔儒学本本的人不懂金融,甚至连起码的货币常识都不懂。他在短短15年的执政期间一共换了28种货币,搞得老百姓都不知道怎么用钱了,今天兑换成这个,明天兑换成那个,以至于"农商失业,贸易俱废"。王莽是个书呆子,他不光不懂金融,也不懂得文化常识。比如,他乱改地名,缩小了各诸侯国的金印尺寸,因此引起了许多次战争。金印大一点小一点,对国家财政能有多大的关系呢!

货币政策的滥用给社会带来极大的伤害,不仅贵族豪强不满,一般老百姓也感到郁闷,觉得这个人不配南面称帝,于是王莽的新政很快失败了。后来的大学者吕思勉说他:"为人迂阔,不切实际","致祸速亡,莫过于此"。王莽的失败不仅是个人的失败,也是儒学教条的失败,甚至是方法论的失败。儒学在教育和伦理方面实在是很好的,但在礼制和行政方面,多有迂阔之处。汉唐以前的儒家也许还好一些,宋以后,理学飞扬,科举取士,八股盛行,儒学被败坏了。我们读《论语》,可见孔子是位坦诚而灵动的先生,可是他的后学怎么都变成书呆子了呢?

"二王八司马"的改革故事,也是个不切实际的好例。二王,就是王叔文和王伾;八司马,就是刘禹锡、柳宗元那些当年实行永贞革新,后来都被贬为司马的八个改革人物。德宗之后的唐顺宗,是个急于革除弊政的君主,但他执政不久就中风了,不能亲理朝政,整个改革过程是由地位不够高、影响不够大又急于求成的一些文人操作的。在最初改革中所实行的撤销宫市等措施,确实是符合民心的。凡读过白居易《卖炭翁》的,都知道宫市是个什么东西,革除这类弊政,毫无疑问是正确的。但是,这些人后来就得意忘形了,有的自比周公,有的自诩管仲,拿出了若干超出自己控制力的改革方案,导致宦官和藩镇的激烈反抗,一场很有意思的改革中途失败。明末清初大思想家王夫之在《读通鉴论》卷二十五"唐顺宗"一节中说:"自其执政以后,罢进奉、宫市、五坊小儿、贬李实、招陆贽、阳城,以范希朝、韩泰夺宦官之兵权,革德宗末年之乱政,以快人心,清国纪,亦云善矣。"但是,改革应是有节奏的,一口吃成大胖子,不仅不可能,甚至会带来灾难。

改革不仅需要一个合理的速率,还需要拥有对这个速率的控制力。改革慢了,态度消极,麻木不仁,社会积累的问题越来越多,人民负担过重,工商业受到压制,人民对改革失望,会出大事;反过来,一下子改得太多,某些利益群体承受不了,也可能导致改革的失败。即使你做的是对的,也有步骤问题、节奏问题、方法问题。休克疗法,什么都不惜代价,企图以百米赛跑的速度完成马拉松,同样会导致失败,最终,那些代价还是要偿还的。

彼岸潮涌今方知

著名穆斯林作家索飒的新书《彼岸潮涌》,值得一读。

这是一本思想和文化含量很高的好书。作者是我国西班牙语言文学方面的优秀学者,近年来游历拉丁美洲许多国家,对欧洲殖民文化有深入的研究。她的新书帮助我澄清了很多有关拉丁美洲历史和文化的模糊认识,让我对帝国主义、拉丁文化、弱势群体、受压迫民族等重大概念有了比较准确的认知。该书关于伊斯兰世界对于欧洲发展和美洲开发方面的贡献的介绍,则弥补了我在这些方面的知识缺陷,甚至纠正了我从前的某些误解。这本书的另一个优点是,文笔优美,论据翔实,其中各个篇章可做范文阅读。

美国的忘恩负义

对世界史了解较少的人,往往对今日南美洲国家的美国政策感到困惑。20世纪智利政变前后,阿连德和皮诺切克两派对美国的态度截然不同;对古巴人民的革命以及后来发生的导弹危机,可见美国的表现是何等凶恶。哥伦比亚的毒枭、玻利维亚的政局,都和美国有关。今日的委内瑞拉则对美国颇为仇视,叫人难以理清其中的恩怨线索。

《彼岸潮涌》一书,通过丰富确凿的事实告诉读者:拉美国家与美国的恩怨由来已久。自称"发现"了新大陆的欧洲人,用奴役、剥削、杀戮的方法,还有他们带去的瘟疫,把美洲7000万印第安人消灭之后,建立了惨无人道的殖民政权。正因此,当18世纪末期美国独立运动爆发,拉丁美洲人民曾经热切地支持那场撼动世界的革命。他们用纯洁如婴儿般的感情表达了内心的呼声,以反对宗主国西班牙的统治,争取独立和解放。

创造美国的那些人,包括政客、商人和一般殖民者,当时曾毫不客气地接受了这些善良的、慷慨的、数量可观的来自殖民地人民的支持,却没有报答恩情的任何想法,就像是趾高气扬的老爷接受卑微邻居的礼物。不仅如此,贪婪的他们甚至公然抢夺曾经施恩于他们的拉丁美洲。19世纪伊始,美国的扩张运动就毫不留情地吞掉了墨西哥的大片领土。凡是和美国搭界的国家,他们的领土就像是放在墙头上的奶酪,只要美国人想吃,他们几乎可以随便拿——至少他们自己是这么认为的。

帝国主义比任何宗教宣传都要可怕,而且带有欺骗性。他们的口号看上去多是悲天悯人,具有很强的伪善性,用了多层的遮掩,不怕露出丑恶的嘴脸,形同流氓。有一阵子,就连刚刚获得独立的古巴,都希望加入美国啊!幸亏当时的一些智者看穿了美帝国主义的嘴脸,如玻利瓦尔,他们力挽狂澜,中止了那次天真幼稚的政治行为。当年的玻利瓦尔竭力告诉大家:"一定要珍惜独立,不要相信那些野心勃勃的大国。"这些革命先辈之所以未卜先知,是因为他们洞悉殖民者的罪恶用心,深知帝国主义的历史,并且注意深究他们的蛛丝马迹。玻利瓦尔从托马斯·杰斐逊起草的《独立宣言》中看到了美国人排他性的意识形态——他们认为上帝特别优待美国,幸福只会降临给他们,为此而采用任何手段都是合理的。这种意识形态支撑着他们贪婪地开拓,心安理得地去掠夺别国的资源,从来不知羞耻。

几年前,我曾读过王小强先生的一本书,其中说到美国意识形态的虚伪性和人权标准的双重性,叫人豁然开朗。他在书中举例说,当年智利总统阿连德完全是民选出来的,因为他不亲美,该政权不久被美国颠覆了,上台的亲美政权皮诺切克实行集权暴政,杀了成千上万的无辜者,许多人仅仅因为思想和言论而被暗杀,至今不见尸骨。为了排除异己,这个独裁者制造了许多骇人听闻的政治冤案,而他却成为美国的座上客!即使在今日的世界上,很多独裁政权依然是美国的好朋友,而民主国家如果不听美国的话,照样要进入他们的黑名单,比如委内瑞拉。

就国家关系说,大多数国家之间只存在赤裸裸的利益关系,道义只是借口;如果违背了国家的实际利益,意识形态往往会知趣地走开,如同暗送秋波的远房亲戚;假如道义拒绝走开,利益就要与之兵戎相见,不惜流血与暗杀。我在很长一段时间内对国际政治的认识相当天真,以为正义是国际友谊的唯一纽带。后来明白了欧美的实用主义,对历史和现实中发生的许多冲突才有所认识,也不再感到震惊,但对于美国和拉丁美洲的历史关系,是读了这本书之后才真正明白的。

我从来不愿否定西方文化中那些进步的东西,比如,欧洲文艺复兴运动所倡导的自由、平等、民主等,至今还是如此。索飒的新书以雄辩的事实告诉读者,不同的人群对这些概念的理解和诉求是不一样的。无论如何不能幼稚地认为强大的西方国家一切都好,恰恰相反,弱者和弱小国家的声音被忽视了。那些只强调自身利益的大国,从来就不肯实行真正的平等,强盗只是在喘息的时候才面带微笑。为了利益,他们注定要采取文化上的机会主义,在道德上必然是忘恩负义的。玻利瓦尔的话当年给了拉丁美洲一个响亮的提醒,那声音至今还警钟长鸣。

探戈舞的起源与内涵

探戈产生于阿根廷首都布宜诺斯艾利斯郊区,那是一片当年十分红火的娱乐区,或者说类红灯区。从欧洲过来的150万移民在这里讨生活,他们从来没有稳定的收入,无边无际的苦难和捉摸不定的命运,让大部分人选择了醉生梦死,得过且过。他们希望找到一种独特的、有趣味的艺术形式,以便表达这种复杂而强烈的情怀,他们选择了探戈舞。可以说,妓女和嫖客们都参与了这种舞蹈的最初的创造过程。探戈舞是下层人的草根艺术,是殖民地社会的一枝艺术奇葩。

探戈舞的精髓是对现实生活的冷眼和怀疑,还有草根社会对命运的深沉思考,其中洋溢着生活无常的悲观意识。探戈舞奔放而不纵情,难得一笑,舞者总是带着狐狸般的怀疑眼神,还有猎人般的冷峻与机警,强烈的节奏表达着死不悔改的决绝意向,但随时都会大转弯。这是妓女、赌徒、流浪汉身上流淌下来的精神,复杂但不啰唆,华丽但不虚伪,散发着既不是农民也不是市民的悲凉情绪,让人面对凄美的感伤不得不敛颜敛色,正襟危坐。

探戈舞洋溢着草根文化的激情和下层社会的感染力。诡异的舞步试图表明,我们虽然失去了昨天也看不见明天,但我们不需要怜悯和同情,我们有的是力量。我们看上去与对面的世界格格不入,但谁都不曾有讨好对方的打算。你我萍水相逢,不要说什么动听的好话,五分钟的曲子完了各自走人。好多人从探戈舞中看出了这种强烈的凄美,可是没有谁愿意当场说破,这并非担心坏了生意,而是生怕惊动了全身心投入的艺术活动。也有人看到了飘忽不定的怀疑,那是探索真诚和爱情的铲子,也许还有压抑不住的烈火,不便明说,只能寄托于强烈不信任的眼神和狐步之中。

据说,有些德国人曾经想改造探戈,而且为此付出了不少努力。他们的用意只是一种喝着啤酒、故作深沉、装模作样的高雅,绝对没有探戈舞创造之初那种朴素的、强烈的,发源于民间的精神投入。德国人改造过的探戈舞看起来一脸严肃,舞者面如毒蛇,步伐尖锐而诡异,实际上却如东施效颦般扭捏而空洞,当然不可能感染人,其命运也就可想而知了。

有一首探戈舞曲的歌词是这样的:用微弱的光把街角燃得昏黄/那是贫民区一盏又小又旧的街灯/它像一颗夜空中的明星/照着穷汉们把一天的血汗钱均分/一块石头打碎了街灯的玻璃罩/好似市郊响起了一阵咒骂声/当警察抓走了这里的人们/他们的泪眼里映照着闪烁的街灯/今夜永远结束了我的一切业绩/一次神秘的交谈/拴住了我的心/我愿意独自死去/不忏悔也不去见上帝/钉在我苦难的十字架上/就像与怨恨拥抱在一起……

探戈舞曲的歌词中虽然有很多粗俗的俚语甚至黑话,但表达的感情却十分真挚,风暴般的旋转是一种发泄,沉默和冷眼来自真实的寂寞,生活的气息蕴涵着无穷的感染力,探戈的灵魂因此而永生。阿根廷文化少不了探戈舞,二者无论大小,彼此相濡以沫,彰显着一种独特的精神风貌。我看过《暗算》中钱之江的探戈，幽深和冷漠的表达几近完美，但缺少拉丁美洲探戈中的那种热情与不吝，这不是缺点，因为看得出是模仿。至于豪华宴会上的所谓探戈舞，就更不待说了，调情而已。

探戈舞的命运告诉我们，艺术的生发要靠真情实感，文学必须有良知扶持。这虽然是个古老的话题，但并不陈旧。20世纪30年代的秘鲁诗人塞萨尔·巴列霍，一个具有鲜明独立人格的艺术家说，艺术家必然具有政治敏感，但其真正的使命不是直接参与政治，不是修筑街垒，不是蹲监狱，而是唤起民众新的觉悟，给人性增加新的文化原料。他们的作用不一定显示于第二天，而可能显示于几个世纪之后，否则人类还需要什么精神呢？最热爱自由的人其实是最不自由的，真诚要通过怀疑的眼神去穿透。因为有了自由之爱，便使他们——一切文学家和艺术家——与人类有了约定，并因此受到终生的约束。

文学须有良知和激情扶持

通过对拉丁美洲的历史回顾，我理解该书作者所提出的现实问题：随着我们和世界经济体系的接轨，随着文化的开放与融合，人们的意识形态是否已经发生了实质的改变，比如说，我们是否已经放弃了对穷人的关注？文学是不是仅可以用装饰就能获得生命？艺术是不是通过广告和炒作就能发扬光大？

作者深情地回顾了历史：许多年前，我们中国人总是站在穷人一边，支持世界上受压迫的民族和人民，将他们视为我们的亲兄弟、亲姐妹，斗争中相互支持，即使没有多少堪称伟大的胜利，也能看出彼此心灵相照。我们虽然很穷，但是多少总要有所表示，如同贫苦邻居之间微薄的往来。我们没有什么先进武器，但至少还有高亢的声援。那真诚的声音给予受难的兄弟姐妹极大的支持，至今还有人记得当时的感动。

现在似乎不同了。1994年元旦，在恰帕斯爆发了震撼世界的农民大起义，虽然西方的新闻经过了筛选，墨西哥的官方报道也很简短，我们还能看出画面上的那一张张"蒙面暴徒"其实都是神圣的穷人。他们的同胞一定也是这么想的，不然不会在墨西哥城爆发支持恰帕斯民族解放军的十多万人的大游行。可是，我们的媒体没有弄清真相或者不肯弄清真相,他们不予报道或只是轻描淡写一带而过,叫人看了画面之后不得要领,报道者好像心存暧昧。我们不应当这样,也不需要这样。

索飒女士曾经游历过西班牙和墨西哥(前者是宗主国,后者是殖民地),并游览了其他几个南美国家。她对200年前的殖民主义有深入的描述和分析,对拉丁美洲行所见的贫苦无助的人给予深切的同情。她说,凡是经过那些地方的人,都会看到穷人的生计是何等艰难!到处都是乞讨的手,有女人,也有孩子。为了得到一个空洞的易拉罐,他们会追随班车跑上很远的路。可以想象,除了反抗,他们几乎无法找到可以维护尊严的方式。

如果说,政府为了国家之间的关系,有些话不能说得很清楚,那么我们的作家、艺术家们是否忘记了穷人呢?近年来有个很不好的论调,好像文艺家一说到穷人就是虚伪,一说到政治就庸俗,一说到社会就是多管闲事,不够高雅也不够超脱。有些很正常的话题,如今也变得很敏感,其实没有人吓他们,暧昧只是来自本身的卑怯。这很不正常。索飒认为,现在盛行一种"伪自由意识",即用个人追名逐利的行为逃避责任,并编造出一系列美丽的托词。这些人把人类最美好的追求说成乌托邦,企图像魔术师一样把人类对美好世界的追求藏在箱子里,然后变出一些花絮装点自己,说那才是真正的艺术。我以为,索飒女士的批评不仅是善意的,而且具有沉重的现实意义。

现在,自由已经成为一个被玷污的概念,变成了个人的浪荡,变成了艺术家拒绝社会义务和精神追求的一种遁词,甚至有人还要拿自由当做鞭子,去抽打那些艰难前行的人。索飒女士认为,从封建社会向半殖民地社会转化的历史中,有一种游离于人民疾苦的、沉湎于个人闲情逸致的知识分子生活模式,将这种所谓风度美化为独立精神,显然是过誉了。当代知识分子因为经历了"文以载道"的正统宣传,产生逆反心理,借口恢复独立精神,走入不关心人民疾苦的个人享受之中,这其实是逃避责任的借口。对此,墨西哥自治大学教授海因兹·迪特里奇先生说,知识分子是权力和民众之间的桥梁,不能对社会责任失去感觉。参与式民主,是解决这一问题的主要途径。在中国、古巴、越南这样的国家,都存在如何教育青年人履行社会责任的问题。青年人要有一个设想,即10年之后,50年之后,自己的国家应当是什么样子,如何才能获得精神和文化的尊严,什么才是高质量的生活方式,是不是发财和消费就是生活的主题,如何获得体面的成就,等等。

这些,都是该书给我的教益。

老少博尔豪斯

博尔豪斯的祖父叫弗朗西斯科·博尔豪斯，姑且称之为老博尔豪斯。

1874年，老博尔豪斯参与了米特雷将军反对总统的事件，为此他许下了诺言。他们计划在10月12日发动政变，推翻现政权。不幸，此事被政府察觉，于是总统召见博尔豪斯上校，询问他的立场。他说："12日之前，政府可以信赖我的忠诚和委托给我的军队。"就是说，他将信守诺言，但也不会因此放弃自己现在职守上的责任。

由于政变时间提前，老博尔豪斯上校为了同时履行对两个人的诺言，他将自己的军队先交给政府，然后在10月12日以单兵的身份参加了政变。内战持续了一个多月，老博尔豪斯因为作战勇敢而升为旅长。在最后的战斗中，米特雷将军命令撤退，博尔豪斯说政府军已弹尽粮绝应当乘胜攻击，未被采纳，但博尔豪斯还是执行了米特雷的命令。等到米特雷重新命令进攻时，政府军已经获得了补充。博尔豪斯明明知道要失败，还是带了士兵进攻，结果被两颗雷明顿子弹击中。起义失败，博尔豪斯两天后身亡。临终前他说："我完成了我的职责与信仰，我因信仰而失败，但我忠于了我的原则。"

看过这个故事，我扪心自问：如果同样或类似的情况发生（这完全是假设），我能像博尔豪斯那样坚决忠于自己的诺言、职责和信仰吗？对比之下,我们(请宽恕我在这里用了复数)好像缺少点什么!在对手盘问立场时,我敢于说出自己的原则吗?在职务和信仰发生矛盾时,我能忠于信仰而放弃对自己有利的工具吗?还有,当领导下达了错误的命令而我必死无疑时,我还能执行命令,一往无前,视死如归吗?

老博尔豪斯忠于了他的信仰,他反对联邦制度和地方分裂,希望更换总统。总统没有更换,他却丢了性命,但他并不遗憾,也没有把结果推给天命。这次政变本来是可以成功的——如果听从他的建议,可是主帅不明,终于失败,而老博尔豪斯坚持了军人服从命令的纪律,纵然失败也不违背天职,虽死犹荣。所以说,每个人到最后剩下的,不是功名与金钱,而是精神和人品。

他的孙子,诗人博尔豪斯,小博尔豪斯。作为一个极端主义诗人,艺术上有创新,功不可没;一个失明的学者,能够忍受痛苦坚持写出那么多好作品,一如中国的陈寅恪先生,不能不叫人感慨。但是小博尔豪斯终究是一个从个人好恶出发的报复主义者,其政治品格远不及老博尔豪斯。庇隆及其夫人伊莎贝尔诚然是独裁主义者,但小博尔豪斯反对他们的初衷并非全因他们的独裁,有人说,其中包括没有得到他想得到的国家图书馆馆长的职务这一个人因素。

庇隆的反对者胜利后,小博尔豪斯终于当上了国家图书馆的馆长,志得意满。但他本人并非一个彻底的民主主义者,宿敌的失败让他高兴,因此对新政权充满感激,二者都非出自他的政治信念。博尔豪斯多次接受外国独裁政府的奖励,包括西班牙佛朗哥独裁政权,说明他的政治理念既不坚定,也不清晰。他遵循的只是个人的名利,在更高层次的理念席位上,没有他预订的椅子。

小博尔豪斯好像有点极端主义,"凡是反对庇隆的就是我的朋友","凡是赞赏我的都是好人",不管是流氓还是君子,不管是暴君还是奸邪。他在政治上缺乏明晰的是非标准,胜负都像压宝。他是个桀骜狂放的才子,但不是涵养深厚的大师。他是才华横溢的诗人,但不是重德慎行的君子。他的内心深处有着令人厌恶的贵族意识,对弱势群体的理解和同情远不如对贵族的热爱。尽管他有很多作品流传于世,但很难让人敬重。

对比起来,他不如老博尔豪斯。

市场之歌

那也许是一万年前的场景：河边的高阜处，阳光照耀着五光十色的秋叶，斑斓而沉郁。一个男人正在津津有味地吃着刚烧好的一条花脊鳜鱼，也许是草鱼。诱人的鱼香飘扬在澄净的空气里，馥郁胜于鲜花。幽深的树林里，鸟儿在歌唱，其声如同天籁。乌鸦们亦步亦趋地靠近烟火，伸头探脑，等待着美好的残渣——它们馋涎欲滴。

这时，一个孩子牵着母亲的手走了过来，孩子的眼神里闪烁着被烤鱼诱惑的光芒，也许是饿了，也许是被那强烈的烤鱼的香味所征服，他脚步缠绵，眼神里有一种天真的祈求。母亲温和地对那人说："给我孩子一块鱼吧。"那男子摇头说："不，这鱼太好吃了，我要一次吃个够呢。"母亲虽然失望，但还在哀告，希望那人能满足她这点要求。

这时，孩子拉了拉母亲的手，从怀里掏出一枚贝壳，朝那人展示说："给你这个。"那男人看了看，目光闪烁，但没有从那贝壳上挪开。那是一枚美丽的贝壳，红色的条纹——代表吉利的线条，还有温润的内里——他看上了这贝壳。于是，他把鱼的一部分递给孩子，把贝壳收下，打着饱嗝，反复观看那刚换来的好东西。

几天后，当那个孩子从树林里带回一大堆野果，那个曾经分给他鱼肉的人说："给我几个果子吃吧，我用那个贝壳给你换。"于是，孩子给了他一些野果,交易完成。这一情节,看上去十分平常,但这就是我们的祖先最初进行的交换。贝壳成为他们以物易物的等价物。如果追溯商人的来源,那么,这个男人和那个孩子就是商人的祖先。

以物易物,是先人最伟大的发明之一,论其意义,不亚于火的使用。但是,只有当货币成为交换的中介物,商业的概念才正式形成。从那以后,商品出现了,流通成形了。一条别具特色的河流——商业,如同涓涓细流逐步延伸渐次扩充,到今天已经是浩浩荡荡的大江大河。自然界的江河只能从巍峨的高原流向洼地,商业的河流却可以流向任何地方,不论多高,不论多深,不论是严寒酷暑,不论是枪林弹雨还是瘴疫流行。

为了利润,商人无所畏惧,欲望让他们一往无前。交易的触角伸展到社会每个角落,市场让他们为所欲为。事实上,边陲小村的一家小店和华尔街的金融大厦,都属于同一个家族。城镇里的小业主和家乐福的老板们拥有同一个祖先——他们都有相同的基因、连带的血缘、共同的爱好。

今天已没人否认,商业是一个社会发展阶段的标志。劳动力可以买卖,奴婢可以赠送可以交换的时期,我们称之为奴隶社会;当土地不再是贵族的领地而是可以转手买卖的资产时,那就是封建社会;再后来,一切都变成可以用货币去支付,从实际存在的劈柴、草帽、汽车到看不见的期货、专利、方案,从价格昂贵的珠宝玉器到廉价的字画赝品,从赖以为生的粮食到毒害身心的可卡因,就连少女的贞操,都出现在地下或地上的市场上,这就是商业社会、资本主义社会!更有些卑鄙无耻的人,靠出卖朋友换取金钱,出卖人格换取爵位,甚至出卖自己的祖国!

于是,商人、商业、商品,被人赋予了截然不同的感受。有人说商人奸诈,有人说商人聪明;有人说商人造福社会,有人说商人为非作歹;有人说商人是投机倒把、买空卖空,有人说商人活跃了市场繁荣了社会。有些皇帝把商人贬斥得一钱不值, 西班牙女王赶走了善于经商的阿拉伯人,从此一蹶不振的不光是安达卢西一个地区,而是整个西班牙。有些君主把商人奉为座上宾,管仲拜相,齐国成为七雄盟主;范蠡封侯,十年生聚,十年牺牲,帮越国一雪前耻,灭了吴国。当一把大葱、二两鸡毛都被视为"资本主义尾巴"的时候,商人噤若寒蝉,整个国家死气沉沉,经济濒于破产的边缘。

　　商人代表着一种文明。五千年来,没有人能离开商业、商品、商人。你可以吃自己生产的蔬菜和粮食,你可以用房前屋后的树木制造家具,但是你得买盐、茶叶、买书籍。如果你住在海边或者守着盐井,自然不缺盐吃,可是你得购买丝网,你的铁锨,你的工具,还是要到市场上取得。近代以来,商品深入社会的每一个毛孔,任何家庭都离不开交易,即使在最为封闭的深山中,也要用兽皮和药材换取日用品。如果没有商业,绝大部分日用品都将面临枯竭,我们的生活将面临危机。

　　没有商业,国家的财政将难以为继,政权也将面临危险。西方列强因为工商业而强大,用大炮轰开了别国的大门,关键是为了市场,为了从殖民地抢劫利益。这个教训已经深入许多民族的骨髓,从远东到拉丁美洲。苏联曾经试行过全面供给制,那不过是战争时代的权宜之计,虽然只是短暂的几年,却已造成俄罗斯的死气沉沉、怨声载道。中国也曾试图取消集市,结果,所有那些对商业的批判和讥讽最后都被人们看成儿戏。

　　市场的大小和是否健全,如今已成为一个社会文明的象征。商业中包含着自由,因为商品必须流动;商业中包含着平等,货币就是等价交换物;商业中包含着民主,任何生意都不肯让权力参与干涉,除非你想垄断,而垄断早被看成权力的私生子,商界对其嗤之以鼻。商业代表着仁慈和爱,税收的用途无边无际,国家财政依靠了商业的半壁江山,不可失祜于须臾。商业代表了科学与进步,落后的东西很快被淘汰,市场一直在暗地里操纵科技的高端竞赛。商业还能削弱特权,世界上第一台冰箱被英格兰商人买去,用了一个很大的庄园,可是几年以后,这一特权就被铺天盖地的冰箱融化成平民的普通享受。商人对利润的追求刺激着效率,科学于是昂首阔步进入了文明殿堂的第一位。商业为科学增添了美丽的羽毛,后者因此而飞翔。商业甚至也促进了艺术的发展,画家的大作和诗人的佳句都需要商业的扶持,你看,多少入流和不入流的艺术家都在商人的陪伴下到处走穴!

　　曾几何时,天真纯情的少年会因初次参与买卖而感到羞涩。把自己的东西卖掉,换回一些钱来,这本是天经地义,是什么让未经世事的孩子感到羞怯呢？难道是钱，还是这种交换形式？在密林深处的山寨旁，在荒僻寂寥的村路边，至今还有淳朴的老人用这样的方式做生意：他们把货物摆在道路上，自己却藏在树林的隐蔽处；如果谁看中了路边的东西，随便撂下几个钱，拿了货物走人就是——山民不肯直面生意，他们的内心里也许藏着莫名的羞耻。你知道吗，至今还有些部族沿用以物易物的传统，拒绝跟金钱发生关系，侠义的阿拉伯人甚至将存款产生的利息视为不义之财。

我没有能力将人类的轻商意识解释清楚，但我知道，传统中国文化一直鄙视商人，把他们看成邪恶和狡诈的代名词，可能和重农、重官有关。古人对职业的贵贱排列是：士农工商，商人排在末位。这种观念对中国人的影响太深太久，以至于很多人至今对商人心怀暧昧、若即若离、皮里阳秋。现在我们都知道，人不应因参与交易而感到羞涩，商业是人类社会必须有的职业，是健康社会赖以发展进步的催化剂。淳朴的山民之所以视交换为羞耻，并非出自本性，而是传统文化派生的恶果。从三代看，未见夏商周有明显的轻商情结，可是孔子看不起商人，大概他认为礼崩乐坏和商业，和流动性有关。后来的官员大都蔑视商人，他们的意识长期持续地灌输给社会，成为主流，故有轻商之流俗。

现代文明的所有因素，商业文化中都已具备，其他行业皆不能望其项背。你要寻求公平吗？你要赞美公开吗？你要求平等公正吗？那你就去看看市场好了。不论你是什么身份，货币面前人人平等，价格是可以随时调整的。那里既有熙熙攘攘的微观价值，也有乘奔御风的宏观规律。商业是大海大洋，深不见底，但也有浅滩戏水的空间；市场在多数情况下波光粼粼，有时也会汹涌万状，浪花下面藏着腼腆可爱的海豚，也藏着凶狠嗜血的鲨鱼。商业有自己的规律，往往不以王命为根据，兴衰如同云雨。你可以咒骂市场，可以鄙视商人，但生活离不开市场。可以说，那些每天都在使用着商品却看不起商人的人，在道德上是不健全的。他们忘恩负义，言行不一，吃肉撇清。

创造货币的是天才，市场则是大师。天才秀逸绝伦，看起来像是生而知之，大师学贯中西，其知识多靠后天积累；天才多半短命，而大师多年高长寿；天才简单直率，有孩子气，大师宽大谦逊，永远都是长者风度；天才几乎没有徒众，大师则门徒泱泱；天才如空中飞鸟，大师则像盘根错节的大树；天才既不愿扶持别人，也少有别人扶持，大师多是诲人不倦的长者，常有人暗中保护；天才没有权势，大师则有广泛的影响力；天才的美好靠作品和个性显示，大师的伟大则靠学问和德行，也许还有威名和地位；天才活着时往往遭同行嫉妒，大师生前多有同行敬仰追随；人们往往在天才死后才惋惜他们没有得到更好的关爱，大师则有许多人跟随他们吃饭；天才去世，人们不会指望这样的天才再现，对大师的去世，人们往往有"以后还能培养出新的来"的欣慰。

想一想，市场多么像一位大师！而天才，多么像是货币！

兼有天才和大师的社会才是美好的，缺一不可。诚然，商人有其职业性的弱点。为了利润，他们多变，不会变通的商人必将死路一条。为此，美女过去不肯嫁商人，"早知潮有信，嫁与弄潮儿"。那些抱怨"商人重利轻别离"的诗歌，我以为，大多是"老大嫁与商人妇"的女人写的，或是文人代她们写的。在此，你我不妨推敲一下个中奥妙：一个半老徐娘之所以能嫁作商人妇，说明什么呢？首先，这个人虽有姿色但从事的可能是不光彩的职业，而那个娶她的商人当时一定是心怀恻隐才把这个"明日黄花"收养起来。这个"商人妇"享受着商人的金钱，什么事也不做，安逸中难免无聊，寂寞如推不开的大山，于是抱怨夫婿，万端恼恨，后悔当初没有嫁与弄潮儿。那就不对了。如果商人丈夫不出去挣钱，哪能养得起妻妾，她们的锦衣玉食、无所用心，是和无聊与寂寞共存的。中国古代很多关于商人的诗歌都需重新评价——我们的祖先太农民，太官宦，以至于无法中肯地评价商人。

因为商文化的流行，我们可能已经失去了含蓄婉转、温文尔雅、小鸟依人，也看不见羞见钱财、"何必言利"的君子了。时代使然，新天地里菜单不可能照抄老厨师的菜谱。看那些大姑娘、小媳妇，做起买卖来，比什么人都精，就连自诩开明的人都觉得这社会已经失去了淑女，心中怅然。但转念一想，你会看到这变化是何等伟大——真正的独立和自由就是这样生长起来的，所谓的古典温柔大多产生于无权和依赖，圈养在家中的女子，花一分钱都得朝丈夫伸手要，说起话来当然温柔，她们不可能不柔顺如水。社会因女子的独立而完成了进步，过去看起来很美的东西往往只是病态的侧面,旧式淑女无论多么娇羞婀娜,都不足为训。

我以真诚的热情赞美市场,我以最大的理性理解商人:市场确实给我们每个人带来了方便、公平和美好;商人把世界大同的理想付诸实施;金融的国际化结构帮助地球村调剂余缺,造福人类。商人为文化艺术的推广带来勃勃生机;商人是封建社会掘墓人,也是新制度的创造者;商人可以和任何一种职业结合并成为朋友,没有别的职业能像商人那样单独渗透到社会的每个毛孔,如同我们身体的血液。但是,在货币成为唯一的等价交换物之后,人们对金钱的追求也变得不遗余力,不择手段,不顾羞耻。近年来出现的种种恶行案件,诸如三聚氰胺、毒奶粉、瘦肉精事件,说明商业有其与生俱来的病症。

中国的市场具备所有市场的因素,这个概念错不了。同时,这个市场也拥有与市场相关的许多毛病。官人食商和商人食官,存在吧?垄断,存在吧?价格欺诈、假冒伪劣,存在吧?唯利是图,罔顾消费者利益,也存在吧?更有敲诈勒索者,强买强卖者,非法经营者,欺行霸市者,甚至有官员插手资源行业,操纵市场,黑幕多多。因乎此,消费者在受到损害时往往投诉无门。由于管理不够严谨,不作为和乱作为的事经常发生,洋买办、土流氓、黑社会介入商业活动,到处都有不义之财,骇人听闻的事件接连不断。中国这个市场,现在还不能说很健全。

不管怎么说,中国的市场正在走向正轨,但道路确实还长。我希望,商人能够回归到本来的机智,而不是把聪明变成狡猾,将胆魄变成凶恶。我希望,商人能够始终把身心摆在明媚的阳光下,把诚信经营作为心灵的和经营的旗帜,高高举起,而不是拷贝鸡鸣狗盗之徒的把戏;我希望,商人在文明的进程中能够增加一点远见,为了健康的公民社会贡献才华,而不是挥霍无度,炫耀金钱,纸醉金迷;我希望,商人不要死气白赖地和官员称兄道弟,官员也不要和商人私相授受,那样既伤害别人,也伤害自己,更伤害商业精神。我们这个民族,小东西、小把戏、小伎俩已经太多,志士仁人应当展现更开阔的胸襟、更雄奇的精神和更高尚的情怀,从而创造美好的商业品格。

只有这样,才是出路。

读史八憾

浏览中国历史,常为那些伟大的创举而兴奋不已,但也有很多事情叫人感到遗憾。伟大已经固然,而那些遗憾则需要深入去认识。洞悉历史憾事,拒绝叹息,可以更加明确地认识今天,少一点悔之晚矣的感慨。

一憾:秦朝没能处理好社会和谐

秦王扫六合,建立了中国历史上第一个统一的大帝国,这在当时是具有世界意义的大事。同一时期,只有埃及古国具有类似的幅员和文化。秦国的政治制度代表了当时最先进的生产力,中央集权,通过郡县管理国家,官员直接听命于皇帝,国家具有一管到底的执行力。在经济制度方面,自耕农的生产效率远远超过了此前的奴隶制度,生产力已经并有望大幅度提高。由于实行车同轨、书同文、统一度量衡,秦国在广义文化方面具备了繁荣的基础。虽然焚书坑儒打击了儒学,但是法家和其他学说依然存在,思想方面单调了些,但并不瘦弱。从政治改革和经济形态转型方面,秦的作为无疑是具有划时代意义的。

但是,秦过早地透支了改革的初步成果。无休止的征伐战争让刚刚建立的经济形态不堪重负。人民担负了太多的劳役和税负,得不到起码的喘息。统一六国之后,秦国如果适时进行休养生息,轻徭薄赋,拿出一段时间储蓄力量,让经济得以充分恢复,国力必将进一步雄厚。同时,秦国应当放弃战争时期沿用下来的严苛法律,建立一个适度宽松的社会环境,让人民享受新制度带来的好处。果如此,秦国将拥有非常强大的国力,民间的积怨也会得到较为充分的释放。

可是,秦国毕竟是历史上第一个新型国家,上上下下都没有管理这种封建大国的经验。秦始皇在胜利面前头脑膨胀,迫切于建立万世基业,马不停蹄地继续他的伟大谋略,当时的大工程至少有如下几个:修长城,几十万人;秦直道,十几万人;郑国渠,十几万人,还要拿出几十万人修建阿房宫等。经过连年战事,当时的中国已经精疲力竭,秦始皇的穷兵黩武耗尽了民众的力量,国家处于濒临崩溃的边缘,于是发生了大泽乡起义——900个戍边农民揭竿而起,遂成燎原大火,秦国灭亡了。

实际上,当时秦国军队的力量并不弱。以王翦为例,他当时统率着20万大军,都是多年征战形成的战斗力,可是经不住项羽3万军队的攻击,巨鹿一战,秦军一败涂地。究其原因,首先还不是因为项羽的英勇,而是秦军失去了军心。当时秦国的士兵连衣服都是从自己家里带的,国家只提供武器,军士只有送死的份儿。加上当时每家都有自己的土地,男子从军,土地荒芜,生活难以为继,人民不堪其苦,一旦发生战事,战士无心恋战,几十万军队一下子如鸟兽散。这样的国家,怎能长寿?

这一历史憾事给统治者敲响了警钟:绝对不能透支民间力量,绝对不能忽视民众的生存状况。政权的根本任务是满足人民不断提高的物质的和精神文化的要求。不管你做出了多么伟大的行动,不管你的改革具有怎样伟大的历史意义,不管精英们如何雄才大略,人民首先强调自己的生存条件。如果后者被忽视,老百姓可不管你是多么了不起的政治家。贾谊总结秦的失败原因,说出"仁义不施,攻守之势异也",实在是发聋振聩的黄钟大吕。老子也曾说:与民为敌,或早或晚,民必胜。今人总结历史教训,形成了这样的理念:执政者的一切行为,除了人民的利益,没有别的。

二憾:汉代的文化制度过于偏颇

西汉实行罢黜百家、独尊儒术的政策,从而造成了文化的单一性,中国从此失去了百家争鸣的局面。百家争鸣,容易给人思想的"乱象",春秋以后35年的战国,往往成为人们的口实,实际上正是春秋的争鸣给秦国的统一提供了思想基础和文化营养。西汉统治者没有从这个层面认识文化史,造成了资源过于单一的文化环境,正如清朝一统天下后的人文环境更加严峻。这种情况不久就产生了负面的社会效果。到东汉时期,中国社会在文化上显露出相当枯寂的气氛,新思想被视为大逆不道,中国文化在经历了百年繁荣之后开始走向衰微,这也为佛教进入中国创造了一个大好时机。

同一时期的希腊,情况却完全不同。希腊给予世界很多伟大的贡献,最重要的是社会制度的民主因素,还有哲学、科学、文艺和教育上的贡献也不可低估。希腊山地多,难以实行中国那样的郡县统治,他们的城堡制度基本上保持了对各部族的尊重,国家有议会制度,遇到问题要由各地代表一起讨论,在讨论中奉行言论自由(尽管还局限在知识分子的层面),思想可以商榷争论,利益可以讨价还价,以便求同存异。这些措施和制度为后来的文艺复兴提供了丰富的资源。希腊并不是原始文明,但由于希腊人好学、虚心、勤于思考,渴望知识,喜欢旅行,他们创造了当时最先进的社会科学,包括自由主义、世俗人生观、多神论等。历史学家对此已有定论。

开阔的思维不仅为古典时期的希腊神话提供了巨大的想象空间,也帮助希腊人建立了围绕地中海的广大的殖民地。因为希腊人保护了多元的人文思想,他们得以在酒、橄榄、谷物的贸易中增加了商业见识,也扩大了视野,这为后来的海军建设提供了知识基础。开放的希腊在当时的世界上可谓举足轻重,希腊国王曾经骄傲地宣布:"我们的城市向全世界开放,雅典就是希腊的学校。"那时候,我们的汉朝却在大搞什么独尊儒术!

城堡制度和议会民主为希腊的黄金时代提供了保障,工商业的发展和海外贸易促进了经济的发展,文化上的多元化创造了自由的土壤和想象的天空。狂放不羁的自由思想不仅让希腊人创造了《伊利亚特》那样伟大的文学作品,而且帮助他们在天文学、数学、物理学和建筑学上取得了卓越的成就。当我们想到苏格拉底、亚里士多德、柏拉图这些耳熟能详的名字时,不能不感叹自由和文化的奇妙关系。

在中国,当时奉行的却是政治上的专制主义,伦理上的家族主义,文化上的非理性主义。代表主流意识形态的汉朝统治者强调儒学,其他门类的思想和方法均被斥为"异端邪说"。汉朝提倡以孝为核心的伦理体系,以此作为忠君思想的基础。经过长期的驯化与打击,知识分子已经不敢独出心裁,学术上失去了标新立异的志趣。他们担心质疑现存秩序的缺陷会受到权力的惩罚,战战兢兢,如履薄冰,大气不敢出。对权威的出自本能的顺从、家长作风以及不愿在人前丢脸也不堪让别人尴尬的心态,抑制了公然的挑战与批评,抑制了个人的权利意识,也抑制了创新、发明与发现。

希腊人也信神,但他们的神是世俗的,没有代替上帝管理人间的任务,也不具有对世人采取生杀予夺的权力。希腊人很清楚医生和巫术的不同,神话和现实的不同,他们善于将宗教和政治分开,而不是混为一谈。欧洲在其希腊化的过程中受益匪浅,欧洲因为希腊的经验而变得更丰富,更精彩,更民主,更自由,而中国的方向则相反。西汉、东汉之间,曾经有过王莽的改革,但没有成功。这次改革中所表现的颟顸、僵化和儒家教条主义终于导致了失败,今人可以从王莽改革中部分地看见中国文化意识的弊端当时已经深入到何种程度!

三憾:汉唐没能推行积极的移民政策

汉武帝打败匈奴,扩大了疆域,一时雄心勃勃,在政治上极为自信。那时的中国真可谓雄姿英发,从朝廷到民间都表现出继往开来、一往无前、质朴刚毅的文化精神。霍去病800骑兵横扫西域中亚的风范简直如天马行空,前无古人。匈奴老想侵犯大汉王朝,汉朝一鼓作气,把鞑靼人赶得远远的!当年有一位叫陈汤的将军这样宣称:"犯汉者,虽远必诛!"

汉朝的国力比当时的罗马帝国要强大得多,但汉朝统治者却满足于无为而治,没有适时地鼓励移民。当时的统治阶级只知道唯我独尊,自高自大,没有建立广大的殖民地的政策,打下的地方随手就撂了,有些地方仅仅建立一个都护府,没有大量的居民作为社会支撑,政权很难持久。这种事不能完全指望民间的自发迁徙,政府如果推行积极的移民政策,那些边疆会是另一种景象。汉朝初年,国家在西部搞过一些屯垦,但是数量不大;北部当时还是大片的原始森林,东北更是荒无人烟的草地,当年国人如能跑马圈地,颁布一些鼓励移民的政策,同时派出官员,守土有责,远东地区就不会有后来的俄罗斯人的身影,唐宋时代的中原也许不会有那么多北方边患。

古代中国人只喜欢已经开垦过的土地,看不起草原和森林,乐意向南发展,不肯向北推进。由于农业生产效率高,他们更喜欢使用现成的耕地种粮食,缺乏贸易的渴望,甚至看不起商人和商业活动。因为人多,劳动力廉价,人们不注意致力于农业机械和改进耕作技术。这样一来,中国人就建立了一种安居乐业、自给自足的生活方式,同时也产生了与之相应的不求进取、相信天命、保守顺从的文化意识。亚细亚文化不仅是一种社会制度,也是一种意识形态。

当时,罗马帝国人口5000万,汉朝人口5960万。关键还不在于人口,重要的是,当时中国的劳动生产率大大领先于世界各国。那时的日本人,其落后程度简直就像是原始部落,没有繁荣的都市,也没有像样的建筑,甚至没有一个统一的政权。当时能跻身世界文明行列的,除了罗马和中国,就只有印度和希腊。中国当时虽然疆域辽阔,但只是一种军事和政治的成就,并没在经济上和文化上对新开辟的疆域加以改造,没有把中原的农耕文明和汉文化尽快移植到新开拓的地方。汉时的丝绸之路虽然一度兴盛,但不久就因中亚的地缘因素而中断了。这次中断,没有引起中国的足够注意,甚至没有试图打通!这一点,中国和地中海国家很不同。西欧同样遇到东西方贸易阻隔问题,很多欧洲人千方百计造船航海,积极寻找香料的原产地并竭力直接进口原料,而不是在亚历山大港等着购买穆斯林的二手货。这时期,中国显现出小农文明、自给自足、万事皆备于我的保守思想和天朝中心意识。

所以说,秦汉以后的中国虽然充满自信,也相当开放,但是缺乏新思想,没有自由的土地培养不出什么新种子。由于政治上缺乏建树,经济上没有远大的渴求,国内商业于是受到限制,海外贸易时好时差,中间多次中止。中央政府对已经占有的地方只强调治安和赋税,不曾有统一的规划和建设,目光短浅,自大骄横,终于停止了前行的步伐。

历史上,中国人只在向南扩展时才是成功的。为了避免战乱,中原人大量逃亡南方,给南国带去先进的农耕技术,也带去中原的主流生活方式。在其他地方,领土扩展后所形成的管理大都不够扎实,强盛时还可维持,一旦中央政府的影响力衰弱,那里就会烽火连天,边乱不断,荒无人烟,而南方则较少战乱。反过来说,如果在北方建立牢固的经济基础和有效政治管理,后来的麻烦也许少多了,中央政府因此可以腾出更多的财政力量发展生产,不至于把大量的金钱用于平叛和抗敌。

四憾:迟迟没能建立起科学的价值观和方法论

历史学家把公元前500年以前的历史,统称为古代;从公元前500到1000年(也有人设定为1500年)为古典时期;1000年到1500年,算是中世纪;以后就是近代(也有人称之为现代)。历史学家认为,人类的大部分发明和发现都是在公元前数世纪之前实现的,如火,如陶瓷,还有语言、文字、服装、祭祀、武术、天文、烹饪、家畜驯养、建筑、船只、车辆、兵器、礼仪等,从无到有,丰富多彩,涉及人类生活的各个方面。进入古典时期,大发明大发现很少,除了铁器、造纸、纺织和数学,其他乏善可陈;到中世纪,科技发明就更少,算得上伟大发明的就只有中国的火药、指南针和印刷术。

古典时期几大帝国形成,如罗马帝国、亚历山大帝国和中华帝国,算是人类的奇迹。三大帝国的建立,人类彼此沟通,进一步消化了古人类的发明,完善了生活方式,广义的文化在各方面都臻于精致。此后的中世纪,陆续出现了波斯帝国、拜占廷帝国、匈奴帝国,这个时期的发明更少,但文化沟通却前所未有。最大的受益者是北方民族,中原称之为"蛮人"(此处无贬义),他们用冷兵器战胜先进文化,在受用精致生活的同时也被同化,被消解,被融合。中国的几大发明就是在这一时期被蒙古人带到欧洲的。这些发明奠定了整个欧洲近代文明包括科学技术发展的基础:火药导致了各种武器的发明,也用于建筑,比如开山;印刷术促进了图书业的发达和教育的普及,促成了欧洲的文艺复兴;指南针则被广泛用于航海——中国的学生们如此聪明,他们用东方老师的发明打开了中国的大门,毫不客气。他们将这种十字军东征式的侵略说成

"拯救落后民族"、"传播上帝福音",不知羞耻。

那是西方人大肆享受中国发明的饕餮时期,殖民者肩扛火炮参加了分割世界的大会餐,整个西方因此迅速积累财富并走向近代化,三大发明给西欧安上了高歌猛进的风火轮,他们因为不义之财而昼夜狂欢,每一个欧洲贵族的庭院里都流淌着殖民地的民脂民膏,还有鲜血的颜色和冥冥之中的抗议。从伦理上说,我们站在正义一边。马克思告诉我们,历史并不偏爱正义,非正义的胜利比比皆是。

要命的现实主义逼迫我们反思。抛开我们的传统价值观不说,单就方法论而言,就有很多值得推敲的地方。我们的火药是炼丹者的偶然遭遇,除了用作长生不老的工具,后人只将火药做成好玩的爆竹和焰火。指南针的发现来自巫术,很长一段时间里它只用来看风水。伟大的雕版印刷、活字印刷术逼近了近代文明,可是我们不仅没有及时地登堂入室,而且将这一伟大发明用于印制佛经和灶王爷。我们太善良太仁厚太平庸了,奇货可居,却束之高阁。我们没有理由阻止别人充分挖掘那些发明的伟大用途。我们因这些发明而自豪,最终却因此而落后,这是整个民族不可忘却的遗憾!历史已经那样了,后悔也是无益。问题在于,为什么我们的科技之苗没能长成进步的参天大树和文明的浩瀚森林呢?

第一,中国文化自古以来有轻实用、重说教的传统,无论儒释道,夸夸其谈者多,务实致用者少。在方法论方面,则是轻实证、重意象,轻调查、重口号。凡事喜欢立论,但很少给予论证,汪洋恣肆,大而化之,不得要领,却喜欢强加于人。很多知识者喜欢以地位自居,以吏为师,拿了道德做司法,将教育问题延伸为行政规则的事情屡见不鲜。古人的世界观中漫溢着缥缈的浪漫主义,但缺乏科学精神,写意有余,实证不足。比如,长生不老,海外求仙,喝下符咒刀枪不入,这些事,很多人沉迷其中,没有谁去论证过。民间则喜欢谶纬,风水学说泛滥,动辄占卜,迷信鬼神预兆。即使在知识分子中,仙人情怀也大大多于经世致用,此一病,害了中国数千年。

第二,战乱限制了科技发展,专制禁锢了自由创新。盛唐以后,中国一直处于南北方的战争中,时断时续,不安定的生活环境严重影响了科技的发展。封建社会强调读经,不鼓励创新,独出心裁等同于生存风险,平庸于是成为做人的圭臬,旧文化束缚了中国人的智慧发挥。当整个社会弥漫于"不求进取但求无过"的文化氛围中,除了最低物质生活水平和起码的人身安全,还能指望发展科技的热情吗?

第三,农耕社会,工商业受到限制,科学技术的流传受到阻碍。西方的科技之所以发达起来,中东穆斯林之所以拥有较高的科技水平,很大成分在于商人对利益的持续追求,在于贸易活动中产生的世界眼光。那种挖空心思扩大利润、竭尽全力降低成本的追求,其实就是科学发明的基本动力。中国人热衷于农耕,轻视工商业,把科学技术看成不入流的"小道",看成"奇巧淫技",能工巧匠,巫医乐师,百工之人,为"君子"所不耻,科学技术的应用必然受到压制。

第四,中国人口太多,什么事都可以用人工去完成,这也阻碍了的科学的发展。西方人之所以非常注意科学技术的推广,人少是很大的原因。磨坊越来越多,人力不够用,才想到利用机械提高效率,于是发明了风车和蒸汽机;资本家不愿承担那么重的工资支出,千方百计发明机器。蒸汽机本是埃及人发明的,但埃及人跟中国人差不多,只觉那东西好玩,没有直接用到生产中去,英国人急需节省劳力成本,蒸汽机于是在英国得到改进和推广。其他一些发明,大体如此。

这一教训,对我们至今还有现实意义。总是以为人多,多动动手就对付过去了,不求进取,历史证明这个想法是错的。效率如今已经不是简单的成本和效益问题,而是世界观问题。现在你人多,许多事可以用人工去完成,可是等别人有了先进的东西,那时你有多少人都没用!用机器织的布比用旧织布机生产的布好得多,而且便宜,谁还买咱的东西?一旦落后,落后者就只好给人家当雇工!历史就是这样,容不得善良的人们犹豫,时尚的狼狗追着我们的脚后跟,慢一点儿就会被它咬得鲜血淋漓。所以说,那种凑合着过日子的想法,那种等人家发明出来咱再照抄照搬的小精明,完全不行了。如果说过去的历史充满遗憾,今后如不改变,还会吃大亏,普遍的盗版行为就是这种行为的现代翻版!

五憾:宋朝的文化政策过于文弱

1025年,被称为"屠杀保加利亚人的刽子手"的巴西尔去世时,拜占廷帝国正如日中天,当时拜占廷的北部一直伸展到多瑙河流域。此时的阿拉伯世界已经分裂,不能对拜占廷构成威胁。对比拜占廷、阿拉伯、印度,当时西欧社会还显得相当原始,更不要说跟中国比了。这时中国正处于宋朝(北宋建立于960年),经济上相当有力量。这个时期,宋朝内忧外患较少。1005年,宋朝和东北的大辽建立了澶渊之盟。1038年,元昊建立了西夏王朝,与北宋和平共处。11世纪中期,毕昇发明活字印刷术。由于兴修水利,中国的农业得到大发展,南方水稻甚至做到一年两熟。铁器得到广泛应用,生产效率迅速提高,工商业欣欣向荣。1069年,宋朝发生了王安石变法。如果变法成功,大力发展工商业,中国将在其后的50年内迅速强大起来,不仅不会被后来的匈奴灭掉,甚至可以把中国的影响扩大到更远的地方。

那是一次很好的历史机会。巴西尔去世后,拜占廷帝国陷入困境,当时世界上没有什么政治力量能够与中国争雄。可是,王安石变法失败了,保守力量扼杀了这次改革,中国的资本主义幼苗没能抵御封建制度的严寒冰雪。如果宋代工商业得到进一步的发展,现在的中国很可能是世界上最发达的大国,也是首屈一指的强国。要知道,中国的工商业比欧洲早了700年!西欧直到17世纪才有了类似宋朝时期的工商业气象!

历史如此吝啬,中国的机会转瞬即逝。在其后大约200年中,虽然拜占廷帝国日趋弱小,但宋朝也因为忽视工商业,拒绝改革,闭关锁国,而迅速走向衰落,代表落后文化和生产力的蒙古人却因此显示出冷兵器的魔力,铁蹄不仅踏破辽和西夏,也灭亡了南宋小朝廷,最后建立起横跨欧亚的大帝国。1204年,拜占廷帝国完蛋,其首都落入西方蛮族人手中(拜占廷也失去了机会)。到1206年,蒙古王朝建立,这一政权一直坚持到1368年,中国此时已经没有机会了。整个欧亚进入了被落后民族统治的时期。回首历史,让人徒增感叹!

为什么宋朝在历史的黄金时间没有强大起来呢?

第一,宋朝统治者胸无大志,他们的最高的要求就是收复北京到长城之间的领土,没有扩大疆域的雄心。实际上,就连这一点他们也没能做到!后来,宋朝统治者采取了更加荒唐的"送礼"政策,低三下四地巴结北方民族,结果呢,越是给人家好东西,蛮族越想侵略,终于养虎为患,引狼入室。中国人在外交上的不实际、软弱性和小聪明,根源到底在哪里,不得而知。有人说国人欺软怕硬,宰熟畏生,我无法论证,不敢妄言。

第二,宋朝在军事上的衰落,重要原因之一是皇帝对带兵打仗的将军们不信任。朝廷成立文人和太监组成的枢密院以负责制定每次作战的具体方案,将领只能根据闭门造车的指令东征西战,这样的做法,没有不败的道理!岳飞一辈子都没有逃出枢密院的管辖,一不听话就被说成拥兵自重,不听君命,企图叛变!后来,皇帝委派太监去监督军队(明朝也是这样),结果总是失败。事实证明,片面强调对朝廷的忠诚而不信任部队,结果只能贻误良机,失掉大局,毁灭国家。

第三,文人治国,弊端多多。宋朝的科举制度比较完善,因而吸收了大量的文人参与治国,只有较少官员是通过实践得到提拔的。儒家的中庸之道,集权政治的严酷,中国文人大都有迂腐、浪漫,重教条轻实践的脾性,还有天生的驯顺,吟风弄月还可以,治国不是高手。宋朝的高层官员中出了大批文学家、诗人、画家、书法家,但他们治学可以,治国则不行。试想,连皇帝(宋徽宗)都倾情于花鸟,不上朝了,皇帝成了画家,丢了国家。

第四,宋代文化精神偏于纤弱。从秦汉到唐,中国的民族精神不乏英雄主义的豪情,但是到了宋代,这种精神几乎丧失殆尽。在冷兵器时代,战场的胜利很大程度上依靠民族精神的刚毅和凶猛,而不是靠智慧,有时甚至不依靠生产力的先进。长期以来,中国人被佛教、道教、儒教弄得过于内向,过于软弱,许多人因为出于生存的怯懦而躲到宗教中去,装模作样,掩人耳目。中国人在密不透风的专制统治和单调乏味的文化体系中日渐委靡,渐渐失去了雄健的精神,同时又喜欢坐井观天妄自尊大,失败早在预料之中。失去了雄心壮志的民族,即使每个人都佩有锋利的刀剑,也不是蒙古人的对手。气概上先就不行,故而什么都不行。

六憾:明朝没有积极开展海外贸易

世界公认郑和七次下西洋,是人类历史上最伟大的壮举之一。明朝时期的中国不仅是公认的强国,甚至可以成为一个雄视世界的超级大国!如果当年那样做了,曾经遍布全球的殖民地就不是欧洲人的,而是中国人的。中国当时不仅有充足的人口可以移民,而且具有相当发达的农耕技术,移民可以凭借先进技术开发荒地,建立家园。可惜我们没有做,我们把伟大的机会、辉煌的事业让给了欧洲人,甚至连自己眼前的附属地都没能保住!

资料显示,1603年,即西班牙在菲律宾建立殖民政权32年后,马尼拉的西班牙人只有1000人,而中国籍人口有20000人,中国人控制了该群岛的主要经济力量。然而中国皇帝不仅不支持海外经济活动,也反对移民,移民得不到祖国的关怀。这种竭力反对海外扩张的政策,让海外华侨失去了政治支持,事业难以得到发展。就在那一年,西班牙殖民者在菲律宾大量杀害华侨,造成惨无人道的血案。中国在朝鲜的利益,也是这样丢失的。朝鲜受到倭寇的骚扰,明王朝不能有效地保卫半岛,朝廷甚至担心惹怒日本人,朝鲜的保护权终于易手。这样一来,国家的影响力当然也就越来越小。

就在西方为中国巨大的经济能量、伟大的科技发明、惊人的航海能力所震惊时,世界上却突然不见了中国人的踪影。为什么明朝的航海事业戛然而止呢?按说,无论从舰队的规模上还是从造船技术上,明代中国的航海能力都是首屈一指的,可那时中国的航海并非出于经济上的需要,而是来自政治上的虚荣。郑和七次下西洋,看起来更像是一种海外巡礼,除了张扬天朝的皇权威仪,没有任何切实的贸易诉求和开拓疆土的意图,说是一种封建帝王的真人秀或走亲访友,也无不可。看,我们的祖先多么慷慨大方!走到哪里都给人家送去好东西,又是丝绸,又是瓷器,还有字画和古玩,让人家说中土多么伟大多么富足,得到一点恭维和赞叹,就得意扬扬,东方大国的虚荣心因此得到极大满足,多么善良,多么可爱啊!

还有人说,那个时期的航海是明朝皇帝为寻找可能流亡海外的政敌。我以为,明朝的航海之所以中止,主要因其禁海政策,朱元璋有"片帆不得下海"的禁令,后继者常常以此为政策根据。我们的文化什么时候失去了开放的勇气呢?统治者怎么那么害怕外族呢?真是咄咄怪事!

从经济层面上说,那时的中国缺乏自由贸易的内在要求,缺乏到海外找原料、找市场的内驱力。外国商人因为这一政策的阻隔,不能堂而皇之地跟中国做生意,于是就做了海盗,倭寇在那一时期特别凶(当然还有别的因素),部分原因是不能开展正常的贸易。在抗击倭寇的斗争中,民族英雄戚继光屡建奇功,可是朝廷却生怕因此惹出麻烦,干脆实行极为严厉的闭关锁国政策。

经过封建社会近两千年的专制压迫和文化愚弄,中国终于自食其果。到明清,中国社会的沉闷已经达到毫无生气的程度,古人那种自由豪放的精神已经衰微,智者的灵性和强者的气概几近殆尽。很多人以为只要一天有三顿青菜、豆腐、白米饭,就可以享受皇恩浩荡、天下太平。我们的前人对世界的变化浑然不知,依然在低矮的草屋里津津乐道上古故事,官员们则走马斗鸡,花天酒地,文人们则吟风弄月,狎妓冶游,很多人热衷于瓷器、字画和鼻烟壶,小情小趣成为一个民族的最高审美。在这样的政治、经济、文化背景下,中国怎么可能强大起来,郑和怎么可能继续他伟大的航海事业呢?事实上,是蒙古人最先发现了美洲新大陆,哥伦布登上美洲土地之前,那里就有800万土著,就有伟大的马亚帝国。史学家的研究证明,那些蒙古人的后裔就是从中国东北部过海而去的移民。我们缺乏先进的政治制度,缺乏刚毅雄健的扩张精神,缺乏强大的经济和科技力量,即使大陆早在我们手里,或至今还在我们手里,也是守不住!

七憾:缺少一个像样的文艺复兴

欧洲的文艺复兴(这个词带有新生的意思)起源于意大利。深层地说,起源于工业的发展、大规模的贸易、丰厚的物质基础和不同文化的传播和发扬,来自进步的科学的教育,来自城市的繁荣和人对自由和幸福的追求。这一切,说到底,都和希腊一直保存的思想自由密切相关。

作为这一运动的符号,首先是文化和艺术上的丰硕成果,如达·芬奇的绘画,米开朗琪罗的雕塑等。更深层次地说,文艺复兴强调的是人,人的美感,人的权利,人的自由。文艺复兴的成果首先不是科学,而是哲学、文学、艺术和美学。伟大的土耳其学者舍勒比不止一次地阐述知识积累和海外扩张的关系,告诫他的国家和人民必须懂得学习,不然将会"瞪着比牛眼还大的眼睛看这个世界的变化"。

此后欧洲(首先是德国)进行了宗教改革,不改革确实不行了。与时俱进的宗教改革增加了人的权利,降低了神的威严,这也是教会得以继续发挥效能的睿智的让步。不论怎么说,这么一来,古典自由主义迅速兴起,大大焕发了人的创造性。一旦人的生命变得快乐了,什么新事物都会出现。

可惜的是,中国没有发生这样的运动。有人说,五四运动差不多等于西方的文艺复兴,可是扪心自问,我们的五四运动真有那么大、那么深、那么强烈的社会影响吗?五四运动曾经产生过中国人对权利、对神灵、对自由、对美感的全新意识吗?这个话题,值得讨论。我所看到的,主要是白话文代替了文言文,至于八股,虽然形式上没有了,但阴魂一直没有散去,人性本身的解放也远未达成。由于儒教强调纲纪和秩序,西方文化进入中国时,心术显得多有不正,中国人虽然经过五四运动,但并没有因此实现像样的思想启蒙和文艺复兴,也就很难产生健康的自由主义意识。一千多年的科举制度让知识阶层向往"御前行走"的生活道路,很多自称自由主义分子的人,其实只是官僚的食客。在民间,由于商业被轻视被压制,自由主义除在文学上产生过话本小说和元代散曲,并没深入的文化影响,更不要说宗教改革之类。中国人长期以来被唯心主义哲学和不求甚解的方法论所左右,在强大的等级制度下,贵族和知识分子密切合作,建立了一个密不透风的超稳定体系。在这种官本位体系里,很难产生像欧洲文艺复兴那样否定神本位、建立人本位的运动。

因为缺少文艺复兴和启蒙运动,封建文化的坚硬内核始终没有被历史所融化,也很难被草根社会所消解。因为新思想的缺失,我们一直没有办法铲除旧土地上的杂草。我们有的是阿谀逢迎的官僚,有的是算命打卦的风水先生,有的是满口子曰诗云的学究,还有一群靠花拳绣腿和自吹自擂保卫天朝的所谓文武之士。但我们缺乏鲁迅说的那种慷慨悲歌、抚尸号哭的勇士,缺少敢于创新、无畏异端的精神,缺乏我行我素,虽千万人吾往矣的气概。

这种状况造就了极为平庸且以平庸为荣的文化环境。于是乎,每一次改革都缺乏深入的动员,每一项进步都需要无数的解释,甚至是生硬的推动。因此,中国的改革者常如行走于泥泞之中,步履维艰,东倒西歪,找不到一条稍为干净的沙道。封建文化的灌木丛密密匝匝,坏东西藏身其中,除非放火烧荒,而烧荒则难免投鼠忌器。激进的改革者常常沦为权威主义者,这也情有可原。未经文艺复兴洗礼的地方,就像一片未曾开垦的荒地,不适合种植高级作物。历史的缺失乍看起来好像无关紧要,其实决定着中国现代化的节奏和速度,甚至还有民族精神的建设和文化美感的再生。

八憾:没赶上近代科学发明的浪潮

西方在文艺复兴后所产生的那种汹涌澎湃的科学发明和创造浪潮,造就了一个让人眼花缭乱的时代,人类从此真正开始证明自己的伟大,从微生物到太阳系,从机械到化学,从物理到光学,从生活到生产,简直无所不包!这种气象,只有经过文艺复兴的民族才能达到,猥琐自足的小农,封建牢笼里的臣仆,热衷于炼丹的高人,是不可能建设这种气象的。你看,从蒸汽机到内燃机,从外科手术到织布机,从哥白尼到达尔文,从铁路到轮船,从百科全书到牛顿定律,最后发展出两个东西:巨大的金融资本和所向无敌的舰队。这两个东西有一个共同的德行:那就是扩张。

17、18世纪的扩张,我们没有赶上。19世纪的科技发展,我们也没有赶上。天朝自以为什么都不缺,所以只拿了人家的钟表当玩意儿,国家没有在科学发明的浪潮中急起直追,终于落后了。中国人过去轻视科学发明,以为那都是奇巧淫技,君子不齿。很多人以为"一部《论语》治天下",岂不知,正是因为一部《论语》误了天下。

一步赶不上,十步撵不上。因为没有珍惜机会,当时好像赚了小便宜,到头来吃了大亏。每次失去都是不自觉的,其中确有难以回避的必然和偶然,但我们这个民族有一个难以否认的缺点,就是过于封闭,过于善良,也过于软弱。中国的修身处世中讲究"一动不如一静",知识分子大多以内向自诩,以保守为荣,万事但求稳妥,青年人的创新往往被认为是未经世事不堪大用。殊不知,当我们欣赏自己美丽羽毛的时候,老鹰一直在歌唱自己的利爪！我们不想征服别人，但秃鹫正在等待我们日益羸弱的身体,掠食者和腐食者都不拒绝像中国这样的好肉！

　　过去了就是过去了，不会重复，现在需要珍惜第二次机会。历史的本相已经显露无遗，再也不能胡来了。中国人的才智一点都不比别人差，问题出在观念上和行动上。看到自己落后，才知道要想自强就必须急起直追。远见卓识的人必须面对盘根错节的文化传统，有时需要直面悲剧，因为他们的行为常常会顶撞昏睡者，坏了他们的好梦。要想重振雄风，必须善于学习，这是科学进步的必经之路。我们诚然失去了一些机会；但不必为此懊恼，行动者永远为时不晚。这方面，日本人值得我们学习。日本人从唐朝就是我们的学生，直到近代也还不大成器。清朝以前，他们除了在邻居的家门口做些杀人越货的勾当，看上去没什么大出息。但是，当西方人杀开日本列岛的门户后，日本人大惊失色，然后就是奋进求生。他们派出三百多人的参观团，花了很长时间，遍访欧美，放下身段，放下面子，谦恭地学习西方的长处，最后形成了明治维新。日本19世纪的维新比唐代时向中国学习的大化维新更积极，更深刻，成就更伟大。几十年后，他们打败了中国海军，又过了10年，1905年，又打败了俄国。这是历史上亚洲人第一次打败西方人。同样都是学习西方，为什么日本人学得好，我们为什么学得不好用得也不怎么成功呢？其中一个原因，日本人佩服打败他们的人，无论谁比他们强，他们都谦恭地去学习；中国人不同，我们总是不愿承认自己的缺点，奉国粹为圭臬，到头来难免被人家打得鼻青脸肿。慈禧太后，李鸿章，都企图玩弄以夷制夷的把戏，不仅难以成事，反受了许多屈辱！最好的办法不是以夷制夷，而是以己制夷。即使以夷制夷，自己也先要强大起来。

我　　感

太平时代说进取

进入21世纪，中国的脚步看起来坚强而有力，社会安定，经济繁荣，人民安居乐业，国民经济总产值跻身于大国之列。大多数家庭都比以前好过了——温饱不成问题，多少也有些积蓄；国家免除农业税，种粮给补贴，农村合作医疗初步实行，农民对此感到满意。虽然还有看病难、上学难、办事难等问题，但总体上说，社会气氛比较祥和，国人对未来充满希望。

成就来之不易，上下都应加倍珍惜，既定路线要继续走下去。但是，从改革的角度看，这种气氛也容易产生怠惰懒散、无所作为的心理，甚至导致保守主义抬头。保守主义者缺乏进取的目标，他们看重现存秩序，敬畏权威，笃信传统，虽然有讲究实际的优点但缺乏变革的激情。近年来，从我个人的观察，国内从上到下散漫着一种自诩自满、自高自大的情绪，说成绩津津乐道，说不足吞吞吐吐，找问题躲躲闪闪，一种消极、懈怠，甘于平庸、无所作为的意识正在影响着社会的各个方面。最近，中共中央强调要警惕平庸防止懒散，可谓及时的警钟。

我们的文化传统中含有浓厚的小农成分，一旦吃饱穿暖，有些小钱，人们很容易自得自满，脚步因此停滞不前。知识分子深受传统文化影响，崇尚清谈的多，追求清静的多，随波逐流的多，又有黄老的无为，佛家的避世，他们往往成为保守主义的中坚力量。考察现实生活，30年来，人们在物质生活条件上已经大大改观，甚至超出了很多人最奢侈的梦想，再向前走，还能到哪里呢？他们失去了方向，失去了创造新生活的热情和勇气，弄几个小菜，约几个朋友，喝两盅小酒，万事皆备于我了。大半辈子辛苦的老年人，一听到子孙们激情满怀的计划就忧心忡忡："有碗粥喝就不错了，三天没穿露裆裤子就想上南天门，烧包！"

　　小农意识不仅飘荡在乡村的田野上，城里的街巷中也氤氲浓厚。楼房代替了平房，摩托车汽车代替了自行车，再也不穿带补丁的衣服了，走亲戚看朋友一两百块钱几乎拿不出手，家里出个大学生研究生已引不起邻居街坊的羡慕……所有这些，都足以让人心迷神醉，四肢乏力，一种悄然产生的满足感如同迷魂药催生着放弃、停滞和迷惘——祖宗从没过上这样的日子，识好吧！

　　一些曾经锐意革新的官员，很多人已经老了，精力赶不上从前，自觉地退避三舍；有些人已经实现了初衷，打算急流勇退，见好就收。他们说，该做的能做的，我们都做了，剩下的硬骨头让下代人去啃吧。他们即使还在位在职，也不再拥有雄心壮志了。他们现在习惯于开会，看文件，陪客吃饭，周旋于上下左右，操持着官场细事，陶然于歌舞升平，报喜不报忧，一事当前，虚与委蛇，敷衍塞责，不求有功，但求无过，唯一关心的就是什么时候再升上一级半级；如果你想做事，有人会说你"没事找事"，说你"有福不知道享也不叫别人安静"；如果你积极努力，他们就讽刺你"跟催命鬼似的"，"赶得人屁不在腔里"云云。

　　改革既积累着财富和经验，也消耗着锐气和激情。一种历久弥新的文化惰性深刻地侵蚀着人们的进取心，封闭、懈怠和自满自足正在成为持续发展的绊脚索。那种陶醉现状、畏首畏尾、心气不足的心态，正在腐蚀着执政者。他们害怕困难，东张西望，遇事犹豫不决，没有了进取的谋划，也缺少远大的目标。他们总是以取消主义掩饰胆怯：多一事不如少一事。一说革新，他们就会说：万一弄不好怎么办？他们饱食终日，无所用心，走路的脚步越来越迟缓。很多人对分内的事情不肯作为，也不愿负任何责任。他们希望日子平淡如水，别误事也别惹事，跟好领导也别得罪同侪，说成绩嘛，也有点儿，可这成绩里边看不到他们多少作为，跑个龙套也算光荣。这种人现在并不少。他们瞻前顾后,满足于应付官场事务,平庸是平庸,可也没造成什么损失……

改革就像登山,上了一个山头,突然觉得浑身疲乏,恨不得就地躺下,睡上三天三夜。或者说,有点像房事高潮过后的慵懒,热汗回潮,再没有振作的欲望,甚至懊恼先前的投入值得不值得。再或者,就像微醺后的无力,很想说话但口齿不清,很想走路但脚步绵软,飘飘然不知其所以然,睫毛上跳跃着数不清的彩虹,既抓不到也不想抓到。于是,一切归于虚空,满脸醉意,什么都放弃了,心灵中找不到安放志向的地方,走到哪里算哪里,今天的现实已经超过列祖列宗的最奢华的理想,夫复何言!

这是特定阶段的文化现象,不但不奇怪,甚至是一种功德的象征。享受这种暂时的宁静,品味阶段性的幸福,是每个人天赋的权利,不应受到指责。在这种气氛下,百姓可以逍遥自在地做个太平民,但对有时代感、责任心强、历史意识强烈的官员来说,无所事事就是放弃,不求进取差不多等于堕落。

这是一个需要登高望远的时候,中国需要崭新的目标,也需要精心的谋划;这是一个需要继续奋发的历史关头,上上下下都应励精图治,努力有所作为。这里还远不是天堂,还有很多迫切需要解决的重大问题摆在眼前,经济的持续发展依然是个大难题。中国依然处在轰轰烈烈、浪遏飞舟的潮流中,大环境不容我们故步自封。大洋的波涛拍打着海边的沙滩和岩石,浪花如雪,声震云天,中国无法独自安静,也不可能超然物外。不论你的城墙多么古老,城内的人们都不能长时间酣然大睡。这个世界已经连成一个整体,在历史的拐弯处最容易被人超过。当今社会是如此独特,每一分钟都有人掉队,逝者如斯,甚至不容许你去弥补过错。社会的进步是有节奏的,13亿人口的国家一旦停止下来,将会发生难堪的拥挤和无聊的争吵,甚至动荡。改革的声浪带着鼓励的音符,也带着残酷的敲击,如果我们的神经过于迟钝,没有人会主动地过来唤醒你。历史的竞争中没有雷锋,只有成败,就连胜利者也是排了名次去领奖的,金银铜牌绝不是一个概念。

今日之中国,最需要继续进取、大胆改革、舍我其谁的英雄主义精神,需要讲究实际、虚怀若谷、实事求是的理性精神。精神状态既是一个时代的产物,也影响着时代的进退与盛衰。李唐时期的文化充满了昂扬的精神,创造了伟大的盛世辉煌,彪炳史册。在万古赞颂的贞观之治中,唐代的农业、商业、手工业、军事、文学、科技、艺术、外交诸方面都创造了空前的成就。那种粗犷豪放的激情,那种锐意开拓的胆识,那种心怀万壑的胸怀,成就了一个民族的大手笔。唐人那富有生命力的创新冲击了、荡涤了、取代了苍白、柔弱、自慰式的南朝文化,造就了无与伦比的大国景象。那种摧枯拉朽、所向无敌、酣畅淋漓的气势,让我们至今还能在历史篇章中嗅到李唐军帐内的腥膻气息、上下齐心的忠诚、进军前的热血贲张,还有庆功宴上的仰天大笑。

　　时代精神对社会发展的速度和成果如此重要,稍微翻看一下历史,我们就能看到那些"火旺无湿柴"的泱泱大国的雄浑和壮丽。历史舞台上的吐故纳新往往不需要看完全剧,三招两式,输赢便已预知。正因为具备了那种伟大的进取精神,秦汉、大唐才抓住了机遇,励精图治,百废俱兴,成就了一代人甚至整个民族的骄傲。但是盛唐以后,统治者变得委靡了,他们崇尚享乐,自上而下醉心于一时的浮华,骄奢淫逸,内戚嚣张,藩镇坐大,终于将一个伟大的时代推入战乱的泥沼。回想那段历史,不由得叫人感叹祖先的教训——生于忧患,死于安乐——多么正确!

　　经济繁荣、科技发达的宋代,曾经是中国再次走向雄强的好时候。可是宋朝统治者完全不具备汉唐气概,他们贪图享乐、走马斗鸡、玩物丧志,又不注意从能吏强将中选拔人才,过分依靠科举取士,虽然满朝都是诗文大家,但是治国安邦,到底不是熟读了经史子集就能做好的。战争一来,"高第良将怯如鸡";农业歉收,连救灾赈济都做不好,以至于流民泱泱,烽烟四起,加上异族的侵扰,边塞事起,堂堂大宋最终亡国。宋朝在兵器制造方面在当时处于世界领先地位,只因失去了气吞万里如虎的意气,王朝迅速衰落,曾经辉煌的殿堂上长满荒草,算只有殷勤画檐蛛网,尽日惹飞絮。

　　这样的例子也可在欧洲找到。同时期的欧洲,因为没能抓住机遇而大大落后于中国。5世纪,西罗马被日耳曼人占领。如果这时他们能够组建一个中央集权的帝国,这个国家可能很像中国的隋唐,也可能出现隋文帝、唐太宗那样伟大的、睿智的、功德影响世界的明主,然而欧洲那时处于非理性、无大志、逞强暴的状态之中,内部的纷争旷日持久,彼此的杀伐类似野蛮,致使中欧、西欧迟迟未能结束分治状态。此后几个世纪中,各种小国一直被强大的宗教组织控制着,史称中世纪时代——政教合一的社会体制——一个象征黑暗的代名词。由于小国之间的斗争和战争很多,10世纪以前的欧洲经济衰退、文化散乱、体制落后,在世界上的影响力很小很小。直到10世纪以后,法兰西和德国开始稳定下来,若干地域性经济才有所发展。

实际上,西罗马灭亡之后,东罗马帝国的主要对手不再是西方,而是波斯人的萨珊王朝。7世纪以后,阿拉伯人成功地建立了伊斯兰教,那是阿拉伯人高歌猛进的时期。他们不仅征服了萨珊波斯帝国,也部分席卷了拜占廷帝国,东边扩大到中国,西边扩展到西班牙。应当说,这个时期全球的政治风貌是相当雄健的。控制欧洲地中海地区1000年之久的拜占廷王朝后来遇到两大麻烦,一是来自西部欧洲的东征。另一方面,拜占廷还要对付来自欧洲北方民族的侵略,特别是突厥人的攻击。到15世纪,拜占廷帝国无法对抗土耳其的进攻,终于被奥斯曼帝国所灭亡。拜占廷帝国灭亡以后,其文化、宗教的影响力被俄罗斯所接手,俄罗斯变成了"第三个罗马"。

中世纪的黑暗政治以及小国之间的频繁战争影响了欧洲的强大。历史学家认为,正因为这种部族、民族、王朝之间的战争和贸易,促进了各种文化的交融。中国的发明就是在这一时期扩展到欧洲,欧洲的农业和手工业、采矿业、制造业都得到长足的发展,海外贸易扩展了他们的眼界,欧洲觉醒了。一个数世纪以来一直热心内斗的欧洲开始着眼外界,一旦视野开阔起来,便会产生傲视群雄、睥睨前人的战略家和大时代。当时的欧洲在生产力和心理上都具备了大进一步的基础,因为长期的分裂和文化精神的部落性,他们没有占领时代的高端。作为中国,我们却在隋唐两宋时期获得了发展的大好机会:如果欧洲早就统一为强大的力量,也许就没有阿拉伯世界的扩张;如果没有阿拉伯在中东阻挡欧洲的势力,中国也许早就被欧洲那些虎豹、豺狼、大狗熊舔去了腮帮子。历史的机遇如此重要,让阅读历史的人往往倒吸一口气!

30年的经验让中国有了继续改革的信心,30年的基础给了我们坚持开放的条件。每个人都渴望新的自豪,不仅物质上,还有制度的创新、文化的进步与精神生活的提高。人们的等待是一种力量、一种希望,也是一种压力。

谏豪强书

每个时代有各自的游侠与豪强,这概念近似于当代的"精英"。

游侠多以个人行为诉之于世,自由而独立,超然而入世。他们身怀绝技,云游四方,仗三尺宝剑打抱不平,伸张正义,飞檐走壁,穿堂入户,悄悄取下贪官首级或了断仇人性命,然后扬长而去,有的归隐山林,有的浪迹江湖。有人仗义执言,当面呵斥恶霸;有人为国复仇,虽万死而不辞,流血五步,伏尸二人,为朋友两肋插刀,演绎出多少慷慨悲歌、警世壮举,叫后人惊羡不已,肃然而起敬。

古代的豪强,有时还指那些称霸一方、拥有权势也拥有财富的地头蛇。这些人往往和官府有着密切的联系,倚官仗势,趾高气扬,欺行霸市,盛气凌人,干扰司法,目中无人,甚至私设公堂,欺凌小民。大一点的则包揽诉讼,违法乱纪,强取豪夺,无所不用其极,还不准路人侧目。他们拥有大量的土地、田庄、爪牙,横行一方,平民敢怒而不敢言。他们当中的某些人本身就是官员或官员的近亲。

当代的游侠与豪强,则是另一概念。这里指的不是黑道的老大、邪道的领袖,而是指正面社会的精英人物。他们并不为非作歹,但是权重一方,一呼百应。他们可能是集团和国企的老总,经营着巨大的生意或企业,依法赚钱,照章纳税,自不待说,但是个人地位显赫,威风十里,有时难免咄咄逼人。还有某些行业明星,虽不直接掌握权柄,但是通天通地,呼风唤雨,自视为高级公民,百姓不敢得罪,官场也怕他三分。当然,这不包括那些虽然拥有权势和财富,但品行端正的人。

每当写到这类人时,我的笔总是轻轻抖动,如同魔鬼附身,既按不下去,也放不下来。我听到太多关于他们的故事,有些事耸人听闻但查无实据,有些人虽有丑行但看起来文质彬彬,潇洒一如君子。我不知道应当相信自己的眼睛还是自己的耳朵。即使是我的熟人,见面时也让我常常心怀疑虑,不知他们近来是否做了被人不齿的事。好多人本来品质很好,因为权势大了,财富多了,异化成另一个人,而他们不仅不自知,还要不时地炫耀自己零星的德行。欲望让他们无所不为,振臂一呼,江河能掀起混浊的浪花。财富让他们无所不能,多难堪的事他们都能摆平;他们的命运充满戏剧性,今天是腰缠万贯的富豪,明天可能就是垂头丧气的阶下囚,名人榜上的枭雄们近年来落马无数,就是明证。不论怎样传奇的故事在他们身上发生都不足为奇。因为他们是精英,今天的精英们有点像游侠,有点像豪强,但又不全是。

我没有权利管他们,甚至没有兴趣,应当管好他们的,是政府、司法、纪律监察部门和人民群众,还有他们的良知。我也没有权利批评任何人,因我不具备道德上的优势,他们也不喜欢听我批评,他们喜欢恭维和自作多情。当代社会已经取消了批评,到处都是好话,珍贵的批评拿钱也买不到,有钱的人宁肯购买奉承,如同广告。作为一个文化人,我只能表达自己的看法,充其量就是从历史的脉络中找一点可供参看的例子,给这些人一点劝告和警示,这就像一个人相信鲜花能够堵住枪口、诗歌能软化屠刀一样,浪漫中虽有荒唐,但真诚也在其中。我觉得,当代精英们太需要一点告诫了。

如果单从文学的角度看,司马迁的《史记》中写得最好的一篇文章,就是《游侠与刺客列传》。他尽情讴歌了古代游侠,说他们是威武不能屈、富贵不能淫、贫贱不能移的大英雄。每一个人的故事都那样奇谲诡异,情节跌宕,声情并茂,人物栩栩如生,读起来叫人回肠荡气,血脉贲张。那些人几乎个个都是见义勇为的好汉,舍生取义,视死如归,活生生大丈夫也。

前人也多有批评游侠的。在兰陵当过县令的荀子就说:"儒以文乱法、侠以武犯禁",一针见血地点在了儒家和游侠的穴位上。事实上,游侠这个行当,或者说这个小小的阶层,自春秋战国以后就走向式微了。班固修《汉书》,其中还有《游侠传》,此后正史中再无此章。那么,后来还有没有豪侠呢?如果有,那些豪侠都到哪里去了?汉朝以后是三国,那是个动乱年代,多有本事的游侠剑客都能找到明主,可是后来的南北朝呢?再后来的隋唐呢?难道就没有游侠吗?

隋唐时,豪侠渐渐走向朝廷,瓦岗寨的好汉们成了唐太宗攻城略地的将领,这是不争的事实,也无可厚非。盛唐以后,社会矛盾积压很多,游侠再次兴起,这些人背负民间的呼声,扮演了呼唤正义与公平的角色,"独行侠"一时成为时髦。李白说他"十五好剑术",王维说"纵死犹闻侠骨香",连文人都有了侠气,可见当时的意识形态中已经存在"以行侠为荣"的成分,也说明社会底层存在着政权不及的黑暗。

宋代以文取士,游侠失去了主流意识形态的支持,于是只好走向江湖。这些人大碗喝酒大块吃肉,好的为民报仇,差的打家劫舍,要的就是一个痛快。有些人走入工商业中,好汉也卖起人肉包子。这一时期的豪侠往往注意个人之间的爱恨情仇,讲究兄弟义气,没有很高的原则和追求,古人说"宋代无大侠",真可谓一言以蔽之了。《水浒传》里描写的那些好汉就是当时一流的游侠——形成集体的游侠,说他们是游侠集团也可以。

明清以来,中国社会发生了很大变化,游侠精神主要散布在民间武术中。鸦片战争之后,中华民族到了危亡时刻,救亡的旗帜下产生了一批颇带古风的大侠。女侠秋瑾,剑胆琴心,反帝反封建,一代巾帼英雄,让人景仰万分。后来是谭嗣同,学问深厚,刚毅质朴,忧国忧民,积极参与戊戌变法。变法失败,大刀王五曾想协助他越狱(确实也有逃生机会),但他拒绝了:"自古变法所以不成功,盖因鲜有流血者。有之,请自嗣同始。"他以最高的豪侠境界完成了千古一人的慷慨,"我自横刀向天笑,去留肝胆两昆仑",无私无畏,气干云天,历史上的游侠豪杰,无出其右者。

再后来,称得上大侠的,如津门的霍元甲,如文坛的鲁迅,如那些献身国家、追求民主自由的志士仁人等,他们继承了这样一种传统:行侠仗义,爱国爱民,古道热肠,不屈不挠,奉献自己,造福社会,拥抱理想,矢志不渝。至此,豪侠精神完成了历史的陶冶,成为中华文化的重要组成部分。如果要确立游侠的正宗大道,必须遵循他们的脚印,稍不小心,就会误入歧途,把青皮二愣当成了英雄好汉。

今天的精英们,千万不可被权势和财富烧昏了头脑。我以无限真诚之心劝告:继续你们献身的美好事业,为社会贡献自己的智慧和能力,不要追求虚名,造福民众就是最大的善行。不要偏离正道,多了不起的荣誉都经不起恶行的抽打。声誉虽然不能增加人的分量,但是一旦糟蹋了,赔进去的就是一切。不要轻视任何人,就连要饭的花子也有人格,穷人有穷人的无奈,不得已时他们会对你白刀子进去红刀子出来,从而成就另一类豪强。当你们的善行被人赞美时,不要忘乎所以,舆论总有些不负责任啊。沉下心来,做好自己的事,不做坏事。人人生而平等,常识才是真理,周围的吹捧大都是虚妄,也许还藏着利益的算计。你们要善自为之,好自为之,自律才是最可靠的法宝。当你们给灾区捐献了金钱,当你们给穷人送去温暖,不要老想着自己的德行。德行不是对别人的可怜,而是对自己的尊敬。没有几个人能经得起千百双眼睛的穿击,没有多少人能经得起千百张嘴巴的呱嗒,就连表扬都很可怕。众口铄金,水滴石穿。百年锈蚀的铁蛋子放进球磨机里,很快就能磨明,何况你是一个肉身俗人!

历史的进步已经让那些堪称伟大的游侠洗尽铅华,去世后依然受到敬仰。他们是新时代的模范,而不是旧精神旧文化的捐客。现代的豪杰们已经不同于从前路见不平拔刀相助的侠客,他们是遵纪守法的模范,而不是擅自杀伐的莽夫;他们是为国尽力的好汉,而不是盗窃国家的蟊贼;他们是为民造福的仁人,而不是驱使奴隶的工头,更不是贪官污吏的奴才;他们打抱不平,坚持使用民主与法制的程序,而不是动辄挥拳相向的流氓;他们敢于为了进步而牺牲,而不是巧取豪夺的财主。

精英们,我为你们祈祷,同时敲响警钟。

但愿这最后的附言不是画蛇添足。

论"与国际接轨"和"不搞西方那一套"

这句话的本意,是说中国在国体、政体上绝不学西方三权分立那一套。中国有自己的行政体制。这个体制如何逐步完善(实际上30多年来一直在逐渐完善着)。但是,这个属于政治学的大题目不是我所能够讨论得了的,在此姑且不论。

但是,这句话如今似乎带上了某些外延,其含义超出了语词本身。很多人在遇到自己不喜欢的事物时,往往以"咱不搞西方那一套"加以阻挡,振振有词,似乎那才是坚定的革命家的姿态;可是,当他们遇到自己喜欢的东西时,就会热情洋溢地说"要跟国际接轨"。左右逢源,吞吐有道,真是分得清,拿得起,也放得下。

广义的"不搞西方那一套",是违背改革开放的本义的。中国近代史,一言以蔽之,就是"学习西方、振兴中华"这八个字。张之洞的中学为体、西学为用,是学习西方,所以有了"以夷制夷",他以武汉为基地奠定了民族工业的那一点宝贵的基础。中国近代在文化和思想方面的进步,主要也是接受了来自西方的民主、科学、平等这些观念。没有西方那一套,就没有五四新文化运动,就没有辛亥革命,甚至没有共产党。《共产党宣言》就是来自西方。十月革命一声炮响,给我们送来了马列主义——也是来自俄国。

反帝、反封建的新民主主义革命、马克思主义，都是从"西方那一套"学来的。这无须多说。30多年来的改革开放，实际上主要是对西方开放，不仅我们走出去，到西方学习，也允许西方走进来。打开窗户，敞开院子，中国和世界逐渐地融为一体。今天中国所取得的大成就，哪一点离得开学习"西方那一套"呢？经济发展、技术革新、吸引外资、文化交流，加入世贸组织，不久的将来人民币要完成世界范围内的自由兑换等，真可谓全面而认真的学习，就连生活方式、衣食住行、市场规则、管理理念，都是因为学习"西方那一套"而实现了具有伟大历史意义的进步。

学习西方那一套，并不意味着盲目照搬。实际上，你就是想照搬，也照搬不了。中国有13亿人口，这一点，决定了照搬什么都不行。中国有5000年文明史，中华民族的历史、文化、思维方式、风俗习惯，你就是想忘记也忘记不了，想摆脱也摆脱不尽。许多东西都有其地域特性，也有其无法替代的时间背景和民族文化特色，不是想学就能学好的。我以为，不要轻言"不搞西方那一套"，正确的做法是从善如流，择优汲取。

是不是不搞西方那一套就好呢？不见得。大清闭关锁国，不搞西方那一套，怎么样呢？夜郎自大，得夜郎一时之快，到头来还不是换来更加深重的灾难，更加尴尬的耻辱！学谁不学谁，学东方还是学西方，不是哪个人说了算的。30多年来，我们实际上一直在"搞西方那一套"，嘴里还要说"不搞"，大概这就算是"暧昧心态"吧？

实践是检验好坏的标准，老百姓懂得谁的一套好。老人们喜欢饺子和炒饭，但孩子们喜欢汉堡包，蓝领喜欢茶水和炒饼，白领喜欢咖啡、奶酪和三明治。都说茅草屋冬暖夏凉，可是住进有暖气、有空调的单元房后，没见几个人想回到低矮潮湿的茅草屋里去的。都说骑自行车有利于健康，能买汽车的还是想方设法弄个机动车驾照。虽然怀旧的感情如野火春风，到底没有几个愿意回到人民公社去挣工分。很多人喜欢旧东西，渴望传统再生，但没见谁喜欢刀耕火种的老办法。燃气一来，就连最节俭的老太太都不肯烧柴草——放在墙角让它烂掉就是了，一点都不可惜。

为什么要学习西方那一套？因为近代以至于当代，西方那一套在很多方面代表了先进,这里既有生产力、科学技术,也有社会管理方面的经验。如果放在汉唐、两宋甚或明清,你说不搞西方那一套,庶几可矣,因为那时的中国就代表了先进生产力和先进文化,日本人每年都派出人数众多的遣唐使——其实他们就是在"学习西方那一套"——我们在日本的西方嘛。后来他们改学欧美,不是故意要做忘恩负义的竖子,而是后者代表了先进,日本因此而迅速成为工业化强国。

事实胜于雄辩。虽然没人愿说自己的瓜苦,可历史的选择铁面无情。我不知道奉国粹为神明的人为什么那么忌恨西方那一套。每次听见这样的声音,我都会打量他们吃的穿的用的代步的,发现他们浑身上下都是"西方那一套"。为什么这些人偏偏嘴上不肯承认西方的优点呢?因为老祖宗的那一套还承载着那些人的许多利益。西方那一套来了,他们就要把蛋糕分些给别人,所以编出那样的口号来掩饰,好虚伪哟!

要想继续改革,必须坚持开放,不仅学习西方,也要学习东方、南方和北方,见贤思齐,谁的好,学谁的,这才是一个伟大民族的自强自信的表现。

我们今日的制度已与昨天大为不同,中国自有中国的需求,今天不搞,不等于明天不搞。我们的祖宗不可能做好一切玩意儿,他们的子孙后代一定会有自己的高招儿,其中就包括学习。社会发展有其规律,几个人在那里宣称搞什么不搞什么,都不过是一相情愿。学什么不学什么,非个人所能决定。不是吹牛,那些扬言"不搞西方那一套"的人,绝不可能阻挡住历史的潮流,中国一定会继续走开放的道路。前一阵子,国学闹得很热,有人甚至扬言要把儒家作为国教,把古老的文化传统捧得很高,以此对抗西方那一套,如今怎么样呢?我这里没有贬低传统的意思,我强调的是见贤思齐,除旧布新。

附带说,西方的某些东西确实不好,可是我们却学了,而且学得很快,颇有点无师自通甚而变本加厉的味道呢。大家都知道美国人很傲慢,现在有一部分国人,其傲慢程度一点不亚于美国人,且专喜欺负内部,见了强敌就哈腰。法国人讲究奢华,典型的一套,国人中某些分子在这方面真是"犹如之而无不及"啊。可是,许多好东西,我们没有学来。西方人崇尚简朴,特别是新教徒,很多人一辈子辛苦劳作,最好把遗产留给社会和教会,而不是留给子女,可是你看我们周围的有钱人,他们出手阔绰,请一次客动辄花费上万,甚至还有吃人体宴的!什么是人体宴?就是把各种美味佳肴放在近乎赤裸的美女身上,让食客们一边欣赏美女一边品尝美食!西方没有这个,我们东方却有这一套。

鲁迅先生主张的拿来主义,很有些哲学上的道理。人家有好东西,我们就不惮于学习,好学不为丑陋,更非羞耻。等我们学好了,创造出自己的东西,人家就会转头来学我们。30年来中国走独立自主、改革开放的道路,成就很大,举世瞩目,现在很多发展中国家都在研究中国经验,例如古巴,在最近召开的党代会上,劳尔·卡斯特罗就宣称要学习我们的经验,在古共中央甚至专门设立了中国部,借鉴中国的经验进行改革。

归根结底,要让自己先美好起来,然后再说学谁不学谁,不迟。

庸吏之害甚于贪官

为官者,有道亦有术。道,就是理念;术,就是方法和谋略。有道而无术,不足以为官,亦不足以为君子;无道者亦不可为官。理念不正,为官者即奸臣酷吏,为君者即昏君霸主,为人者即苟苟小人。理念不实施或施之不当,其道再好也不能有所成就,空想家是也。有术而无道,是为政客,是为暴君,是为庸吏。天下暴君,虽数千年,可数也。而庸吏之多,虽千百万不可计之。

庸吏之术,在于不负责任。不建言,不主张,好了有我一份功劳;不好,没有我的责任。察言观色,左右逢源,能伸脚时即伸脚,占点便宜。该缩头时就缩头,生怕树叶子打着脸,安全第一。胆小怕事,小心翼翼,遇事踢皮球;无事可以生非,搅浑一点清水,以便蒙混。滥竽充数,借众人之才领饷,不仁且不让;不进取,不努力,守株待兔,迷信幸运,等待天上掉馅饼。自己无创新,却动辄置喙旁人,以讥笑先进为能。事前乌龟,事后诸葛,哗众以取宠。应酬文牍,钟情形式,弄八股以玩世。除却上传下达,便是走马观花,从不做真实功夫。拉拢关系,钻营门子,心所系者只三字尔:向上爬。

贪官之害,人能识别,或贪污,或受贿,或贪赃枉法,或巧取豪夺,众人一旦发现,必有举报,又有法律监督,东窗事发,当即就可拿下,有较为隐蔽者,虽能掩饰于一时,终不能逍遥法外。庸吏则不然,他们看上去并不犯法,日日有事,天天忙碌,既不贪污,也无受贿,到头来落得个清明一世,只是当说起政绩如何,做了什么,才知他空顶了乌纱多年,毫无建树。不急国家之急,无视百姓之痛,尸位素餐而已矣。

贪官之害,为时难以长远,盖因法律昭彰,令其不能掩身藏罪于终生。庸官则不同,太平日子,大错误不犯,小错误可以敷衍,中等错误则推给别人。此地混不下去,换个位置继续干,朝三暮四,游荡于官场之中,逍遥于烦恼之外,及待被人发现,才知多少年时光已经荒废,历史的机遇被他们白白耽误了,落花流水,只能望洋兴叹。金钱匮乏,可以生发,心灵创伤,可以抚慰,唯时间不可追回。庸吏的背影远去,虽千万人无法拽回,也不能质询,如一缕青烟轻轻散入五侯家,叫人拿不着也捏不着。

贪官之害,在于毒化了权力;庸吏之害,不仅有害行政,还腐蚀了执政文化。贪官为非作歹,路人侧目,一旦拿下,万众欢呼,一时澄清风气,大家拍手而称快,杀鸡而儆猴。庸吏则不同,占着茅厕不拉屎,你叫他走开,还没有像样的理由。能人上不去,怨言散于朝野,大家都是干着急。小人附其下,如蝇逐臭,弹冠相庆,谁也奈何不得。偶有能吏将之排斥,而庸吏下台后还有人为之辩护,因为你找不到他们什么大错大误。天长日久,官场萧索,了无生气,平庸弥漫,浑浑噩噩,无所作为,政治失去了热情,社会迟滞不前,让民众误以为此乃必然。

道术不分家。政治家并不一味排斥术,矛盾错综复杂,需要平衡,需要变通,需要化解,有时为了缓和各方利益而集中于大道之行,也需让步,也要妥协,但这不等于耍弄权术。不失和气而能把事情办好,自有高明在其中。庸吏则不同,他们一辈子都在玩弄权术,一辈子都不曾有像样的事功,其所得也,仅是个人仕途的平平坦坦。对政治家,术是技巧,是执政艺术;对庸吏来说,所有的技巧只是保护自己的花拳绣腿,杂耍而已矣。

政治家珍惜历史,每日每时都明白自己承担的责任,还要顾及名声和荣誉。为道义之所需,有时不得不舍身就义,如砥柱立于中流。庸吏则不同,他们一辈子都不会为社会道义而献身,心中从不会有仗义执言、为民请命之想，除却个人升迁，无一事是首选，无一人是真情，无一天是危险。

政治家目标鲜明，且可堂皇说出，甚至大声疾呼，倾其一生而为之，虽万死而不辞。庸吏没有个人之外的目标，社会进步与退步，民众富足与穷困，风气清正与卑污，皆无关其宏旨。此等暧昧只藏于心底，口号喊得比谁都响，叫人难分良莠，犹如那真假猴王。在英语里，政治家和政客是同一个词(politician)，这个词真应当挪进中国官场大辞典。

政治家要做事，所以重实践，凡做事就有错误和失误，这正是庸吏最喜欢之口实，犹如黄雀看螳螂之扑蝉。前者的每次差池都是后者可口的点心，而后者又不肯与小人攀比，往往做君子状。能吏一旦放弃作为，事事取维持态度，即沦为庸吏，故政治家多不肯取此下策，一往无前，早死早托生。古今中外，凡能吏皆有过不去的坎儿，如果舍身就义，倒霉者居多；庸吏没有过不去的坎儿，任何人都可以牺牲，任何担子都能推卸，唯要保全自己，所以庸吏通常比较安全。

道不同，成败也有所不同。三国时有两个人物，一曹操，一袁绍。此二人，前者为英雄，后者为庸吏。当年袁本初身为讨董盟主，机遇何等灿烂！然而有始无终，终成燕雀。"四世三公，虎踞冀中，部下能事者极多。"这本是极好的条件，可他"色厉胆薄，好谋无断，干大事而惜身，见小利而忘命"。官渡一战，一蹶不振，终为曹操所灭。当代之庸吏，其无能、其平庸、其脆弱，胜于袁绍者多矣。袁绍讨伐董卓，到底还打了几仗，今日之庸吏，可曾做过些什么？

古往今来，能臣为庸吏所颠覆者，何其多也！若能吏居于上而庸吏居于下，牵强而附会，楷模在前，多打几鞭子，虽无大成就，到底还能凑合。若是庸吏在上而能吏在下，就免不了埋没人才、委屈好汉。唐太宗之于魏征，君贤而臣能，风云际会，相得益彰，成就了一代佳话。岳飞之于秦桧，英雄对了庸吏，前者纵有千种武艺万般韬略，照样死于覆盆之下，一曲《满江红》，叫人流下多少眼泪！

今日之中国，要务在于去庸吏，此必有待严肃的制度出台，而民主为其枢纽。近来各级多有考核评议，民众参与其中，实为善举之大者也。然现阶段权力之重，重于泰山，非更有力的法规不足以遏制庸吏，非有更清明的制度不足以培养英才,此乃30年来之经验教训。官员靠领导亲点,干部靠组织发现,终不是万全办法。民众不介入其中,政绩不见于实践,私下授受,幕后作业,庸吏将不绝于途,而百姓也难辨其奸。执政者当细察焉。

中国文化的暗疮

中华文明不仅历史悠长,而且内蕴广博,积累深厚。一个年纪太大的人,身体里往往会存留很多病症,年轻时不觉得,及至年纪大了,才发现这里不得劲那里不舒服。中国文化也是如此,数千年下来,毛病多多。这些毛病,有些是看得见的,有些是司空见惯、熟视无睹的,甚至还有人误以为是好东西。

我将这些称为文化的暗疮。

暗疮之一:顽固的帝王崇拜

中国拥有两千多年的封建社会,许多的皇帝,许多的人物,皇宫内外,秘事多多,确实有的讲。自秦到清,每个朝代都有实录、野史、传说,还有各种各样的演义,真可谓汗牛充栋。近年来又有所谓戏说,帝王后宫那些有影没影的事儿都被敷衍成篇,翻腾来倒腾去,好不热闹。作家、戏剧家、电视剧作者热衷于帝王故事,大多还是受了投资者的怂恿,而投资者看中的便是市场。一言以蔽之,观众多。

观众为什么爱看帝王故事后宫倾轧呢?观众都有个猎奇心理,自己熟悉的,便不拿着当回事了,朝廷的风景却很能开人眼界。皇帝威风八面,皇宫金碧辉煌,又是太监又是妃子,气派得很。就连普通的王公大臣，也有相当的威严和华贵，贾府里只有一个女儿做了妃子，仅仅几小时的省亲就弄出那么大的动静，可见只要沾朝廷的边，就有好戏看。

帝王戏中，三宫六苑七十二妃子之间的钩心斗角，往往最是招人耳目。她们造出了多少风流故事啊，痴人看了，也许会生出"如果我当皇帝该多好"的梦呓。旧朝廷已经没了100年，女人再不会指望得到皇帝的宠幸了，但"靠上权力就有饭吃"，还是经典般的箴言。中国历史上有一个皇帝喜欢骑着山羊在宫廷里游逛，羊驻足哪个女人的门口，皇帝就留宿该处，于是娘娘们、妃子们、宫女们便准备了青草，希望那羊能把皇帝拉到她们的绣榻上，以接触皇帝的生殖器为契机得到一点没着落的好处。

什么都是皇家的好。吃的、用的，宫殿、器物，无一样不精致，无一样不高级，最让人羡慕的还是帝王家那威风八面、一言九鼎的权力。金口玉言，一呼百应，说错了也不能算错，周围必有人帮他圆场。他的布告叫诏书，他说的话就是法律，他叫谁死谁就得死，他想提拔谁就是一句话的事。就连皇帝的自称，汉语都特别为他定做了，先前称"寡人"，多少还有点意思，后来就是"朕"，莫名其妙了。虽然历史上也有活受罪的皇帝，毕竟是少数。谚语说，当官一日强似为民三载，当皇帝呢？

皇帝的最高享受不是丰美的酒食肴馔，不是绫罗绸缎，不是香车宝辇，不是古玩字画。那些东西，有钱人几乎都能享受到。帝王要的是等级的至高无上，龙袍上的纹饰别人不能模仿，皇帝祭祀用九鼎，别人要是有了九个鼎，就会被视为私藏国器蓄谋造反，得杀头。皇帝是上天的儿子，没人能比得了。金銮殿的正阶只有皇帝可以走，别人都得走边道，甚至旁门，跟狗似的。

皇帝还拥有至高无上的、没有约束的权力。皇帝一般是不能批评的。谁批评皇帝，就是大逆不道。不要说公然抢白，就连一点讽刺的意味，都是十恶不赦的大罪，轻则流放，重则诛灭九族。被奉为明君的明成祖，曾因一个案子杀过800多人！所谓康乾盛世，其实是文字狱最厉害的专制时期，其残暴可谓罄竹难书。没有人敢挑战皇帝的权威，除了揭竿而起的绿林好汉，上上下下全是皇帝的奴才，很多人以当了上等奴才为荣！所谓的帝王文化，简单地说，就是集权和奴才。

帝王的统治术首先是垄断暴力，其次就是人分贵贱，礼制等级森严,任何人不能逾越。孔子之所以一直很吃香,恐怕就是因为这个关键的贡献。孔子说,唯上智与下愚不移;又说,民可使由之,不可使知之。这些很对皇家的口味,天子与圣人之心灵相通盖出于此。我心目中的孔子之所以伟大,在于他的直爽、渊博、矢志不渝、重视教育。老先生不虚伪,有啥说啥,身体力行。他明明白白地说,贵族就得管理贱人,大家各守本分,不得犯上作乱。这种话,比那些鱼肉百姓却要装作为人民服务的家伙好多了。孔子说,高高在上的人要注意体恤下人。善良的百姓记住了后边半句话,可朝廷和官员却只喜欢上边的两句。

中国人民受封建制度的压迫达两千多年,其间发生的悲剧、惨剧罄竹难书,辛亥革命好不容易推翻了帝制,五四运动的猛士们好不容易才埋葬了八股文推行了白话文,中国共产党好不容易打倒了军阀和独裁者,才建立了共和国。马克思主义的先师们,中国革命的领袖们也曾反复声明,反对专制,发扬民主,提倡自由平等,怎么帝王戏依然这么红火呢?难道帝王文化和当代社会还有什么心灵通道?

我一直不能理解,为什么帝王文化还能在改革时期大行其道、登堂入室、风起云涌呢?改革怎么没能改掉这个陈腐千年的臭玩意儿?开放国门,怎么没多引进一些新鲜东西呢?不要说太新鲜的,文艺复兴时期的,总可以吧?启蒙运动,卢梭、狄德罗,可以吧?宪章运动,光荣革命,可以吧?解放黑奴,南北战争,可以吧?很多好东西是经过马克思、恩格斯金口玉言肯定了的,难道比不上那些无耻美化封建帝王的臭玩意儿?比不上千百年来后宫内外那些太监弄权的骚事儿?

我以为,喜欢帝王文化的人,实质上是看中了一个人说了算的制度,还有做奴才的技巧。千年古墓没有腐烂掉官场中钩心斗角的技巧,历久弥新,像是还有现实的用处。有些人津津乐道皇帝的微服私访,以为那才是最好的政治人物,岂不知大清朝就是在乾隆时代开始腐朽的。在电视剧里微服私访的皇帝看上去比当今的官员还要深入群众,真是那样吗?我倒是看到皇帝私访花掉了好多银子,宠幸了不少女人。即便当年接待过康熙乾隆的大商人,也都叫苦不迭,穷奢极欲的迎驾竭尽了他们的流动资金,生意因此凋敝,倒不如几个并不富裕的失意文人,还在苏州造了些自得其乐的园林,让后世享用了不少清凉。

帝王文化是中国真正的国粹,比京剧、中药、国画还要受宠。有些人对现代文明相当冷漠,却对腐朽的东西极尽舔痔之能事,胡为乎来哉?我真是敬佩那些人的神经,那么敏感,只要远远一嗅,就能知道什么是符合口味的东西,什么是他们那个圈子的忌讳!聪明人心有灵犀,不光懂得利用读者,也明白上司的好恶,于是便在他们的字典里将某些东西撕掉,换上了国粹——帝王将相。

以帝王将相为代表的封建文化铺天盖地,与官本位、行贿、腐败、等级观念、官商勾结、唯命是从、拉帮结伙、权诈阴谋等毛病,都有因果关系。劣根本就未曾除尽,还要反复耕耘,简直就是变本加厉,为虎作伥!对帝王将相的赞美,给封建遗风抗衡当代民主法制进程添了一臂之力。无孔不入的帝王文化让那些喜欢一个人说了算的第一把手找到了历史的依据,他们欣赏着呼风唤雨的专制,会心地微笑着,正中下怀,无限慰藉。层出不穷的宫廷阴谋,让各种各样的奸邪小人学会了厚黑术,给政治清明的努力增加了麻烦。奴才和主子的嬉笑怒骂让那些喜欢咂摸国粹的人馋涎欲滴,让新文化的成长步履维艰。该死的帝王将相!

善良的人们会说,不就是一些旧故事嘛,讲讲好玩罢了,和实际生活没什么关系。我说,不然。如果你注意看一看那些腐败官员的脑壳里藏着什么东西,就会知道,没有限制的权力,其精神和制度的依托,就是帝王文化。很多人觉得法律形同虚设,是因为权力没有受到制约。西方民主制度和中国传统文化的根本区别就在这里。如果你注意现代西方文化中的独立人格,你就知道那些善于逢迎巴结、深谙权术的奴才种出何处……

现代文明与封建文化格格不入,民主法制不可能在弥漫着帝王文化的土地上健全起来,前者弄不好会成了后者的熏肉。政治文化的暧昧态度已经造成不可弥补的社会危害,很多人饮鸩止渴,以为这样下去大家就会像古人那样敬畏权力,默认等级,憨厚听话——趁着老百姓还在傻傻地喜欢,让他们想多喝几口封存千年的老酒吧,虽然有毒,但很醉人!不过,长远说,这将贻误我们民族文化进步的伟大前程。有人说,这种文艺作品太多,管不了。怎么会管不了呢?怎么就这个东西管不了呢?那么多风起云涌的东西都能管得了,这个管不了吗?我怀疑,不是管不了,而是潜意识里还有一个遥相呼应的共鸣器,心照不宣,臭味相投,岂有他哉!

联想多多,不如就此打住。

暗疮之二:牢不可破的官本位

中国的公务员,正常的收入和待遇,居于社会各阶层的高位。

数据显示,自2001年以来,美国先后4次给公职人员加薪,平均间隔2年;4次加薪中,最高一次增幅为3.5%,最低为2%,其中包括国会议员、大法官及副总统在内的联邦高官,每次增资幅度都不高于2.5%。我国2001年以来也给公职人员加薪4次,4次加薪中每次增幅都不低于15%,其中副部级以上高官的增幅则远远超过15%。从公务员平均工资水平同全国平均水平对比来看,这个幅度委实大了。

美国法律规定,公务员工资平均水平不得超过全国平均工资的0.8倍;在2003年加薪后,我国公务员年平均工资为15487元,而同期城镇居民人均可支配年收入是8472元,2004年农民年均纯收入是2936元。可见,公务员年平均工资是城镇居民平均水平的近2倍,是农民的5倍多。这个比例,也有些高。

从其他待遇来看,中国公务员的强势就更加明显。美国艾奥瓦市的市长说,法律规定他不能接受超过价值2.99美元的礼物和款待。换句话说,别人请他喝杯咖啡都不行。在芬兰,一位政府部长级官员以公款请客的规格也只限于一杯咖啡和一碟小点心。而在中国,据《学习时报》披露的数据,2004年,中国公车消费,光是财政账面上的,就有4085亿元,公款吃喝在2000亿元以上,再加上公款出国考察等费用,"三公"消费高达9000多亿元人民币。这样肆意挥霍纳税人的钱,还谈什么道德水准?

著名经济学家张曙光指出,在各项财政支出中,最多的是行政事业支出。据张先生提供的资料,1995年,行政事业支出占财政总支出中比重的11%,如今该项支出已达19%~20%了。"在国家财政支出中,行政事业支出本来是为了用于维持政府机构的正常运转,发展社会公益事业的,这些支出对社会的稳定和持续发展具有十分重要的意义。"然而,有数据显示,如此重要的行政事业支出却大多用于公务员的享受,而且存在着异常严重的浪费。2006年,31个省市自治区的行政事业支出超出财政支出部分高达5780多亿元。张曙光说:"什么支出最多?公车出行支出3000多亿元,吃饭3700多亿元。这是一个可怕的数字!"

谁供养了他们?这个问题已经无须回答。

读了这些,你就会明白为什么每年有那么多人要加入公务员队伍了。30年来的改革,官本位问题得到部分解决,这是肯定的。每个人都有很多选择,未必都要去做官,人们的价值标准开始走向多元。但是,公务员依然是最受青睐的职业。公务员的好处,第一,收入稳定,虽然不是风雨不动安如山,到底不像企业那样云谲波诡,朝不保夕,随时都会丢了饭碗。第二,收入高,额外的待遇丰厚,以上资料说得很清楚。第三,行政审批至今还很多,官员有些灰色收入。第四,当官一日强似为民三载,社会地位受人羡慕,也是一个原因。既然如此,能不能限制一下公务员的待遇呢?

我以为,中下层公务员的待遇并不高。近年来,基层干部的工资有所提高,但也不是很高,小康而已。我们不能把灰色收入看成人人都有的福利,大多数公务员没什么灰色收入,生活颇为清苦。但是,有些国有垄断企业的高管,既顶着公务员的身份,又拿着天文数字的年薪,就很不公道。有人年薪数千万元,还说"并不多",因为"企业的利润高"。殊不知,他们的利润是靠了纳税人的钱,靠了国家给予垄断企业的特别政策啊!而且,这些人大都还在行政编制之中,享受着官员的好处。

关于高薪养廉,我以为,在中国暂时还是不搞为好,弄不好就是高薪养贪。在监督系统还不够完善的情况下,多高的薪水都养不起廉来。当然,薪水高一些,让官员在经济上免受拮据之苦,也许"手伸得不会那么长"。但是,清者自清,浊者自浊,那些乱伸手的官员,你就是每月给他发三倍的工资,"该"受贿时他们照样受贿。有一阵子要取消公车,每月发交通费,多者上千元,少者几百,于是就有大企业的首领们活动起来,要给领导包车。领导白坐了好车,还不耽误拿钱,当然会乐不可支。

中国的事情确实很复杂,怎么弄都有人不高兴。但是,总得让一头满意,让大多数人满意才是。至于办法,只有靠实事求是,多听老百姓的意见,多到基层走一走,才能搞出像样的东西来。即使开始不能做得完美,到底坏不到哪里去,闭门造车,靠想当然办事,很难弄出好东西。

暗疮之三:当代夜郎的文化误读

《国际先驱导报》发表过一篇文章,说中国人对当今的世界存在很多误读。

比如,很多人以为中东落后,妇女没有地位,这是误读之一。实际上,很多中东世俗伊斯兰国家已经相当现代化,不穷,也不落后。伊朗的人均产值已经超过3000美元,很多中产阶级家中有私人游泳池,"妻管严"不比中国少。再如,"二战"期间中国曾救助过一些犹太人,有人就觉得以色列会因此涌泉相报,甚至会接受我们的劝告,对我们的阿拉伯兄弟们好一点。又如,有人以为印度除了会生产软件别的都很落后,到处都很脏;有人认为韩国人抵制日货非常爱国,值得学习;有人以为只要耍点外交手腕就可以让大国之间发生摩擦,我们可以"坐山观虎斗"、"火中取栗"……

世上没有傻子,谁都不会随便、轻易、无来由地按他人的小算盘行事。国人对世界的误解反映了我们的依然闭塞和狭隘,也许还有相当分量的民族主义。不管出自什么背景,上述文章批评的现象,我以为是存在的。最近很多人谈大国的崛起与衰落,热衷于经济能量、科学技术和先进武器,却在某种程度上忽视了进步文化的作用。英国诺丁汉大学中国政策研究所一位教授说得好:"一个国家外部的崛起,实际上是它内部力量的一个外延。在内部制度还没有健全的情况下,很难成为一个大国,即使成为一个大国,也是不能持续的。"

这话给我们一个警醒,一个国家内部制度的健全,包括经济制度、社会制度和政治制度,这不仅是国家壮大的保证,也是一种荣誉,一种软实力。这些年来,中国的经济在高速发展,但经济崛起还难以称得上真正的崛起。美国普林斯顿大学教授余英时认为,近现代强国的崛起要具备两个条件:一是经济上占上风,二是内部有很好的制度。近代史上最早崛起的国家主要是一些海洋国家,它们靠着海洋贸易先发起来;但能否维持这种"国富"还取决于内部制度。内部秩序要比较安定,比较合理,在这个基础上才能发展起来。

暗疮之四：看重权谋但缺乏正义感

从不久前发生的黑砖窑案件中，我们看到，当地人对整个事件的反应显得十分冷漠，也有些猥琐。有些人因为害怕王家的人报复，故意闪烁其词，顾左右而言他，倒还情有可原。可是，几乎全体村民都表现出偏袒本地人、歧视异地人的毛病，对同类的悲惨遭遇麻木不仁，甚至拒绝起码的救助，叫人觉得无法接受。面对善恶，不肯表现出人性的基本爱憎，缺乏正义感，这似乎不是一个地方一个村庄的问题，而是一种社会通病，是心灵上的一大暗疮。

要建立一个美好的社会，国民必须具有起码的同情心和正义感，文化知识和科技水平还在其次。由于冷漠和狭隘，很多人面对邪恶甘愿做个麻木不仁的看客，不敢挺身而出。鲁迅先生当年描述的那种国民性，依然严重存在。这不是仅存于基层社会的问题，都市社会、精英人物、知识分子，都有类似的表现，面对正义与邪恶，没有态度，精神冷漠，甚至于文过饰非，帮坏人说话，还要披上各种华丽的外衣。有些人说，这种事件太多了，没法一一关心。可是，看他们热心于自我炒作、忙于走穴、热衷于讲座和宴会的样子，好像不是没有时间。

千夫所指，贼人敛容，正义的呼喊是有作用的。因为大家的不关心、不说话、不反对，坏人就壮了残害良善、为虎作伥的胆子，法律也因此眼睁眼闭。每每看到公共场所发生的案件，就会为那些见义勇为者而感动，同时也会因为公众的沉默而伤感。一位以色列作家曾经在一块墓碑上写过一段文字：如果你对一个人所受的迫害无动于衷……如果你面对一次邪恶行为默默走开……最终你也将……

普遍的麻木与暧昧，不分是非，势利眼，甚至毫无正义感，让那些仗义执言的人感到孤独，而沽名钓誉的伪君子则大行其道！在黑砖窑事件中，网民们发出的声音和记者们表现出的勇敢，给这个社会一线光明。这让我不由得想到：经济的独立，教育的提升，制度的保护，是破除"劣根性"的根本手段，怨天尤人没什么用处。另一方面，精英社会对民间疾苦表现出的冷漠，则是传统教育的弊端的公开显示，这种现象和公民社会的伦理原则完全相悖。

长期以来,对民众的奉承差不多就是处心积虑的捧杀。你们多么善良——其实就是要你听话;你们多么勤劳——其实是要你甘心忍受艰辛的劳作;你们多么伟大,你们是领导阶级,你们是依靠力量,等等。喜欢戴高帽子的民众于是扬扬自得,以为真是那么回事,感恩戴德,甘愿被愚弄。不甘被愚弄的,又往往不得好下场。另外一些人则不求进取,妄自尊大,胡作非为,成为人群中最狭隘、狡黠、残忍的一群。

一个没有正义感的民族,是卑贱的。不论是官是民,都必须正视这个问题。我相信,中华民族具有文化上的雄厚基础,完全可以成为一个受人尊敬、充满爱心和正义感的民族。问题是,到什么时候才能建立起那样一个美好的社会。想到这个漫长的过程,我有时感到失望。社会发展诚然是个渐进的过程,但如果对这个"渐进"缺乏积极的认知,一切都将遥遥无期。纵观世界各大文明,没有哪个文明是在捧场的声浪中等来的,总有人牺牲,总有人被误解,就连进化论的发现者达尔文也不能逃脱。

美国《商业周刊》网站8月17日发表文章,题目是"杜拉克给中国上的课"。文章说,中国制造的最危险的东西既不是刷了含铅油漆的玩具车,也不是磁铁脱落的洋娃娃和蝙蝠侠玩偶,而是迅速蔓延的重利轻义的资本主义风气。已故著名管理学家彼得·杜拉克认为,"不能证明自由企业有益于商业,只能证明它有益于社会"。杜拉克不反对赚钱:"一个公司只有在可以挣很多钱时,才能对社会作出贡献。"2000多年前,希腊医生希波克拉底的誓言清楚地写明了一个专业人员的首要责任:最重要的是,不有意作恶。

"重义轻利",是中国儒家2000多年坚持的学说,而社会主义更强调"义"重于"利",现在却轮到资本主义国家给中国人来讲"重义"了,叫我心里觉得大大的不舒服,但无法辩驳。30年来的改革固然给中国带来了巨大的物质财富,但在这个过程中,似乎过分强调了创造财富而忽略了为什么要创造财富及创造财富的方式,这使那些只会赚钱而丧失文化追求的人变成了现代的"行尸走肉"。

文人从政之弊

《苹果日报》刊载陶杰先生的文章:"文人从政"的千古悲剧。他说的文人,我想,是指那些缺乏实际政治管理经验的书生。这一类知识分子,往往以浪漫的有色眼镜看世界,自身素质不够全面,梦想和现实往往分不清。也就是说,是一些书生气比较浓厚的人。

文人从政的最大缺陷,是不能坚持从实际出发,不能坚持公众立场,不能克服自身的狭隘情绪,过于强调所谓"自我",甚至意气用事。他们不肯遵从行政学的基本法则,不肯倾听不同声音,不明白在什么地方什么时候可以张扬个性,什么地方只能约束自己,他们不懂得如何协调各方面的意见并找到平衡的办法,小事办不好,大事也办坏了。这种人虽然读书不少,但是不能明理,一知半解,没有悟通世情险恶,又往往以才子自居,头巾气十足,一旦遇到挫折就牢骚满腹。

20世纪"书生从政"而沦为悲剧人物的,数不胜数。陶先生说,中国的汪精卫,俄国的托洛斯基,是两个典型。两人的性格有些相似,归宿也一样凄惨。汪精卫与托洛斯基相同之处不少:他们俩基本上属于同代人,一个是孙中山逝世时在病榻边起草遗嘱的继承者,一个是列宁临终前属意的接班人,两人的权力一度都如日中天,都有缔造历史的千载机会,但正如彼得定律所言:"每个人都会升迁到他能力不逮的职位。"时势变化太快,潮流掀卷太急,这两位堪称文人的知识分子忽然发现自己与君王的宝座仅有一步之遥,心理动荡,一旦发现好梦不能成真,就难以调适,终于走上了失败的道路。这不是宿命,而是素质不行。

本来是屈原和诸葛亮的材料,命运却戏剧性地指定他们当楚怀王或刘备,他们瘦弱的肩膀抗不了那么重的担子。汪精卫多愁善感,一生为浪漫情绪所支配,年纪轻轻就想刺杀摄政王,追求戏剧性效果,不肯踏踏实实去做事。他参加革命基本出于浪漫的狂想,而缺乏从政所必需的谋略训练和道德基础。文人缺乏深沉的政治判断,对人情世故也没有江湖历练,理论第一,理想先行,遇到重量级的对手便心躁意烦,失去了方寸。汪精卫遇到蒋介石,托洛斯基遇上斯大林,在权谋面前,要掷骰子下重注的时候,不是踟蹰寡断就是压错了宝,一个子儿走输了整盘棋。

列宁弥留时,曾经属意托洛斯基接班,对托氏来说,这是他政治生涯的重大历史契机,可是在举行列宁的丧礼时,托洛斯基却为了自己的性情所好而跑到黑海养病了,斯大林正好利用这个绝好的机会主持了大局,名正言顺地用实际工作填补了政治上的空白。托洛斯基为什么缺席呢?就是因为他的头巾气作祟。他这个人属于热情奔放、不拘小节、具有诗人气质的类型,他不喜欢和官僚们一起开会;他热爱文学和音乐,目空一切,喜欢钻研有趣味的生活,对俄国革命衍生的许多问题缺乏深入的研究,也没有积极解决的兴趣。更要命的,他太介意别人的观感。他本来有占据上位的正当理由,但他心理脆弱,老怕引起众议,怕人说他有野心、出风头,关键时刻离开了核心舞台,等于作秀,等于对革命撒了一个娇。他是犹太人,有人说他内心有某种自卑情绪。斯大林不同,他一旦认定目标,就专心致志地去经营。托洛斯基后来也提出自己的"政纲":包括苏联快速实现工业化,积极输出世界革命,建立社会主义阵营等,虽然都对,但为时已晚。斯大林把托洛斯基的一套抄过去据为己有,派杀手去墨西哥把流亡的托洛斯基杀掉了。

汪精卫是个情感澎湃的人,喜欢剑走偏锋,在大开大合中寻找刺激。在国难当头之际,不论你跟蒋介石有多大的分歧,都不能借助日本人完成个人间的权力之争。这是大是大非。日本人曾经对当时几个领袖人物做过卖国动员,蒋介石坚决拒绝,汪精卫就没有顶住,背叛了国家——在这样事关人格国格的事情上怎么能有丝毫犹豫呢！当知道日本偷袭珍珠港而未曾事先知会自己时，汪精卫竟然号啕大哭，以头撞墙！他汪精卫怎么就不掂量掂量自己，在日本人眼里你算老几啊？日本人根本没拿他当根葱，他居然把自己的傀儡当成真家伙。自负而自我中心，空想而情绪化，怎能不自寻死路？

以上两个人，都是差一点就攀上最高权力宝座的，但都功亏一篑。次一等的，不是莫名其妙做了替死鬼就是壮志难伸，苦头吃足。这些人是另一类文人，他们太学究气，缺乏非常时期政客的"流氓"气，君子风范，圣贤情怀，遭了敌人的算计。有人说，从政的文人多少要有点"流氓"气质才会在政治上取得成功。所谓流氓气，其实就是关键时刻拿出切合实际的办法，看上去是不按常理出牌，实际上是见招拆招。中国2000年来做到这一点的只有曹操和曾国藩两人。像徐志摩之流，只知道在陆小曼、张幼仪、林徽因几个女人之间纠缠，迂腐却要装出新潮的样子，出尽洋相，何况"从政"？

读了陶先生的文字，我有赞同，也有感慨，但老觉得有什么地方不大对劲，至少不够准确。以上两个悲剧人物的例子，好像也不全是个性问题，还有政治素质问题，理念问题，等等。我以为，说文人执政不行，似也不确。古今中外，很多领袖人物都是文人，经过历练的在政治上相当成熟的文人。

准确地说，政治领导人需要一种性格，一种特有的、适用于公众事务的禀赋和才干。他们的内心可以是浪漫的，但在处理政治问题时必须是个现实主义者；他们可以吟诗作画，可以吹弹歌舞，甚至可以游山玩水，走马斗鸡，做白日梦，都无妨，但他们必须善于解决实际问题，必须始终清楚历史潮流的基本方向；他们可以有独特的个人志趣，但始终不能疏忽民众的要求，大局应当始终被放在第一位；他们的性格不能过于柔弱，因为做大事的人物需要经常作出取舍，有时需要忍痛割爱的勇气；他们可以有傲气和骨气，但在具体问题上要善于谈判、妥协、容忍，不能意气用事；他们可以，也应当疾恶如仇，但不能企图把所有的丑恶一下子扫除干净，伟大的政治家懂得时间的意义；他们可以奉行最简朴的生活方式，但必须按照场面的要求履行程序，有时要对抗自己本心存在的美德，比如节俭；浪漫的文人可以独往独来，政治家必须带领大多数人一起奋斗，还要懂得团结、通融和谦让等。

笼统地说文人不能执政，是有些偏颇的。关键是为什么人的问题，能力还在其次。毛泽东是个浪漫主义很强的诗人，他带领共产党夺取了全国政权。胡志明也是个诗人，能够领导越南人民度过多灾多难的时期并建立了一个新国家。捷克的哈维尔是个剧作家，标准的文人，就连他本人都没想到反对专制的斗争能够那么快取得胜利，预先也没有执政的方案，甚至不懂得怎么当总统，可他具有坚定的信念，热爱自由，效忠祖国，善于倾听不同意见，忠实于民主制度，总统当得很好嘛。

文人不是不能执好政，关键是政治理念是否坚定明确，有了这一点，就能在历练中成为政治家。即使没有成为最高领袖，这样的人也算成功的政治家。另一方面，社会应当给政治家和从政者提供一个可以操作的空间，最好能够确定大家共同遵守的程序，最不可少的是民主监督机制。不能让政治家仅仅凭借个人的学问、情趣、喜好去应对所有政治课题。只有这样，文化人才能在执政中有所建树，减少失误，成就自己。

知道自己成不了政治家也做不了政客的，最好远离官场——自知之明也是一种政治素质。

必先诉诸正义然后道德

中国的官员大都喜欢谈道德,以为民风淳朴了,社会自然会晏明河清,天下大治。历代封建统治者都去拜孔夫子,把圣贤放在极高的地位上,教大家去膜拜。近代以来,也常有高官显贵提倡道德,甚至有以德治国的口号。毛泽东要大家斗私批修,灵魂深处爆发革命,讲的其实也是道德。相反地,草根领袖则较少谈论道德,有一位起义领袖提出这样的口号,杀一人如杀吾父,淫一人如淫我母。看起来说的是道德,实际上是正义。

以德育人,见贤思齐,我举双手拥护。像中国这么大的国家,这么悠久的文明,如果不讲道德,整个民族就会显得很丑陋,就难以得到人们的尊重。但是,我这里想要强调的是,一个健康的社会,其首要课题是生存、发展和公平,是确保人民权利和社会秩序。这些都可以纳入正义的范畴。道德固然重要,但那是对社会的高端要求。道德是社会的软件,正义是社会的硬件,当正义和道德都存在问题时,必先诉诸正义,然后道德。

一边是贪污腐败,贪赃枉法,民怨沸腾,一边是道德低下,随地吐痰,说假造假,先解决什么?一边是环境污染,毒水横流,受害者上告无门,一边是夫妻吵架,邻里不和,照顾老人不周,哪一方面更急迫?一边是黑砖窑、毒奶粉,无端死了许多百姓,一边是语言不美、行为邋遢、信用缺失,什么是当务之急?这,不说自明。如果官商勾结、贪赃枉法、金钱嚣张、恶人横行,纳税人的权利被肆意踩踏,消费者总是吃亏,连个说话的地方都找不到,人们没法把斯文放在第一位,没法文质彬彬,温良恭俭,做君子状。牧师拿着《圣经》教囚徒做忏悔,看起来很道德,但那是当事人被绳之以法后的事。惩罚恶人,伸张正义,严明法律,本身就是道德建设。

社会如果忽视了正义,人间将充满罪恶、歧视和不公平,也就谈不上基本的道德。或者说,在正义面前,道德显得过于奢侈。道德充满歧义,而法制是公认的。解放前穷人闹革命,打土豪分田地,有些人说道德,有些人就说不道德。人家的土地财产,你们凭空拿走,道德吗?可是如果你仔细端详那时的社会,那么多不公平,那么多罪恶,人民深受剥削和压迫,得不到幸福,也没有希望,他们奋起求生存,天然是道德的。

一个受欺负、受侮辱、受伤害的人,说话难免粗鲁,唾沫星子喷老远,看上去不够文雅,那不是道德问题。当一个人拥抱正义的时候,他所表达的就是道德,无须别的装饰。对照正义和公平,道德常常显得苍白而软弱,道德需要正义为之补充血液,壮胆强身。当然,绝不能因此把道德看得可有可无,对正义的诉求不等于蔑视道德。社会不能等到一切问题都解决后才提倡道德;以恶抗恶,以暴易暴,"拔一根睫毛要你竖旗杆",不是好办法。张三偷了我东西,一时未被惩办之,我就去偷李四家,那也不对。如果等社会完全正义了再去讲道德,正义在这之前就死了。

道德是普遍的、日常的修养问题,它指导着人的行为;正义不光需要道德,还需要法律和制度。正义犹如救火,道德类似防火。没有认真地防火,火灾就会频发;只喊叫防火而不去救火,灾难就在眼前。或可这样说,正义好像灌溉,道德好像下雨。大旱之时,你不能眼看着庄稼旱死而等待老天普降甘霖(置正义于不顾)。反过来说,如果"风调雨顺",也就没有"旱灾"之虞,也就不用浇水了。正义往往是解燃眉之急,而道德不是朝夕可以奏效的,人们经常重视前者而忽视后者。道德好像土地,贫瘠的土地上长不出什么好东西,失去道德的地方不会有正义。

强势群体占有较多的资源,比如权力和金钱,资源派生的意识是容易膨胀的,因此这些人应当特别加强自律才不失为君子,稍有放纵,便有不义之事发生。西方的法律对这类人有更多限制，更有效的监督。弱势群体拥有的资源最少，甚至一贫如洗，过于贫穷的人性是容易扭曲的，因此弱势者应当慎于分寸。公众的目光首先应放在强势群体身上，因为那些人对社会的影响，较之弱势者更为广泛。至于不道德之事，各层面都有，法律不能因为道德问题而给予当事人更多的惩罚。

我认为，处于最下层和最上层的人，往往难以恪守道德。有一本书叫《蒙塔尤》，写的是500年前法国的一个村庄。那里的妇女处于赤贫状态，富人只要给她们一个汤匙，就能陪睡一晚——过于贫穷的人是很难保全道德的；中国也有类似的情况。"贼无种，歉年生"，旧社会里，那些入室盗窃、投身绿林的，原本大都是安分守己的庄稼人，只因年景不好，饥寒交迫，为吃饱饭不得已走上打家劫舍的路子。反过来也是一样。如果一个人拥有太多的权势和财富，很难不挥霍浪费，很难约束个人欲望，为富不仁是常见的现象。因此，我特别敬重那些家资亿万却一生节俭的人，敬重那些权倾天下而自爱自重的人，敬重那些将毕生积累交给社会的人，他们才是"富贵不能淫"的君子。

从这层意义上说，经济的发展及其所带来的丰衣足食保全了多少人的道德，减少了多少不义之事！向使没有改革开放，乡村依然是千村霹雳、万户萧疏，小偷小摸不知要超出现在多少倍！向使没有城市的发展，就业无门，难以想象会发生多少恶性事件！所以说，道德的第一要旨是改善民生，是建立健全法制和民主制度。有了这些，道德之说才便于启齿。没有这些，谁听你的！

较少受到正义和公平困扰的人，往往喜谈道德。经常受到强势力量损害的人，则渴望多一点公平。官员地位高高，精英生活优裕，说说情操情趣谈谈道德修养，当然优雅，可是被克扣了工资想回家过年却没钱买车票的农民工，对空谈道德不感兴趣。他们不反对锦上添花的道德，只是更喜欢雪中送炭的正义和公平。正常情况下，清者自清，浊者自浊；不正常情况下，清者不清，浊者更浊。人要尊重秩序，与人为善，既有利自己也有利社会。当不义之事发生而道德却羞答答不肯挺身而出时，正义的呼声就会高昂起来。

瓦尔登湖之辩

我不赞成传统意义上的归隐,但我喜欢田园。

下面是我10年前写的一篇短文:《废于都抑或归于田》。

这是一篇读书笔记。2005年的《读书》中有一篇文章(具体哪一期我忘了):《可持续发展背景下的生态阅读》,作者章海荣。话题起于美国作家梭罗的作品《瓦尔登湖》,几个读者和学者就该书的主题展开争论。有人指责梭罗虚伪地制造了瓦尔登湖的神话,说瓦尔登湖只是现代人矫情和幻觉的产物。这一争论后来延伸为更深入的探讨:文明真的可以拒绝吗?孤独真的使人更自由吗?在这个背景下,2004年10月的上海《社会科学学报》刊出曹兵武的文章,《宁可废于都不愿归于田》,我深以为然。

为数可观的读者曾给予梭罗的作品很高的评价,说《瓦尔登湖》描述了美丽的自然,在那里的实践生存经验不仅可以作为个人简单生活的指南,而且体现出自力更生的精神,同时也构成了对现代都市生活的讽刺,给终日埋头于城市生存方式的人们一道风景,一种新鲜的空气,甚至是对生活方式的另一种理解。

但是,新的读法不久就出现了。有人提出,人到底应当是普通社会的动物,还是乡野中孤独的生灵呢?人们到底应当在现有的生存环境中寻找精神和文明的新因素和新方式,还是应当到孤寂的森林中恢复淳朴而原始的生活并建立起精神家园呢？这些人认为，即使是那些口口声声要到田园和荒野中清洗精神的人，其文章也是用现代的电脑敲出来的等。

我以为，不能忽视梭罗等一大批人对自然的热爱和对生态恶化的批评。他们努力寻求到乡间去的方式，企图建立一种简朴的生活。这种行为实际上是对现代社会的一种消极的抗议。事实上，很多与梭罗同时代人也有类似做法。被誉为环保先锋的约翰·缪尔16岁时只身离开威斯康星的老家，在加拿大的荒野中度过了一段不平常的生活，后来游历了中南美洲的一些地方，最终献身于创建国家公园和自然保护区的工作，并写出过著名的《夏日走过山河》。19世纪杰出的英国生态伦理思想家亨利·塞尔特于1885年放弃了爱顿城学术大师的待遇优厚的职业，在萨里乡村过一种清心寡欲的生活，种地，种蔬菜，一辈子为自己的选择感到快乐。"敬畏生命"思想倡导者史怀泽，拥有哲学、神学和医学三个博士学位，但他认为自己没有权利一直享受欧洲的幸福生活。1913年，他携妻子抵达法国殖民地——赤道非洲的一个小城，在那里办了诊所，义务为当地居民服务达半个多世纪，成为西方世界唯一一位能和印度甘地相比的具有道德影响力的人物。美国整体主义思想家，大地伦理的倡导者奥尔多·利奥博德1935年在威斯康星买下一座废弃的农场。在他生命的最后几十年里，他把大部分精力都用在这座农场上，细心照料着这片土地。在这个过程中，他完成了把生态意识、道德意识和审美意识相结合的伟大工作。

这些人离开都市，是秉承了一种理念:尽量较少地占有地球资源;摒弃人类中心主义;人的生命不能跟自然相冲突，死后应当交给大地和天空。但他们并不跟文明相冲突，他们尽量争取做点好事，有益于社会。不论是做具体工作的还是学者、教授和理论家，他们都有实际要做的事情，并不是空洞地在森林和荒野上消磨生命。因此，他们的回归自然，和中国古典知识分子所说的清高，和传统意义上的归隐，并不等同。

中国农民有句谚语：一等人生在兵马城池，二等人生在穷乡僻壤。这说法未必对(至少把人分成等级是不对的)，但在他们朴素的意识里有着追求都市生活的强烈意愿。也就是说，农民并不觉得乡村多么好。

中国文人好像有个传统,得意时渴望进入主流,高居庙堂之上,不得意时就归去山林,于江湖之间寻求安宁。更有人以为,要想居于情操的高端,非隐居不可,非辞官不可,非不食人间烟火不可。当代也有不少人扬言要去农村或去了农村(这不包括那些积极支援农村建设的人),他们以为都市里环境恶劣,文化堕落,没有什么美好,只有到乡村才能找到简朴、清净和自然。

对此,我不以为然。

10年前,我就此写过一篇文章:《不为清高者辩》。抄录如下:

我不喜欢那些自诩清高,把当代城市说得一无是处的人。相反,我认为,当代先进文化在都市,而不是在乡村。听见有人标榜说自己在荒无人烟的深山洞穴里得了佛道的真传,我就怀疑他们在卖弄。这些年来,多有一些发了大财的人物,在乡村买了一片地,雇人种植奇花异草,又有假山真水,放了些牛羊装点山坡,偶尔召集一些文人喝茶论道,于是觉得自己差不多归隐了。如果你仔细看看他们的住处,发现那里有高级越野车、整体的西式厨房,甚至还有保镖,你就觉得好笑。

理论上,这种看破红尘的人是有的,比如中国的陶渊明,还有前文提到的那些堪称圣贤的西方人物。但是,即便高雅如五柳先生者,也是充满了矛盾,内心并非清净如水。更多的是一些在俗世里立功后担心受到专制迫害,或已经受到迫害的人,逃遁山野之中,求得生命自保,比如严光、张良、刘伯温。大诗人王维看上去仙风道骨,诗画都作得好,可他为了争夺头名状元,不也千方百计走后门到公主那里搞公关嘛,样子颇有点出卖色相的味道呢。其他还有谁?大画家傅山和朱耷倒是一辈子没出世,那是因为政治上的不合作,而不是天然地喜欢山林。

真正的先贤往往不是那些装模作样要当圣贤的人,而是那些"虽千万人吾往矣"的入世者。不论他们出身何处落脚哪里,都能秉承自己的理念,我行我素,一往无前地奋斗着,他们就是鲁迅先生所赞扬的"敢于抚尸号哭"的英雄。在他们身上闪耀着超凡脱俗、忘我无私、圣洁的出世精神、纯粹的普世价值和伟大的悲悯情怀。那些告老还乡的官僚,那些发了大财回去购置田产的富商,还有卖弄风情的文人,看起来像是隐居了,其实都还延续着锦衣玉食的好日子,并没有做出什么像样的好事来。

今日之世,风尘之中依然有心气清高者、筋骨强壮者、不肯同流合污者,其成分也杂。他们拒绝恶俗,洁身自好,远避下流,安贫而乐道,但未必居于乡野之中。这些人绝大多数奋斗在自己的现实岗位上,兢兢业业,筚路蓝缕,质朴而刚毅,确实是可敬的一批;另有一类伪君子,平素喜欢奢谈清高,动辄扬言归隐山林,要过一种与世隔绝的生活,饮甘泉而食落英,居草寮而伴麋鹿,然而一说到眼下的享受,立即泄气,深知不能离喧嚣而出尘埃,于是抛袖遮羞,照样顾盼于名利之中。这还是知趣的呢,倘若还要招摇过市,矫情造作,就是卖假药的江湖骗子了。

古人隐居山林,荒野之中品味朴素生存,清心寡欲,不无可信之处。比如吃肉,那时在山林中弄点儿野味吃吃,比在城市里卖肉要容易。交通,城乡都是不行,最多就是车马;然今日之世已非昨日可比,一切都改变了,盲目效法古人,无异于刻舟求剑。陶渊明虽有《桃花源记》,然终不能以此乐业,当其寻友借贷之时,何等凄惶,何等尴尬!五柳先生有诗为证,无须赘言。孔稚圭有《北山移文》,千古以来,读者多于行者。今人无法像古人一样彻底地脱离当代文明。与其伸头露脚,欲罢还休,倒不如踏踏实实地在常人栖息的地方完成自己的精神追求。

我不知道住在城市里有什么不道德,也不明白为什么只有乡下的清水和空气才能洗涤当代人的灵魂。史怀泽先生说他不配享受欧洲都市的幸福生活,到赤道非洲办诊所去了,我的确很佩服。但我以为,在城市居住的人照样可以过简朴的生活,照样可以节约地球资源。如果真想到乡下去住,最好先考虑去那里做什么。如果仅是为了"悠然见南山",或者只是找几个老乡喝茶,照样是浪费资源。当代文明不可能在贫困落后的乡村完成,除非你想做一个伟大的传教士,否则在那里找不到自己的向往和归宿。

所以我赞成"宁废于都不归于田"的说法。说到底,一个人选在哪里居住,全要根据个人的需求和条件,很难说哪里是圣洁的哪里是污秽的。如果从文化精神的层面说,就更说不清了。五星宾馆里未必干净,乡下的水田里未必肮脏;反过来,也是一样。在都市里谋生,一边奉献自己的劳动一边取得生活所需,尽管社会尘土飞扬,心中保留一片清净,利己而不损人,尽着自己的义务和责任,有什么不好?独立而不避世,有为而不贪婪,积善成德,即可谓今日之贤达。果欲辞别亲友,厌弃琐事,拒绝工作而就山林者,实乃今日之最奢侈、最浮华者之想法。且夫生命之义本在劳作,又有伦理诸等义务,倘若无牵无挂扬长而去,如脱载之车漂流之舟,不单无情,亦无义也!

孤独未必自由,寂寞未必清心,古来欺世盗名者多乎哉!避世桃源,无异于苟且偷生,如果不是做点为人服务的善事,何清之有?何高可言?若要少用资源,可随时节省,无人不让你俭朴;若欲挽狂澜于既倒,在都市似有更多大事可做,何必落荒而去,只求一己之清心?自古以来,避世者多为欺世,归隐者多为盗名,放言清风,佯作独行,到头来多是为了终南捷径。至于傍时随俗、人云亦云,更是类中之下者。出避之时,一腔慷慨,霜气横秋,直欲排巢父而压许由;未及三日,饥肠辘辘,虫蚊叮咬,寂寞如囚,于是悔不当初,便思美酒貂裘、王子骏马,更有些人心存魏阙,望鸿雁而思援弓,往日豪情半途而废,画虎不成,贻笑大方。此等人事,好玩吗?

闹市之恶俗,文化之堕落,病于制而非病于简奢;都市之弊端,人群之恶习,源于管理和教育而非源于人群之聚散。过度竞争,不惜资源,则环境难保,人性之潜恶亦多于是发之,是以浊者更浊,清者不清;当此之时,本应锐意革新,急起直追,若是空谈超然妄论脱俗,不仅远离实际,直南辕而北辙也。知识分子本应激发良知,慷慨创新,不避斧钺,身体力行,若是回避责任,拥抱萧疏,不啻做了个缩头龟,见沙尘便思远走武陵,听狼嚎却欲化剑为犁,岂不怪也与!

10年前的观点,多么积极,多么激情!

然而,我现在却喜欢田园了。为什么?

表面的理由,是因为田园中确有更多的自然情趣,泥土确实随时飘散着植物的芬芳。那里没有那么多高楼大厦,有的是草木葳蕤、蓬蓬勃勃、虫鸣鸟语,实在更符合我的心性。在田园里,我可以而且必须做一些体力活,这对经常伏案工作的人来说,简直就是一种享受。劳动可以让我忘却惯常的思索路径,专心致志地投入劳作,一身臭汗之后,喝一杯水,洗一下身子,体会那种另类生活的快乐,确实有益于身心。最让人快乐的,是远离扰心闹心的社会,远离喧嚣浮浪的都市,在寂静的夜晚看天河灿烂,听朝露落地流霞升天,乡村有独特的诗意。

或问,10年前你为什么不亲近田园?难道那时的都市很不同吗?

这是更深一层的问题。我承认,我的内心一直存在着矛盾。我是个关心社会的人,是一个现实情怀很重的人。对世事的善恶、社会的进退、潮流的清浊,都想作出自己的判断,这不光是个人的权利诉求,也觉得为此贡献一点力量,自以为是光荣。放弃权利,等于放弃了职责。因此,我对那种沉湎于小情小趣或只读圣贤书的人,对那种假惺惺要遁世求仙的人,有些不以为然。另一方面,我又羡慕那些完全不关心社会的人。他们能够无视俗世的纷扰,潜心于某一爱好中,一辈子奉行"又何间焉"的方针,而这些人往往都能建立自己的专业有成,我直到晚年才明白那是一种智慧。实际上,有些事的确不是个人过问得了的,你空耗了一辈子热情,到头来换了个多管闲事的名声,倒不如那些专注于学业,心无旁骛,完全效忠于自身的人。有朋友告诉我:什么是德行?德行就是,不在其位,不谋其政。

人选择居处,第一个入住的是希望,然后才是自己。希望若是成了虚妄,居处也就无可无不可了。实话说吧,城市迫使我居留,但它让我失望,不是因为空气污染和交通拥堵,而是潮流和文化,是我不适应今日的城市环境。当代都市文化是什么样子,每个人都有自己的看法,我没法说服别人,甚至也难说服自己。当代社会,个人的意志越来越不重要了,我不能改变别人,别人也不能改变我,彼此都是顽固的存在,好像一块石头和一座山。我这一类人的去留,无论是对城市还是对乡村,已经没有实际意义。在城里,我是行尸走肉;在乡下,我也是个多余的人。

乡村不能给我希望,我无此奢求。分散的个体经济,凋敝落后的村庄,混杂着魔气和俗气的文化,叫人难以喘息,饮食和医疗又多有不便,乡村不是我的寄身之处。我对田园的兴趣,说到底,是一种走投无路的随机。在生命的青纱帐即将显示终点的时候,我不再有当年的激情,我想休息,精神的休息。于是,一个梦想突然产生:置身田园之中,体会放弃的悲凉,也许就是最好的休息。既然没法融入,那就远离曾经让我自作多情的城市吧。田园多么好！晚风习习,独自踽踽,草木做伴,鸟虫为邻,化剑为犁,亲吻大地,总比困在楼房里好些吧。过去的观点未曾腐蚀,也不可能超脱,我只能在乡村田园中得到短暂的喘息。最好的休息在于简约和荒凉中,我不喜热闹。

我认命了。命,就是个人注定逃脱不了的环境,就是无法超越的历史阶段,还有本性难移的文化关怀。既如此,我只好回到童年熟悉的田园,如同寻梦。我在老家有一片不大的园子,其中有些树木,一口水井,还有竹林和水塘。我常去看看,侍奉老母之余,也种些花草和蔬菜。体力活儿有其优越之处,你得亲力亲为,这给了我许多情趣。我喜欢那个荒草凄迷的院子,它朴素而丰富,清净而简约,远离都市也非与世隔绝,四季都有鸟语,还有空气中迷离的花香,颇能满足我那点闲情逸致,包括莫名其妙的怀旧。

歪打正着,我意外发现这里还有基本的生存要素,而且颇为原始。这里的人还在土地上劳作,质朴而刚毅,土地给了我温馨的回忆,农民的劳动让我看到了人类的本色。他们的生存状态重新激发了我对草根社会的热情,我关注他们,就像关注我自己。为此,我浮想联翩,我的同情心,我的责任感,我对直率语言的兴趣,还有劳动者最为慷慨的友谊,这些都被动员起来,我突然有话要说。我像一条自由的三文鱼突然找到当年的出生地一样,内心激荡出强烈的欲望,我要在这里下蛋！

这是真正的快乐,那种不由自主的、得意忘形的、旁若无人的兴奋。这样的兴奋来自读书、画画和田园劳动,来自与村夫的交流中,而不是思考。尽管那些"忘我"的兴奋常常只是片刻的澄怀,亦足让我的脑子排除纷扰,身心沉醉于专注的活动中,有时汗流浃背,看似狼狈,实乃我之所求。多年来,我的心被许多东西纠缠着,让我渴望多一点这样的忘我,渴望"开轩面场圃,把酒话桑麻"的潇洒。说到底,没什么大事需要我去惦记,惦记也没用。交浅言深,有时会自讨没趣,反觉得对牛弹琴,好端端失了自尊,胡为乎来哉！人在晚年,还能保留自己的一些习惯(包括陋习),就算是善终,就算大幸了。阿门！

现在读《瓦尔登湖》,我的感想已经和从前不同了。同是一个地方,不同的人会有不同的心境,也会有不同的诉求。三文鱼周游大海大洋,到头来还要寻找自己的出生地,其间有诸多危险,除了数不清的激流险滩,还有随时可能吃掉它们的黑熊和狼。但是三文鱼一直不肯停歇,一往无前,溯流而上,冒着生命的危险,去寻找记忆中的那个山清水秀的上游,在那里产下自己的卵。从这个意义上说,那里是三文鱼的祭坛,那里也是它们心目中的乌托邦。现在,我就是这样理解《瓦尔登湖》的。

夜行车上看《杂文》

每年都要回老家若干次，多都是坐火车，其间行驶10小时，旅途多寂寞。我不喜欢看电视，也不善于跟人交谈，只好用书籍打发单调而绵长的时光。今天上车前，我买了两本《杂文》，逐一翻阅，有些心得，便记了下来，以便参考。

我的感觉，当代文学创作中，算只有《杂文》还有点人气，值得一看。有人说：文学死了，电视烂了，书画疯了，文物假了。我看，虽然过激一些，但也差不多。按了胳膊数腿，按着腿数胳膊，有什么？就散文和随笔还有几片青色的叶子，杂文更好些。这依赖了散文的真情实感和杂文的批评精神。没有真情实感，没有敏锐严密的思考，文字又粗鄙，还有什么文学可言！不说这些了。

明成祖夺了侄子建文帝的位子，要当时极负盛名的大臣方孝孺起草诏书，方不从，朱棣说，这是我们老朱家自家的事儿，你又何苦如此？方便写了"燕贼篡位"四个大字。明成祖大怒，不仅杀了方孝孺，还杀了方的亲友872人。很多历史学家说到这里时，大都赞赏方孝孺的精神，却没有批评封建制度的残酷。实际上，方孝孺所忠的，一是前朝君主，还有一种文化精神。他认定一条死理，谁破了这个理，谁就是大逆不道，即使皇帝也不行。中国人最缺乏的,就这种较真的傻劲。中国人的精神世界中有太多的灵活、暧昧、自私、胆怯、掩饰,甚至也有伪善。

安史之乱后,唐德宗李适动员全国兵力讨伐当时的汝南节度使李希烈,答应给予立功者以奖赏。叛乱平定后,立功的将士们因为没有及时得到奖赏而发生了泾原之变,国家因此陷入更加混乱的灾难之中。眼看局面失控,大难临头,李适不仅补发了奖赏,还让翰林大学士陆贽起草了一道"罪己诏"。该诏书情真意切,获得将士们的谅解,很快就扭转了局势。当权后的唐德宗却没有因此吸取教训,他的猜忌、刻薄,重用奸佞,把天下搞得更加衰败。实际上,那种不得已而为之的罪己诏,其实是机会主义的产物,是一时需要或良心发现,并没有制度的保障。现在的贪官,平日里巧取豪夺,及至事发,在法庭上痛哭流涕,这等人不可相信。没有制度上的制约,一旦他们再掌权,还是过去的老样子。

历代帝王故事,充满了血腥和不义,制度的黑暗罄竹难书,可如今那些残暴的皇帝竟成了一个个大义凛然的英雄,那些惨不忍睹的史实也都变成了婉转凄美、哀怨动人的爱情故事。眼看着一堆腐烂的臭肉被现代厨师们加工成美味大菜,真叫人无限钦佩文学家的聪明。这类作品之所以能够红火,关键不在作料,而在于迎合了欣赏者的口味。所以,聪明的市场开发者不仅重视香料的进出口,牟利丰厚,其中还要有政治的考量,安安地存了一点机智。宣传皇帝的仁义爱民,上下都说好,这就是政治作料。除了这个,差不多什么都可以说了,朝廷倾轧、男女私情,侠客飞檐走壁,美女纠缠英雄,还有各种武林秘籍、壮阳丹药,都成了好东西。历史各色腊肉悬挂在高堂之上,感性而炫目,绵延千年,从江湖直达金銮殿,蔚为壮观,不知何时是个头。

有一篇杂文是写西方的钉子户的,因为处置的方法不同,显示了文化的不同。德皇威廉一世在波茨坦建了一座行宫,附近的一座磨坊影响了该建筑的形象,威廉一世想以高价收买这个磨坊,然后拆掉,可是磨坊主人就是不卖。皇帝盛怒之下把磨坊拆了(这不奇怪),磨坊主人把皇帝告上法庭(这就奇怪了,谁敢告皇帝啊),法庭判决皇帝必须"恢复原状"(这就让国人难以想象,法庭怎么敢判皇帝败诉啊),从此这个磨坊成为德国司法公正的象征物。

在美国的华盛顿州,因为一个小岛的主人拒绝搬家,开发商的设计就只能在小岛的三面做功课,另一面保留。开发商曾求助于政府,但是政府站在市民的利益上说话,司法也保护公民利益。从此这个小岛成为敬畏民权的象征。日本也有类似的例子。在中国,钉子户被强行拆迁,很多人叫好,政府常常以鼓励投资的名义保护开发商。法院遇到这种官司,到底倾向哪一边,更不用说了。

许多恶性拆迁都是耳闻,但我亲眼见到山东某地的真情实景。有个地方搞了很大的开发区,政府生硬地动员老乡搬迁,老百姓的房子一律都要拆毁,新房子却远未建起来,于是很多百姓只好住在用稻草和塑料布临时搭建的棚子里。寒风凛冽,饥寒难耐,叫人不堪瞩目。中央台放了调查纪录片,当事的官员立马调任另处,上访的百姓依然怨声载道。为了追求政绩,官员喜欢站在开发商一边,百姓很难找到说话处。

可喜的是,最近人大通过了关于行政强制的法律,今后此类事体将有法律为根据,而非任由地方随意规定。不过,法律是一回事,执行得怎样,还是问题。

该期杂文中有一篇文章:《为什么中国人不善于选择》。作者说,如果有人问中国人喜欢中餐还是西餐,大部分人都说,随便,什么都可以。这种模棱两可的回答看起来是客气,其实是叫主人为难。近来有人做了调查,说美国人最烦恼的回答就是随便,他们认为这种回答其实恰是怕失去什么,这个想要那个也想要,是一种基于贪婪的暧昧心理,是患得患失的表现。

有一位官员介绍经验说:这种形式的表态不是不选择,而是只说原则不讲办法。讲原则用以藏拙藏丑,讲办法不仅要真才实学,还容易被人追究,所以还是不讲为好。随便就是原则,至于怎么才是随便,不说了。选择其实就是方法,是要落实的,原则不需要落实。中国文化,真的有意思!有些事情看起来很小,但是颇能展现一种文化的内在精神。比如,饭桌上的一根牙签,德国人用完了,往往折成几截,放在提包里带走。问他们为什么,答曰:如果直接丢到塑料袋子里,牙签可能扎破垃圾袋,脏东西会流出来;如果被动物吃了,有可能扎破动物的嘴巴和喉咙,甚至要了它们的命;如果清洁人员的手碰到这个尖锐的东西,可能受伤,并因此而感染。

因此我想到沙叶新先生写的一篇议论中国人和外国人某些不同的杂文。他说西方有个笑话,如果在大街上丢了一块钱,英国绅士会若无其事地走开,法国人会懊恼得大喊大叫,美国人会叫警察,日本人会回家反思做检讨以后绝不再犯类似的错误,中国人会说:"谁拾到我的钱,回家买药吃!"

毛泽东当上共和国主席后,曾礼贤下士。为了讨论一些文化问题,毛泽东请当时的大儒田名瑜到中南海游园聊天,毛亲自为田先生划船。田先生回来后从不以此为荣,更反对家人借此炫耀。他家境贫寒,一直住在一间只有几平方米的小屋里,子女们劝他给毛泽东写信,田先生正色说:"读书人可不兴那样做啊!"田先生真是个要脸面的知识分子。

现代人的脸面进化了,进化得刀枪不入,不知羞耻。很多人将高官大人物的合影挂在耀眼处,就是一让。这些人整天渴望拜见大人和名人,目的就是这个。每每看见书画人把作品寄给联合国秘书长,我百思不得其解。其实他们就是为了求个回信,到处张扬,抬高身价和画价。照这样推理,妓女如要抬高身价,也得钻营豪门,把她们和官员的合影挂出来?

我感觉是,当代刊物中,算只有《杂文》还值得一读。

城市化是一把双刃剑

当代政治、经济、科技、文化的制高点,在城市。

城市越来越大,乡村被人忽视,乡下人逐渐变成市民,农业国变成了工业国,这个趋势在中国不仅没有停止,而且愈演愈烈。有些人说城市好,有些人说城市问题多多,参与这场争论的人很多。我仅就中国的城市化利弊,发表以下几点看法。

谁来种粮食

一说城市化,就有人担心:大家都住到城市里,谁来种粮食?我们吃什么?

看起来,这个问题在逻辑上并不错。从全球战略上讲,人类不能没有粮食,灾荒饿死人的事时有发生;作为责任,国家农业部、联合国粮农组织都非常关心世界粮食生产状况。这些,没有争论。

但是,农业的人口数量并不是粮食生产的决定因素。封建社会数千年,大部分人都在种地,饥荒照样频仍,而只有5%从事农业生产的发达国家却能大量出口粮食。实际上,因为农产品的附加值太低,农业国大都受到发达国家的剥削。一个像中国这样的大国,必须面对两大问题:一是自力更生解决吃饭问题,靠从别人那里买粮食绝对不行;另一个问题,这样的大国,要想单纯依靠农业走向强大是绝对不可能的。甚至可以说,如果不走向工业化,不以城市为中心组织经济活动,我们将再次沦为发达国家的经济奴隶,永远做他们的生产粮食的长工。这不是耸人听闻的胡说八道,许多第三世界国家就是因此而成为别人的附庸。什么叫"人为刀俎,我为鱼肉"？前者就是工业和城市化,后者就是单一的农业和农村。

即使是农业国,也要走向市场,也要对农产品进行深加工。17世纪,荷兰人从南非进口小麦,从印度进口玛瑙贝,从巴西进口蔗糖,他们把这些农产品供应给国内不断成长的商人、手工业者和银行家,弹丸之地的荷兰成为世界强国,而没有饿死一个人。荷兰人将玛瑙贝运到非洲,那里的人将这种东西作为货币,欧洲人因此获得大量的财富,甚至可以用这种不值钱的东西买到活生生的奴隶！荷兰的农民仅仅用一种鲜花——郁金香,就能把大量的财富收入囊中。18世纪,茶叶、咖啡、食糖和烟草也纳入世界贸易之中,世界商业结构变得更加复杂,唯独粮食生产国依然贫穷,除非进行大机器、大农场、产业化操作。这个时期,正是中国明清两朝换代之际,偌大的农业国饿殍遍野、白骨遍地,饥寒交迫的人们流离失所。由此不难看出,让大多数国民死守在小块土地上,不搞工商业,不发展城市,当代国家绝对没有出路。

要发展工业,要提升一个社会的文明梯级,就要减少农村人口,建设城市——现代文明不可能在百衲衣般的小农经济和连绵无际的乡村生活方式上建立起来。这里的关键,就是城市能否为农民进城提供那么多就业机会,也就是,工商业是否发展到足够大的程度。而这,恰恰就要依靠城市化。

还有人说,那么多人拥挤到城市会不会影响社会安定？这是另一个问题,且早有答案:不会。我们可以引用两个邻国——日本和俄罗斯为例。明治维新时代的日本,为了发展工业,积蓄国力,只好从农民那里获取资金。1873年,日本的土地税占农民谷物收益的40%以上,这笔收入相当于全部政府财政收入的90%,农民不堪重负,引发了1883—1884年的全国性动乱。当时的农民起义主要是反对那些高利贷者和持有贷款记录的官员。虽然警察残酷地镇压了这些起义,实际上并没有缓解政府和农民的矛盾。直到日本大力发展工业并吸收农业人口进入城市,才最终解决了社会安定问题。

俄罗斯和美国的例子

俄罗斯地大物博,横跨两大洲的广袤大地上到处都是肥沃的可耕地,可是农业时代的俄国并不强大。沙皇为了取得更多的赋税,用强制的办法将农民限制在土地上,手段极其残酷,农民完全没有自由,从萨哈林岛到西西伯利亚,从伏尔加河到乌克兰,到处都是集中营式的庄园,这从屠格涅夫的小说和契诃夫的游记中都可以读到。但是,俄国安定吗?俄国强大吗?不。19世纪30年代横扫俄国的普加乔夫起义,极大地动摇了沙皇的统治。读过《上尉的女儿》一书的人,多少还有点印象。实际上,只有在抛弃亚细亚生产方式即以自耕农为主的农村和封建制度一体化的制度并大力发展工业以后,俄国才强大起来。而圣彼得堡、莫斯科、基辅等大城市就是在那个浪潮中发展起来的。这一点,最早觉醒的是彼得大帝。他以王储的高贵身份,隐姓埋名,在比利时的造船厂当了多年木工,亲眼看见了西欧强大的奥秘,最终抛弃了农奴制,带领俄国走上工业化的道路。

即使工业化程度很高的美国,即使是以小麦出口为主的加拿大,农业也不是它们治国安邦的主要经济手段。美国的南北战争,北方代表的是工商业集团和金融家的利益,南方代表的是以农业为主体的农奴主的利益。结果怎样呢?南方失败,北方胜利。一般人往往认为南方失败的原因是不得人心的农奴制,北方主张解放黑奴从而瓦解了南方的军队,所以胜利了。其实,南方失败的根本因素在于工业的不发达,落后的农业经济不可能让南方强大起来。

我们不妨继续追问:为什么北方要解放黑奴?说到底,不是为了让他们到北方生产粮食和棉花,而是到北部工厂里去做工——为城市的工业化获取廉价劳动力!其中道理,不言自明。当代世界上没有一个国家愿意舍弃工商业而专搞农业的。事实上,单纯的农业不仅不能造就强国,也不能跨越文明,只要看看当今世界还有哪个文明是靠农业和农村维持的,一切都会明白。

直到诺贝尔文学奖获得者斯坦贝克写《愤怒的葡萄》时,美国的南方依然受到农业比重大的困扰。从美国历史看,如果南方和西部未能及时摆脱单纯的农业经济,美国不仅不能迅速走向强大,甚至无法保障其联邦制度的统一性。从这一点上看,《愤怒的葡萄》发出的不仅是公平和正义的道德呼号,也是呼唤经济转型和加快城市化进程的呐喊。

我国现在确定了保持18亿亩耕地不变的政策,这个数字肯定还要下降。中国的人口即使只有30%在农村,数量也在4亿以上,难道说4亿人种不好18亿亩庄稼?不要说农业机械化程度会逐步提高,就是像现在这样的水平,每人种四亩半地,还愁种不过来?解放前用牛耕地,靠人力收割,每个农民管理4亩地都没有问题!所以,不必担心谁种地的问题,100个人种100亩地和一个人种100亩地,收成差不了多少。当前需要关心的是如何搞好城市化,城市如何最大限度地吸纳农村劳动力,并且让他们过得好。

一个国家,一个地区,一个城市,短期的发展并不稀罕,几乎每个地方都有阶段性的辉煌,难题在于是否能持续发展。前年有个电视专题片——《大国的崛起》。该片扼要地阐述了西班牙、荷兰、英法、德国、日本、美国的崛起之道,也说到大国的衰落。总起来,大国的崛起来自社会制度的转型、经济结构的改革、科学技术的运用,以及支撑这些的政治制度和文化形态,而大国的衰落恰恰是这些东西的反面,包括发动旨在掠夺他国的战争等极端化行为。

城市是经济的"发动机"

相对地说,近代以来,能够持续高速度发展的,就是美国。美国是欧洲人的殖民地,这和中国不同。中国不可能像他们那样每人分几万英亩,打上一圈木桩,就是你的了。但是美国的持续发展对我们中国还是有重要的借鉴意义,其中很重要的一点,就是美国经济总是不断地更新"发动机",且功率很大。

100多年前,美国人靠石油和钢铁工业拉动了工业化;20世纪初期,美国大力扩张城市规模,建立了覆盖全国的交通网络,全面提升了国家力量;两次世界大战期间,美国靠军工推动了经济发展。20世纪末,美国依靠高科技占据了世界高端,克林顿时期提出的信息高速公路(information highway)再次拉动了美国经济。当年的小公司,像IBM、谷歌、惠普、英特尔,如今都是世界上屈指可数的大财团。

宋代的东京汴梁曾经是多么繁华的城市,一幅《清明上河图》留给我们无限遐想,但那是小农经济时代的兴旺。进入工业化时代后,传统经济模式变得黯然失色,同类的城市几乎都被边缘化了。以运输为例,从前主要靠内河,凡靠近江河的码头城市都很繁荣,如苏州、杭州、扬州,如济宁、聊城、临清。后来漕运不行了,这个经济发动机没有了,不起作用了,那些城市很快就衰落了。

中国城市的形成和欧洲不同。欧洲的城市是由那些从乡下流落到城市的破产农民组成的,也就是游民、手艺人和商人组成的,代表工商业的欧洲城市在经济、思想和文化上一直是最有活力的,而传统的欧洲古城镇基本上都是围绕教堂兴建的,教会既是乡村的行政首长也是精神领袖,代表着封建制度。古代中国的城市大都是围绕行政中心建的,皇室和官衙是中心,寺庙一般都在山里,只有得到政府特别优待的寺庙才可以建在城里,如白马寺,如雍和宫,如夫子庙等。近代以来,工商业发展起来,在交通运输方便的地方形成了一些新城市,如泉州、广州、上海、青岛、天津等,这些城市的存在和繁荣不仅和商业、海运、进出口有关,也和政府的意志有着密切的关系,并非如欧洲那样由行会、手工业者和流民所主导。

基于工商业和交通因素建立起来的城市,经济十分活跃,商人追求利润,乐于创新,因为市场比土地更渴望寻找新的利润增长点,而市民总是喜欢时髦,乐于消费,也较少故步自封,所以近代商业都市大多能够与时俱进。一旦某部"发动机"老旧了,很快就会换一部新的。而基于传统农业经济和封建文化所形成的城市,社会生活比较死板,虽然容易管理(比如大都有围墙、护城河与城门),但缺乏持续发展的内在力量,缺少不断冲刺的大马力引擎,老牛破车,暮气沉沉,连文化艺术都落后于大都市。

纵观过去的30多年,从地方看,经济的发展更换过几次发动机。第一次是乡镇企业的崛起,虽然农民没有抛弃土地(这等于老发动机还继续使用),但增添了新的发动机,乡镇工业带动了地方经济,积累了财富,上了一个台阶。第二次是商业,市场的兴旺给大中小城市增添了一部威力强大的发动机。第三次是农业结构调整,面对市场组织农业生产,每个农户都像太阳能发电设备上的一组电池板,百川归海,形成了具有中国特色的组合式发动机。第四次,就是近年来广泛兴起的城市化运动。

扩大城市,更新城市,通过城市建设促进经济发展的例子,国内最早启动的是青岛,规模最大的则是浦东新区。浦东新区是上海经济发展的发动机之一,其后被各地仿效。与城市建设相关的行业,粗略计算,涉及58个方面,一个城市在实行新规划时至少有几十个行业会得到相应的利益。即使政府投入一部分资金,不久便会收回。这也是全国城市化高涨的主要原因之一。

被称为"造城运动"的城市化浪潮之所以如此汹涌,和10年来房地产的持续升温有很大关系。国内很多城市都是在政府不花钱的情况下进行城市更新的,方法就是改造环境,吸引投资,提高地产价格,从而获得收入。如今,这个浪潮已经完成了第一波:城市更新,地价也上去了,但能否把更新过的城市用经济手段充实起来,才是当今城市的大难题。弄好了,新发动机带动了城市经济,万事大吉;弄不好,新城市就是一个空荡荡的新客厅,一部没有工作机的发动机。

中国的城市化正在持续。一是大量的农村劳动力,特别是青年人渴望流入城市,城市规模不愁扩大。二是国家的经济基本面如不出现大的滑坡,城市化进程会得以持续。三是新的土地流转政策将使农业逐步走向产业化,农村对工业品的需求会促进城市的发展——这是西方所不具备的条件。四是民间资金已经具备相当的力量,只要金融政策进一步放宽,对城市的投资将走向多元。这些,就是城市化的希望所在。城市化这个发动机,有望使中国经济获得新的机会。

城市化的弊端

城市化是近代以来全世界面临的趋势,也是一大难题。

工业社会有一个内在规律:随着工业的发展,必然产生大量的移民。这些移民都是从乡村转移到城市的农民。1800年,领导世界工业化潮流的英国大约有1/5的人口居住在城市,那时英国的城镇规模在10000人左右,差不多等于我们现在的大村子。整个欧洲,人口超过10万的城市差不多也就20座。当时欧洲的企业家最发愁的就是如何获得足够的工人。(参看北京大学出版社出版的《新全球史》,作者:杰里·本特利、赫伯特·齐格勒)

自那以后的100年里,欧洲的城镇人口达到了总人口的1/3。欧洲大陆的其他国家,日本、美国、加拿大,大体上也是如此。到1900年,很多国家的一半人口在城市。欧洲和北美洲的大都市超过150座,伦敦最大,650万人;纽约420万人,巴黎330万人,柏林270万人。美国真正完成移民进而解决北方的工业发展瓶颈,也是在南北战争之后,大量黑奴解放出来,支持了北方乃至全国的工业化,包括后来的开发(其实还有征服)西部。

大都市数量的增加和规模的膨胀,带来很多社会问题。首先是加剧了环境污染,工业废水和生活污水把每一条靠近城市的河流糟蹋得腐臭不堪。大城市的每一寸土地都无法逃避水和空气的恶臭,霍乱、伤寒、痢疾、肺结核成为城市的流行病,死亡率甚至超过了出生率,填补城市人口的途径就是源源不断从乡村拥入的劳动力。美国那时的人口还比较少,劳动力的缺额主要从欧洲大陆获得,当时很多英国人为了逃避危险工作到了美国,爱尔兰人则因为19世纪40年代的马铃薯饥荒移民到美国,上百万犹太人因为沙皇的迫害犹太人的政策从俄国到了美国。这些移民形成了19世纪美国各主要城市的人口规模。

19世纪到20世纪初期,欧美各大城市也是肮脏不堪,秩序很混乱。有钱的人大多不住在市区,而是在郊区修建了漂亮的别墅,以便把自己和疾病流行的城市隔离开来,就像是隐居。相反地,穷苦的劳工阶级只能拥挤在城市中心,聚居在为他们搭建的工棚内。在曼彻斯特和利物浦,这样的工棚连绵数十里,那里的居民几乎都是从乡村流落到城市的新移民。大城市的产业工人和他们的家庭大多住在设施不全的公寓里,空间狭小,甚至几个人挤在一张床上。很多房子的后面有猪圈,到处是臭气熏天的粪尿,只要稍微有点时间,他们就跑到公园或街心花园里去躲避。

　　这样的情况延续了100多年,直到19世纪末期,政府才试图解决早期工业发展所带来的城市问题。首先是改进供水系统,增加地下水道,为建筑物编号,并宣布某些挤满了贫困工人的危房为不合法,强令拆除重建。这一时期,城市兴建了很多诊所,以治疗连绵不断、势头汹涌的传染病。公园大量增加,以便为一时不能搬迁到清洁地段的人提供暂时的休息场所。有些到美国去的欧洲移民——大约1/3——因为看不到希望而回到欧洲,大部分则留了下来。

　　这些几乎是所有城市的通病,甚至是必经之路。

　　中国的城市之所以能够实现扩张,也是因为移民——从乡村进入城市的农民。他们离开熟悉的土地,到城里讨生活,从事建筑、经商、运输、饮食、服务等多种行业。有些人开始时只是独身一人进城,家庭还在农村,后来发现彻底离开农村照样也能生存,于是以家庭为单位的移民成为城市的新居民。这些人主要居住在城乡结合部,从事拉脚、理发、开杂货店、小饭铺、做商店伙计、清洁工等杂事。因为城市公用设施不能和人口规模同步,许多地方显得既寒伧也混乱,空气污浊,交通拥挤,街道不整,很像欧美当年的情况。

　　城市的弊端,处于第一位的,还不是环境污染,而是现行的户籍制度。大量流动人口从农村来到城市,从这里走到那里,遇到很多不便。比如看病,比如上学,都还受到户籍的限制。这个早已存在、至今尤甚的问题,早已成为亿万人诟病的大弊端,呼声很高,当务之急,却迟迟没有出台新办法。这个弊端,深圳解决得比较好,不光因为深圳这个城市年轻,主要是积极改革。户籍问题的改革,主要的是思路和理念问题。如果仅仅为了管理者的方便,只图省事,不计其他,户籍限制就难以改变;如果从民众利益考虑,从发展考虑,就应当尽快取消这种带有歧视性质的户籍双轨制。

　　城市服务系统不健全,是当代中国城市化的另一课题。很多城市突然膨胀起来,原先的医疗、教育、交通、服务业未能发生相应的改善,于是出现了看病难、上学难、交通拥堵、食品不卫生等问题。有些地方的治安也不好,黑社会团伙的帮派相当嚣张,不仅市民受害,而且影响了许多青年农民。他们缺乏城市生活方式的经验,一时找不到事情做,被坏人教唆,很快就沦为黑帮的工具。

经济制度的好坏实际上决定了国家的性质。在城市里,新兴企业主对农工的剥削成为日益尖锐的社会问题。农工不仅收入低,其他权利也多被剥夺。很多农工超时工作,没有加班费,而且不能享受法定的假日。很多企业不能按时发放工资,甚至有干一年还拿不到工资的。许多工程都是层层垫资,业主空手套白狼,承包商和农工的收入没有保障。遇到纠纷,官员不是站在调停人的立场或者作为政府主持正义,而是采取照顾资本家、压制和哄骗百姓的办法。许多地方因此出现了小规模的冲突。

当代中国的城市化,在很多人的眼里,就是修建很多的大楼,道路宽阔,车水马龙,霓虹闪烁,人头攒动,六方杂居,等等。这是认识上的误区。城市化不仅是个居住环境和建筑规模概念,而是一种文化概念。比如说,自由和民主不可能在自然经济为主体的乡村社会实现,但在城市里,民主和自由是不可阻挡的潮流。城市化排除了乡村散漫的、自然主义的、宗法成分浓厚的文化,要求执行严格而精致的法制。在农村,一个人躺在街上,三天没人管,也不会影响交通,可是在大城市发生这样的事,不出三分钟,就会发生大片地区的交通拥堵。在农村,一家失火,可能只烧掉几间房子,大城市一旦失火,那就不得了。还有传染病的传播速度,城乡差别也很大。

城市的发展,要求建立相应的现代文化,或者说,城市文明。

所有进入文明层面的事物都具有如下特点:第一,它必须是精致的;第二,有相对稳定的形式;第三,可以操作。一块小小的石头,精雕细刻,可以成为文明的标志,但是一座大山只是自然之物。一片手帕,一页剪纸,一首小诗,可以成为文化,但是一包棉花、一捆草纸、一堆无序的文字就不是文化,因为后者未经人类智慧的加工和打磨。同时,当代文化又是可以有效运转的,既然运转,就要遵守一定的程序。红绿灯,是城市文化,乡村没有。如果大家都不遵守,那还不是城市文化。城市文化的目标是公民社会,没有法律自觉,没有权利与义务的平衡,算不上现代城市。

西方的城市是逐步完善起来,公民社会也是逐步形成的。中国的城市虽然在规模上飞速膨胀,但还没有"化成"。很多地方一城三世界,官员、富人住在第一世界,小区很现代,管理也够水准;白领、教师、小业主住在第二世界,虽然不够精致,但也不错。那些以农村移民为主的城乡结合部,则是第三世界。大多数城市除了精心打造旅游点以增加经济收入之外,很少有自己独特的文化投入,缺少让人感动、让人领悟、让人产生兴味的东西。来了不觉得舒适,走了也没有值留恋的。新城市尤其需要丰富自己的文化内涵,需要用精致化、特色化、现代化代替以往的低层次生存状态,以期达到公民社会的程度。

讲史热的缺陷

随着主流媒体掀起的讲史热,传统文化近年来可谓铺天盖地。先是讲孔子,此后讲孟子、墨子、老子。说三国的大谈权谋,说红楼的大谈脂粉,说聊斋的大谈灵怪,说水浒的大谈杠棒。史上沿袭下来的四大系列都说到了。我们听到的都是仁义、德政、孝廉、非攻、礼仪、纳谏之类,好虽然是好,到底难免隔靴搔痒,叫人没有感觉。

古代文学巨著诚然是中华民族智慧的宝库,需要继承,需要推陈出新,使之成为当代文化的一种营养。但是,在汗牛充栋的故纸堆里翻来覆去,到底还是有一股子陈腐味道,叫人觉得不够新鲜,好像一位厨师不会做新鲜菜,便老给人吃臭豆腐、酸汤鱼和梅菜扣肉,虽然美味,到底缺少点什么。

讲史者已经把中国历史翻了个底朝天,怎么就没一个讲西方的呢?西方历史中没有什么好东西吗?不是的。世界各国的历史中都有很珍贵的东西,尤其是近代以来的西方,可以说集中了相当的先进文化。如果一个民族的文化是开放的,不会只陶醉于自己的历史,而应兼采众家之长,中国历史上的唐代是这样,近代以来美国是这样。那种无视别人经验只会津津乐道自家祖宗的,是文化上的自恋狂。

是国人对世界史研究得太少吗?也不是。100多年来,中国和外国的交流可谓与日俱增,每个年代都有相当数量的人通过留学、研究或工作了解西方,他们对西方的历史、文化、艺术、科技、哲学、世界观和方法论都有深切而独到的见解。在今天的中国,随便哪个城市,随便哪个社区,都能找到若干这样的人才。

为什么就是没人讲呢?因为媒体过于敏感,凭空多了许多忌讳。是呢,说到西方的政治制度,难免要说到民主;说到西方的经济,难免要说到反垄断和自由主义;说到西方文化艺术,就要说到独立人格;说到科学研究,就要说教育制度。所以,不管你有多少精通西方的学者,都只能作壁上观。

大国崛起,说的是西方的成功与失败,但给人的感觉是,历史的更替让西方你方唱罢我登台,谁的好日子都不会长久。甚至有人会乐观地认为,现在轮到我们了。有这个愿望,自然是好的,中国的崛起对别人无害,对国人有利。但是到底靠什么崛起,靠什么继续发展,还需要推敲。光靠孔孟之道、诸子百家、兵法战术、阴阳八卦,恐怕是不行的。

诚然,孔孟之道中的中庸、诚信、仁爱,依然有助于国人素质的提高,但也有隔靴搔痒的成分。倒是近代以来的契约观念、市场法则、人文精神等,对今日之中国现实具有更直接、更实用、更契合的价值。过多地翻检古典而忽视现实,将使文化与经济产生很大的隔膜。这种隔膜非国家之福,实际上,也不是老百姓希望看到的。

我有疑问:今后还能翻出什么来?这样下去,下一步就要讲小脚女人,讲童养媳,讲殉葬、讲帝王的吃喝,讲黄袍马褂和鼻烟壶了。当然,这些也是学问,但是放着正事正用的东西不去琢磨,顾左右而言他,似乎不是简单的疏忽。一边是心照不宣,一边是投其所好,于是有了故纸堆的洋洋大观。现在的风气,很像是五四之前的国学,热闹得很,也暧昧得很。

一个健康的国家,文化上一定是丰富的,绝不能自封自闭。目前的情况与举国开放改革的大潮流不相符,也与科学发展的规律背道而驰。祖宗的东西不可不知,但枯死的东西虽然纹理可鉴,到底没多少营养,有也不多,老是翻来覆去地咀嚼,不能给我们以健壮的体魄和刚毅的精神。熊猫老是吃竹子,结果连族群都衰微了,要生育还得靠人工繁殖,倒是什么都吃的熊们个个身体强壮,家族兴旺,这就是教训。

论文化的同化力

国家的兴衰,民族的存亡,文化的繁盛与沉沦,关键在于是否创建、拥有或者紧跟了先进文化。30年来改革开放的历史再次告诉我们,只有那些虚心学习先进文化的并积极消化为自身营养的,才能成功;拒绝先进文化的,暂时可能维持,但终究会日薄西山。一个人是这样,一个地区是这样,一个民族也是这样。

有人认为,中国古代文化至高无上,外来文化无一不被我们同化掉。这种说法,我不敢苟同。人有一份顽固的自豪,当然不失为精神;但是我说,从来都是先进文化同化落后文化,而不是相反。羯族的前秦也好,拓跋氏的北魏也好,鲜卑人的唐朝也好,蒙古人的元朝也好,满人的清朝也好,当时带入中原的都是游牧文化。无论从生产能力、生产工具、生活方式还是文化艺术,都远远落后于中原。清军入关之前清刚从奴隶制部落社会向封建社会过渡,蹒跚学步,文明处于萌芽状态。入主中原以后,满人主动学习中原,主动认可同化。这是满清统治者的高明之处——能够承认自己的落后已经不简单,能在那么短的时间内全面学到先进文化,更不简单。

有麝自来香,不用大风扬,这民谣说的就是文化的力量、德行的力量。先进文化不仅美好,也实用,人见人爱。任何政令都难以阻挡文化的暖风,同样,任何声嘶力竭的抵挡都不能挽救没落文化的衰亡。文化先进与否,主要不看堂皇门面,而在实用,看是否符合民众的时下要求。有些东西,少数民族的更先进,中原汉人也应当学,赵武灵王的胡服骑射,就是这方面的例子。因此,不是谁同化谁的问题,而是先进的同化落后的。

当我们的文化落后于别人时,还能同化别人吗?抽大烟,小脚女人,假客气,礼教,不求甚解,假清高真虚伪,江湖郎中,道貌岸然,夜郎自大,铺张浪费,求神弄鬼,官本位,还有八股文等,那些可笑的、愚昧一如生人番的做法,谁愿学?谁曾认真学过?如果不信,你可以翻检历史,可曾有哪个国家向我们学习这些丑陋的玩意儿!

外人学我们的,都是先进的东西,美好的东西,实用的东西。我们的几大发明,西方人学了去,从而导致了欧洲在经济和文化上的崛起(当然不光因为学了我们的这些),但是没听说哪个国家的女人跟我们学习裹什么三寸金莲。我们的丝绸换来的不仅是真金白银,还有政治的安定、民族的和解与各种文化的交融。日本人曾经学我们,后来不学了,不是学生忘恩负义,而是老师没本事了。不知是孟德斯鸠呢还是卢梭说的,科学和社会的进步总是败坏风俗的,其中包括忘恩负义。

反过来,200年来,我们不是一直在学人家的东西嘛。从社会科学到自然科学,从本体论到方法论,从宇宙飞船到咖啡壶,从人行盲道到互联网,都在学习西方。学习先进不仅不丢人,而且是一种德行,它说明学习者具有实事求是、虚怀若谷、见贤思齐的优秀品德,至少说明学习者还没有失去自信,还有一份诚恳和谦虚吧。这时候,还能大言不惭地说我们同化了人家吗?

正因为中国人具有这种精神,我们才能够在强盗破门而入之后稍事安顿就开始了洋务运动——师夷之长。也正是因为实事求是的精神,我们得以在30年中获得如此巨大的成功。如果你有半小时的空闲,不妨到城市的林荫道上走一走,看夕阳辉映下的高楼大厦,想一想这些财富是如何积累起来的,还有正在急速改变的生活方式。我们的聪明未必超过古人,我们的德行未必胜过圣贤,我们的肌肉未必比祖先更发达,为什么我们取得了这么辉煌的成就,而先人们数千年一直蜗居在历史车辙的泥水里?因为我们开放,因为我们懂得学习先进,不那么封闭。向先进文化看齐,就是结论。

已经有很多地方、很多事物、很多心理元素,都改变了。这还不够。当代文化中还有很多东西将被更进步的文化所同化,这不仅不可怕,而且值得高兴。我坚信,拙劣的模仿将被创新所代替,挥霍浪费将被质朴节俭所代替,柔软甜腻没有精神力量的文学艺术将被刚毅、大气、高尚的新作所代替,虚荣和装饰将被诚朴和优雅所代替,苍白将被强健所代替,浮华将被简洁所代替,浮躁将被踏实所代替,专横将被民主所代替,残留的封闭将被继续开放所代替,强权将被自由所代替,陋习将被新风所代替,冷漠将被爱心所代替,等等。一切都将随着人类的美好追求而改变。非如此,不足以创造新文化。

我也敢于预言,中国的一切美好也必将进一步影响世界。我们具有大国的文化底气,看上去大大咧咧,但是拥有不可侵犯的自尊;我们秉承了一种宽厚的风范,从不轻率地对人指手画脚;我们专注于自己的建设,从容面对未来;我们顾全这个世界,有时吃点小亏,但不吃嗟来之食;我们有自己既定的传统,而不是动不动抓耳挠腮的猴子;我们有自己的丰富多彩的兴趣,绝非事事不如人;我们有学习先进的胸怀,坚信能够学会一切美好的制度、知识和文明。道法自然,见贤思齐,才是中华民族的安身立命之本,妄自尊大、沾沾自喜、盛气凌人,不是中国文化的本色。

尽管商业文化如台风一样刮倒了小草也摇撼了大树,但对中国文化,我依然怀有信心。文化现象来之有缘,去之有因,既无须杞人忧天,也无须拔苗助长。拿来主义,安之若素,剔除糟粕,吸收精华,就是最好的对策。文化的潮流是一种看不见的、潜移默化的、无孔不入的东西,如水银之泻地,如微风之入户,每天都与你我耳鬓厮磨,可你抓不住也赶不走,个人的能力很难左右之。既然如此,我们不必夸大自己,也不须妄自菲薄,更不必排斥别人关起门来称孤道寡。文化培养着一些东西,也腐蚀着一些东西;文化酝酿着、凝聚着一些东西,也稀释着、消解着一些东西;文化孕育着、建设着一些东西,也扼杀着、摧毁着一些东西。这既是文化不能速成的原因,同时也是文化的美丽之所在。新文化因素给当代社会平添了许多风景。作为个人,只能是风物长宜放眼量。如此而已,岂有他哉?

人生需要借口

人生下来就会吃喝拉撒,这叫本能。

所有本能归结为一点,就是求生与求福。人对生命的珍爱超过一切,此乃天赋人权,不可侵犯。但生命是否幸福,则需要价值的载体,因此就有了诸多的不同。有人舍生取义,有人舍命不舍财;有人卖国求荣,有人为国捐躯;犬儒哺粝食糟,君子不食嗟来之食;有人视挥霍为荣光,有人以简朴为高贵。于是,生命就有了不同的含义——超自然的、社会性的、精神的含义。所有这些意义,都来源于一个个不同的"借口"。

已经温饱的人们,开始追求幸福指数。为了这个指数,人群分成了阶层、阶级,思想分成了派别、主义,文化分成了雅俗等。这些都是为了所谓幸福而人为设定的理由,也就是借口。小时候,孩童们渴望长大,于是就说等我长大了好怎样怎样,而成年人可能只是为了传宗接代。及至长大了,青年人发现还需要一个灿烂的未来,还要有爱情。爱情有了,需要孩子;有了孩子,生活更加有了借口——我得为孩子负责!这些借口于是成为人类生存的"抓手",这个"抓手"很重要:它给生命不断走下去的勇气,给人心理的平衡和精神上的关怀。所有的借口都带有正义性和成就感,因此调动了生命的热情和社会的主流,还有生存能力的提高和浪漫主义色彩。名不正则言不顺,言不顺则事不成,此之谓也。

如果你觉得生活陷于停顿和无聊,就需要找一个新的借口,立即寻找,改变现状。比如说,当你有了一份稳定的工作,收入也还可以,生活可能因为满足而失去兴奋。这时,千万不要停下来,你需要新的目标:没结婚的要结婚,要买房子,要养孩子,要赡养老人,即使个人获得了很大的成功,也还有回馈社会的义务。再比如,几十年后,你退休了,日子复又平淡,这时你应当加倍注意健康,养生不仅是为了个人的幸福,也是为了减轻子女的负担。难道不是吗?

就是这些看似简单的借口,扶持了我们的生命。绝大部分借口都是积极的,为了争取更好的生活,借口让你避免了慵懒保持了勤劳;为了获得荣誉和成就,借口让你克服了平庸和消极,靠近了激情和献身;为了增加生活的趣味,借口让你靠近了艺术,从而摆脱了无聊与孤独;为了减轻别人的痛苦,借口让你投身社会,从而超越了小我和自私。借口是人类的旗帜,借口是理想的原动力。

当干部的要想到提拔;经商的要追求更大的财富;文化人希望成名成家;探险家渴望探索最隐秘的世界,视死如归。这都是很好的借口。大部分借口都是靠近俗世的,但未必平庸。俗,带有强烈的民间性,亿万人选择了"平俗"的生活,可见俗文化必定拥有堪称伟大的力量。一切杰出和优秀都产生于平俗之中,如同鲜花来自土地、养分和阳光。再优秀的人物都身处平俗中。一个人,只要其借口不损害他人的利益,就应当受到尊重。一个道德上优秀的人,不会讥笑普通人的平庸,就像白色不会讥笑黑色。

人生的借口有时冠冕,有时也很荒唐。世上不存在没有理由的强盗,杀人放火的也有借口,贪污受贿的官员也会说"别人捞得比我还多呢",跑官的人会说"几年没提拔了好没面子哟"。这样的借口是以损害他人利益为动机的,是以损害公德和秩序为代价的,所以很荒唐。借口五花八门,没有统一的标准。

平时听到某些人吹牛,扬言自己10年内要当多大的官、发多大的财、当多伟大的艺术家,还要带着爱人走遍全世界,云云,叫人觉得多少有些虚妄。这时,千万不要粗率地朝人家头上泼冷水,不要当场砸碎他们的借口。尽管有些借口确有狂想的成分,但那是人家的兴奋点,多么珍贵！一个肥皂泡能够吸引孩子好大的兴趣，一片海市蜃楼让人们产生了天国的梦想，一些看似不可能的追求催生了许多科学家，因为借口起了召唤的作用。随意打碎别人的借口，是残酷的，不人道的。

借口不是可行性研究，当事人未必清楚达至目标的距离和途径，夸父追日可能是这样，飞蛾扑火大抵也是如此。不必点破人家的梦想，那是他们生命的支撑。还有些人，即使看清了暂时的不实际，也还要挑战，那是理性催生的激情。从前我听见有人吹牛就反感，往往当面予以戳穿，及至明白了，才知道那种做法很不尊重人，也不够自重。即使是吹牛，那一定对当事人构成了很大的乐趣，只要不伤害别人，让人家有个美妙的肥皂泡，而且尽量多欣赏一阵子，有什么不好！再说，我觉得不行，人家未必不行，又何苦去扫人家的兴呢？

人有时不快乐，和缺少生活的借口有关。世上有千万个借口，你选择什么，你就是什么。每个人都有充足的生的理由：世界无限美好，宇宙广阔无垠，白矮星爆炸时如同花朵，蓝色地球上有山山水水，各民族的风俗，其中多少趣味！人生有意思极了，美食、旅游、读书、发明、运动、探险、献身社会等，任何一个领域都有无穷的乐事。活着是一种幸运，世上还有很多人需要我和你，多活一天就是一天的福气。

人的借口决定了人的价值取向。不光生者的借口需要尊重，就连自杀者的借口也值得尊重，也许更值得敬佩，因为他们舍弃了自己，保全了价值观。他们以终结生命作为最后的选择，这种放弃带有壮烈的成分。叔本华认为，放弃不需要借口，所以冷对自杀，自己却没有那样做。当代人有千万个死的借口：日复一日的劳动让人疲倦，不合理的东西到处都是，环境污染无处不在，还有战争和灾荒，冷漠的人际关系叫人觉得世界很无聊，周围很多无耻的势利眼等。想到再活200年也就这个样子，任何一个生命似乎都是可有可无的存在，死倒是一种解脱。

既然如此，为什么不给自己更多的快乐呢？

快乐在哪里？就在你的借口之中。

给自己一个借口，给生活罩上一片美丽的光环。

暗码与你擦肩而过

风骨随身

　　世界上每天都会发生很多事情,它们大都以明码形式出现。新闻引人注意,琐事被熟视无睹;时髦的刺激赢得很多人的眼球,日常生活的常识却易被忽视。很多人经历了幸运和不幸,体会生活的酸甜苦辣,感悟人生的起承转合,但大多数人都只看到明确发生的事件,对暗中擦肩而过的秘密却浑然不知。

　　你遵守交通规则,从不酒后开车,眼看着大车如匪小车如贼,常常觉得那些家伙赚了便宜;你每天照顾老人,接送孩子,因此会缺席朋友的聚会;你帮助贫困的乡亲但没有得到任何回报,甚至不曾得到对方一张感恩的卡片。也许,你某一天会觉得日子过得很平淡,既没有像样的幸运也没有严重的不幸,无聊得近乎枯寂,日子简直要"淡出一个鸟来"(水浒好汉语)。然而实际上,就因那次你没有饮酒而在回家途中避开了一次车祸——有一个喝醉的司机差点撞上你的车——多亏你头脑清醒、躲闪灵活。你缺席了几次聚会,因此少了几次是非,频繁应酬的几位朋友大都损伤了身体。一位曾得到你帮助的人乘凉时说了你两句公道话,因此消解了你本家和亲友的抱怨,让你得到更多的安宁……这些,都没有形成明码的事实,但的的确确是发生了。你可能对发生的幸运和避开的不幸无所感知,但它们确曾以虚拟的形式与你擦肩而过。

世界存在着明码与暗码两个部分,如同物质与反物质,如同向心力与离心力,如同阳光与色彩。原始形态的神秘主义夸大了暗码的部分,说那是来自神灵的意志。粗鄙而功利的机械唯物主义者们则将一切不曾出现的事物统统说成虚幻和迷信,则是没有悟性的表现。明码和暗码之间存在着的那片开阔地就这样被认识论的阴影遮盖了。

从哲学上说,那些都是存在的,这可用形式逻辑推导出来;但暗码又是不可具象的,因为谁都说不出来"不那样就会发生什么",或者"那样就不会发生什么"。哲学家不是算命先生,逻辑推理可以帮助我们看见那些看不见的事物。中国人说,福不双至,祸不单行。看不见的福祉其实已多次降临,我们只看见了明码的那一次;灾祸之所以重复降临,是因为我们没能找到处理问题的最佳方式。"妻贤夫祸少",因为你的妻子在某个时候给过你善良的规劝,从而避开了一次伤害、官司或死亡。明码世界上,你只听见妻子的唠叨,却没能读出暗码隐藏的悲惨;同样,一个本分的丈夫看起来平常,却无意中为整个家庭免去了许多看不见的灾祸。因为平和、规矩与善意,人们不经意避开了不幸。这种幸运,往往被忽视。

善良的人们往往会有一种吃亏的感觉,偶尔也会有"社会既然如此我又何必本分"的愤激之怨。守规矩的人不必跟无赖看齐,福与祸只是一事物的两方面。我们虽然失去了一些发财的机会,虽然被健康或家庭所拖累,但也减少了许多烦恼、羞辱和不幸。冥冥中有神灵悄悄保护着我们,你我其实已斩获良多,过分的不平衡是自寻烦恼。有人会说这是精神胜利法,是阿Q。果如此,庄子就是高级的阿Q,阿Q就是初级的庄子。在精神领域,我不赞同"利益最大化"的商业原则。人类必须节制,世界也应当调节好速度。没有节制和理性,生活无法接近美感和艺术。这和阿Q不同,愚昧的阿Q没有理性只有盲目;这和庄子也不同,庄子天马行空,大而无当,让人难以效法。

因为年龄的缘故,我遇事常取"让"的态度。你不是很想超车嘛,好了,我让你。你不是很想显示自己的成功嘛,我甘愿当你的衬托,让你觉得自己不是世上最无能的人,让人找到一点自尊和自信。有一次,我的一位下岗邻居听说我退休后的劳保收入不如他高,他因此舒心了好些日子。我以为，这样做，善莫大焉。当然，我也不容许别人无故加之，但我不善于争。我以为，不争可以避开很多灾祸，可以将黑色的暗码悄悄灭掉。这个时代，如果你吃了亏，再想找补回来几乎是不可能的。我的做法，不是为了吃小亏赚大便宜，而是避免吃更大的亏，保住基本的权利。

　　因此，我相信自己经常处于幸运状态，相信自己在无形中已经多次避开灾祸，然而我却只能说出前者却无法说清后者。我是靠推论法得出的这个结论，并非自欺欺人。人生赐予我经验，这是时间为我积累的财富，不能仰仗，也不必鄙薄。年过花甲，进取之心依然存在，但我知道了一个道理：万事不能过分。人生没有彩排，别人的演出和自己的领悟可以成为明天的借鉴。至于借鉴的效益有多大，那不是要害；关键在于，这些领悟可以让一个人逐渐摆脱卑贱和庸俗，从心理上尊贵起来。

我　观

14 世纪的欧洲风情画
——读《蒙塔尤》

人们说,商务印书馆、中华书局和三联是中国最好的出版社,此话不虚。他们采取薄利、多出、有价值、品位高的方针,坚持百年,出了很多好书,成就卓著。回忆当年阅读《汉译名著丛书》的心情,至今还是很大的享受。最近商务印书馆出版的《蒙塔尤——1294—1324年奥克西坦尼的一个小山村》,也是一本好书——被人忽视的好书。出于代人读书的善意,我在这里作一点介绍。

该书的作者是法国人,名叫埃马纽埃尔·勒华拉杜里。作者在前言中说:"小题材有时也能写出好书。这本书曾经在法国、美国、荷兰、英国、瑞典等国成为畅销书。20年前,该书获得了出版上的巨大成功,但那完全不是我的初衷。我最初唯一的目的是写一本关于一个欧洲村庄的枯燥乏味的专著,当时我预计它最多能卖出几百本。谁知道,无心插柳柳成荫,我竟意外地撰写出了一本畅销书。这既给我带来了好处,也带来了坏处。所谓坏处,就是造成了同行们的嫉妒。"

一个普通的村庄

作者有一份得天独厚的资料来源,就是14世纪前期,那个靠近普拉德的村子——蒙塔尤——的本堂神甫克莱格保留下来的当年宗教裁判所的记录。那里不仅有关于极端派和纯洁派的宣道内容,还有村民的大量的忏悔记录,有告密者的信件和小字条,有本堂神甫的情妇们刺探到的情报,甚至有世俗生活的各种各样的文字描述,包括私下里的幽情和寡妇私通的隐私。

蒙塔尤是个小村子,当时共有居民200~250人。到14世纪末期,这里的人口锐减,只剩下100多人,分散在23个家庭里。除当时发生的黑死病以及英格兰战争的影响,人口减少的另一个原因,是宗教裁判所对纯洁派的镇压。为了给读者一个感性的印象和认识历史的背景资料,作者描写了此地的地形、四季、养殖、运输工具和耕作习惯等——主要是纺织和放牧。

在蒙塔尤,家族的兴旺代表了最高价值,这不仅具有现实的优势,也有精神层面的追求,一个不兴旺的家族会让他们觉得低人一等。除了生产上的关系,家族之间还可以通过婚姻联系在一起。相互关联的利益要求他们遵守沉默的法则,彼此关照,但是心照不宣。家,有时略微带有夸大的含义,因为某些人喜欢将亲戚关系也牵扯进来,在说到主教或什么重要人物时,人们常常要表示出那是他们的一个"小亲戚"或者"好朋友"。

当地的贫富差距很大,层次也很复杂。拥有现金的农户很少,大多数家庭的财产主要是拥有多少土地和羊。除了最贫穷的寡妇,一般人家都有几只羊。羊群不仅能提供生活的保障,还能提供尊严。富有的标志:草棚里养着牛马和骡子,或者驴子;家里有男女用人;不把孩子送到牧羊人那里做帮工或学徒;家里有二层的带阁楼的房子;厨房里有较多的炊具;家中备有干草、工具和种子等。

这些描述对我们有什么意义呢?

第一,我们可以因此了解写实意义上的14世纪的欧洲乡村,这比读小说要可靠一些;第二,宗教的世俗化在欧洲的表现以及神职人员的生活,让我们有了更具体的认知;第三,对比中国同一时代(相当于元朝)的情况,可以得到一些启发。第四,通过饮食男女世俗生活所体现出来的具有欧洲特点的人性善恶,以及欧洲乡村所展现的文化共性。当然,还有宗教裁判所的功能以及如何实行对某一宗教派别的镇压等。这也许是主要的。

神甫的生活

皮埃尔·克莱格先生是这个村庄里的本堂神甫。村子里只有一处教堂,看上去不算富丽,但对本地教徒来说,这个教堂具有不可替代的作用,不仅是灵魂萦绕的场所,而且和生活的许多方面有牵连。克莱格家有猪群和羊群,算是这个村子里资产最为殷实的人家了。加上在宗教中的地位,他可谓炙手可热的人物,大家平素都很尊重他。

克莱格的弟弟,皮埃尔·贝尔纳犯了法,正在接受处罚。克莱格坚持说,贝尔纳曾经把自家的菜园圈了篱笆,以防止牲畜对蔬菜造成损害,这说明贝尔纳存心善良。村民私下里议论说,那是因为他担心牲畜糟害了自己家的蔬菜。克莱格先生说,谁家的蔬菜都是菜,正如在上帝的眼里我们都是人。贝尔纳被捕入狱后,他曾向狱吏送过四张羊皮,这个小狱吏因此便允许他在监狱里为所欲为;狱吏的妻子甚至要把犯人房间的钥匙交给克莱格——真是有钱买得鬼推磨,天下乌鸦一般黑。为了让他所钟爱的弟弟皮埃尔获得自由,克莱格对领地法官和各种上层人物进行贿赂,毫不犹豫地花费了14000苏。这个数目相当于一个普通牧羊人年收入的7倍,一栋房子的36倍。用这笔钱可以买1400只羊,可以雇用28组一级杀手。

在迫害了无辜或侵占人家的妻女之后,克莱格神甫并不接受别人的批评,哪怕是善意的批评。他说:"我没有改变,我一直爱着所有的基督徒,可惜他们变了,变得不叫我喜欢。这些,以后我会向上帝解释清楚的。"克莱格家族,特别是当上本堂神甫的克莱格,利用教会的裁判权打击农民和牧民,聚敛财富,成为权势最大的人。在蒙塔尤,从贫苦妇人到城堡主夫人,都得到过克莱格的"宠幸"。权力和财富让那个家族显得灿烂辉煌,人也显得有才华,有风度。她们爱戴和赞赏克莱格家的人,并且为他们抓虱子。

财富、家族关系、异端确定权和政治权势,是克莱格家族的四大支柱。皮埃尔·克莱格作为本堂神甫,由于不断地从事本职以外的活动(这些大都是需要花钱的事),获得的职业收入不算高。对情妇的宠幸占去了他本应献给教徒们的时间和精力,看来情欲比上帝更重要一些。尽管如此,他表面上还是个尽心尽力的教士:听取忏悔,主持礼拜日和重大节日的弥撒,出席教区会议,征收什一税。他是村里少有的识字的人,所以经常兼做公证文书,很多人因此说他是个善良而能干的人。

关键是,皮埃尔·克莱格还担任着蒙塔尤在卡尔卡松宗教裁判所的代表职务。他要给谁构成罪名,很快就能形成,比办任何事务都要有效率。因为这里有很多税收是遭到农民和牧羊人反对的,人们又多信纯洁派,克莱格要找到他们的怨言和不敬之词是不难的。很多人骂上帝死了,骂上帝昏庸无比,骂上帝没有管好他手下的臣仆。这些话随时都能被克莱格家族的情妇们刺探到。只要报告上去,就是犯罪。克莱格内心骄横,行为放荡,执意报复,是一个凶悍无比的人。

人们清洗灵魂的办法主要靠忏悔。忏悔大多在教堂里进行,有时也在教徒的家里,形式很简单,当事人直接面对神甫和十字架。忏悔的内容很广泛:和妓女私通,偷盗过干草和水果,骂人脏话,说谎,向处女提出无耻的建议,偷吃过成熟的庄稼,在长满杂草的小路上撒尿等。处于忏悔中的当事人精神上都极其脆弱,稍微的安慰和温情就会让他们(她们)感激涕零,这也正是神甫为非作歹的好时机——这个专门接受别人忏悔的人好像不怕自己的丑行被上帝发现。

本堂神甫是个充满激情的人,到处猎艳,一生都不放松,直到身体衰退到不能做那种事情,才有所收敛。实际上,权力丝毫不排除温柔,蒙塔尤的女子对此有了共识。和粗暴的农民性交方式比较,教士在性方面往往表现得和蔼可亲,温文尔雅,热衷于做爱的欢愉,很少草草了事,有时还送给女人们一点小巧的礼物。克莱格还佩戴着一种据说可以避孕的神草,办那事的时候放在"腹部的开口处"就不会生孩子。有一次,有个女人问能不能把神草送给她,克莱格说:"我不能送给你,我担心你跟别人性交的时候也会用到它。"

我从来不敢妄谈宗教,不是因为胆小,而是对欧洲的历史了解太少。从这本书的记录看,西方的乡村,也就是中世纪欧洲的草根社会,一直处于宗教的控制之中。当年那些从事宗教活动的神职人士,比如克莱格先生,其面貌和内心似乎并不多么高尚呢!回忆当年阅读薄伽丘的

《十日谈》,总觉得其中有些故事是靠不住的虚构,现在有了历史资料的印证,心里踏实多了。伪装啊,越是神圣的面孔,伪装得越厉害。

14世纪的风情画

在蒙塔尤,男人从不刮脸,人们也很少洗脸,因为既没有浴盆也没有淋浴。但是人们之间却经常在一起抓虱子,抓虱子成为社交手段之一,就跟猴子似的,无论是出于异端性的、纯愉悦性的还是上流社会交往性的,都很正常。这种活动,有时在灿烂的阳光下进行,有时在矮小的屋顶上,有时在正午的树荫下。这些地方,被当地有教养的人们称为"下等客厅"。那些所谓有教养的人,其实也经常出没于那些地方,以便勾引女人。

当地的民众文化中具有一种彻底的贫穷主义精神。比如皮埃尔·莫里,他甘愿以经常性的贫穷为伴,厌恶无所不有的富足和刻板的豪华。对他来说,游走和贫穷是某种理想和价值体系,不贫穷反而不好,因为富有会败坏人性。他对任何人的大吃大喝都充满愤恨,认为那些在丧事中大办宴会的家伙的灵魂很难进入天堂。他揭露说:"我认识的许多骑大骡子的人,他们几乎都和异端派有些牵连。"他的意思是,富人在政治上和精神上是不可靠的。

蒙塔尤的居民不经常换洗衬衫,有人从某地带来一件干净的汗衫,会被看成大事,很多男女都要围拢来看,拥有者也不敢轻易穿出来。他们的习惯来自贫穷,所以小心地维护贫穷的声望。他们用一种美好的词语掩饰贫穷:灵魂的干净胜似内脏的干净,内脏的干净胜似表皮的干净,皮肤的干净胜似衣服的干净等。这种宗教性质的语言帮助蒙塔尤的人们维护着长期形成的自豪:我们虽然不怎么卫生,但也不大生病,因为持久的劳作锻炼了我们强壮的体质,上帝则给了我们清洁的灵魂。

在这里,人们之间还存在血缘以外的民间自发的联盟,那就是拜把兄弟和认干亲。这种关系不仅在平时可以得到互相帮助,比如教父、教母对教子女的教育负有一定的责任,甚至以后还可以得到程度不同的继承和赠与。当然,这种关系的建立不是随意的,而是分等级的。一个流浪儿很难成为神甫的干儿子,而那些能够成为头面人物的教子女的人也会觉得冰山在后,有恃无恐。尽管那些赠与有时少得可怜,但对非常贫穷的人来说,一只吃饭的汤匙都是值得珍惜的,而且可以炫耀。

这里的农民一般都是独身,没有后代,因为他们太贫困,娶不起老婆,无法让嫁过来的女人得到幸福的生活。这些人死了,就只能对外重新招募新牧羊人和帮工。那么,女子都到哪里去了呢?一是女人本来就比男子少,有些漂亮一点的姑娘大都许配给有钱人家,还有些女子到城市里去了(有点像现在的打工妹)。因为女人少,光棍多,村子里经常弥漫着公羊群特有的那种气息,那是从男人的脏兮兮的裤裆里散发出来的。

女人在一起,经常抢着说话,甚至表现出不让别人插嘴的强烈无比的表达愿望。她们之所以要显示出伶牙俐齿,主要目的是想从男人那里得到更多的财富和权力,只有占尽风头才能引起注意,哗众取宠,就是那时的广告手段。有些胆子大的女人甚至怂恿别人跟男人斗争,可是胆小的女人还是不敢,她们宁肯用百依百顺的方式得到奖赏和怜悯。她们通常不说爱和爱情之类的字眼,而把这些词语送给孩子和老人。

蒙塔尤的人们通常不以教堂钟声作为时间标准,而是以生活中的行为计时,如太阳落山的时候,睡午觉的时候,鸡叫头遍那阵子等。这是一种时间观念不很强的乡村文明,所以不需要过于分明的时间段,也不必那么精确。这种习惯,对心理上的轻松肯定有好处。除了纺织羊毛的人说"活太累",其他人没有觉得劳动太苦或压得喘不上气。稍微有点事情,他们就把羊群托付给邻居,自己出去了,有时几天,有时好几个星期不回来。

乐天知命的乡下人

乐天知命,是蒙塔尤人对自然和命运的基本态度。

他们善于把每个人的日常存在和上帝联系在一起,不管二者是否可以类比。他们认为一切美好的食物都来自上帝,教堂的歌曲也是给上帝听的,一般人能听到那是沾了上帝的光。美丽的山谷是上帝的花园,一般人能够进入,实在是上帝宽宏大量,没要你付费就算不错了。甚至连贫富苦乐,他们都要和浩瀚的宇宙联系在一起。贝丝巴斯特说:"用不着对天发誓,谁也不能让星星变大变小,一个人是否走运是鬼神决定的事,除了上帝将来为你承担,谁也无法代替。"

他们认为,村庄的空气里每时每刻都飘荡着鬼魂,人不能将它们弄到开水锅里煮死。如果谁做了一点善行,不必夸张,因为那早已存在于上帝的计划之中。皮埃尔先生有一次看见路上有两只不祥之鸟,吓得两腿发软,站都站不起来,这让他预感到此后的命运必然会十分悲惨,后来果然如此。如果你不相信神甫和巫师的说法,他们会指着一条狗说:"你就跟这种动物一样,不相信神灵和上帝。"

现在属于法国的这个村子,那时没有什么宠物。当时狼和狗都被认为是野性的畜生。猪稍微好一点,因为它们吃的是泔水,提供的是美好的腊味,但猪也是有野性的,而且脏,还有人说用野栗子喂大的肥猪能跟野猪杂交。猫代表了鬼魂,夜里到处游荡。老鼠,就更不要说了。农民只喜欢绵羊和牛马。教士亲切地告诉他们,在上天的分类里,勤劳的牛代表了农民,奔跑如飞的马代表了士兵。农民问:"那么你呢?"教士说:"因为我们会祈祷,所以代表了人。"

这里的异端,首先是指犹太人。蒙塔尤这里偏偏没有犹太人,所以异端思想也就无法付诸行动。很多人觉得遗憾,好像自己英雄无用武之地。他们宣扬的那些关于犹太人的故事,都是道听途说,但每个人都企图证明那些话都是自己的亲身经历。

这里的人相信千禧年之说,世界末日就要到了。"瞧,鞑靼人就要从东方杀过来了。如果上帝不阻止他们,他们就会把所有人都拉平,不管你是老爷、教士还是普通农民。"不相信世界末日和千禧年的人被看做异端,要被宗教裁判所迫害。

纯洁派的思想强化了固有的自然主义思想。他们认为万物不是上帝创造的,人也不是上帝创造的,上帝更不可能呼风唤雨。万物都是魔鬼造的,人是男女性交出来的,粮食和水果是穗子开花结出来的果。他们认为上帝只能代表灵魂,今天存在明天腐烂的肉体是魔鬼创造的,所以上帝不可能降生为耶稣。如果有,那他已经变成了魔鬼。这些人对耶稣和马利亚不够尊敬,有些人甚至无所畏惧地说圣母马利亚只不过是圣人待过一段时间的"大肉桶"。还有人说,犹大其实没有那么坏,都是后来人泼给他的脏水等。

人死了变成亡灵,没有家的亡灵成为鬼,白天到处游荡,夜里就住在教堂里。年轻的女性亡灵在天地间往来频繁,如同白云时聚时散。漂亮而健壮的女性亡灵成群结队地在风中走动,她们中有的衣衫褴褛,有的身怀六甲,有的腰间系着嘉布黔修会的绳子。她们追逐大大小小的仇人,据说还掌握着某些活人的起居和旅行信息,能在世上找到她们要找到的人,要打就打,要杀就杀,不留情面。

《蒙塔尤》的启示

这本书看起来确实有点厚,大概有500页,但读起来并不感到枯燥,因为作者擅长叙述,文字优美细致,内容也有意思,尤其可贵的是资料翔实。我现在越来越不喜欢那些虚构的故事和八股式宣传,反而爱看这类文字生动、资料丰富、观点客观的写实作品。这大概和年龄有关。附带说一句,我向读者推荐这类书,完全出于个人的爱好。我不会接受出版社和作者的酬劳而去写书评,那样做就得说些言不由衷的话,对读者不好,对我也不好。

现在人们都爱畅销书。出版一本畅销书,作者挣得多,出版社的收益也好,这无可厚非。但是,这也造成了一些问题:一是出版过于随意,粗制滥造的东西很多,有些书就是从网上Download的资料拼凑。这样一来,读者不知哪本书是货真价实的好书,哪本书是炒起来的冒牌货。很多所谓的批评家是拿了出版社(或作者)的酬劳代人说好话的。你若是相信了他们,花几十块钱买下一本书,看了才知上当受骗。二是,这种状况也造成了文学上的遗漏,有价值的东西反而没人去写,写了也没有人看。《蒙塔尤》的作者开始以为此书能卖出两三百本就不错了,后来被译成几十种文字出版,影响遍及世界,说明什么?说明人们还是喜欢货真价实的东西。

读《蒙塔尤》,我还有一点感慨:这位人品不怎样的神甫,居然把什么事都做了记录,连他自己做的丑事也白纸黑字地写了下来。我就想了,作为一个给教徒们主持忏悔的神甫,在记述他的那些不雅行为时,害臊不害臊?难道他就不怕被后人唾骂吗?为此,我请教了朋友,他们说,欧洲人有做社会记录的传统。

权且认为这么说有道理吧。对比欧洲,中国似乎缺少这类实录性的东西,有是有,但是很少。翻阅《明实录》和《清实录》,其中虽有帝王将相的起居记录,但都是拉屎撒尿吃饭穿衣感冒发烧之类,干净得很。难道他们的生活中都是这些鸡毛蒜皮的小事?有时我觉得,那些所谓实录,还不如《清稗类钞》之类的野史更可靠。

古代中国不乏秉公实录的例子。记不清是《春秋》呢,还是《左传》,或是别的什么书,上面有这样的记载,说国王做了件不好的事,史官如实记下,国王不高兴,杀了那个史官。史官的儿子继任,明知如实记录史料会遭到严厉惩罚,但他不肯屈从权力,依然遵照事实加以记述。这个故事,足见我们的祖先并不胆怯。

玄武门事变,李世民杀死了自己的胞兄弟,当上皇帝的唐太宗总是对那件事不放心,生怕史官记述得不好。有一次他发话,说要看一下当朝的记录,当时掌管档案库的褚遂良却拒绝拿给他看,因为按祖训和法规,这种记录只能对历史负责,就连皇帝也无权阅读,更不能修改。一介文人,而且是皇帝的臣子,能这样大义凛然地拒绝皇帝,值得敬佩。后来宰相房玄龄知道这事,转弯抹角地还是把那个事件的记录拿给李世民看了(违规了),幸好唐太宗是个心底明亮的人,他读过之后,对史官们说,你们这样写不好,有些地方含糊其辞,好像故意为我遮掩,反而会叫后人联想多多,若是以讹传讹,不知道会生出什么谣言来,倒不如如实记录,有一是一,有二是二,更好。

可见,古人在这方面好像比今人强得多呢。

中国文化有一个隐恶扬善的传统,为尊者讳,为贤者讳,很多丑行因此失去了记录,文字也因此而失去了起码的诚信,历史变得不怎么可靠了。自战国到汉朝,还时不时有史官对抗权势的意志,秉公直书,叫人感慨万千,以为真有职业精神。后来的史官好像都变得聪明了,上级叫怎么写就怎么写,因此被杀头、遭贬谪、受冷遇的官员也就越来越少,历史也就"变得干净"了。

全国也好,各地也罢,每天都发生着许多的大事小情,到底有多少形成了全面的实录,很难说啊。我们有时会看见这样的消息:官员好像都犯着同样的病,报喜不报忧。据说有人因为说了实话而丢了饭碗。一把手的权力过大,很多不光彩的事,不仅史志办的人不能秉公直书,就是《焦点访谈》栏目的记者如今也变得温柔了。有几个疾恶如仇的记者,工作中时不时地受到恐吓。有人甚至说,就连统计局的数字都不值得给予充分信任。这样下去,我们还能从什么地方看到一点历史的实情呢?

贫穷是一种文化

阅读《蒙塔尤》,我不由得会拿欧洲14世纪的乡村与同时期的中国社会作比较。14世纪的中国正值元朝统治时期,虽然政治上、经济上、文化上不如此前的宋和后来的明,但中国的经济状况在当时似乎比欧洲要好一些,可见当时的中国生产力不仅在东方是进步的,社会生活也比欧洲文明一些。中国虽然也有像蒙塔尤那样的村庄,很多人穷得娶不上媳妇,光棍很多,但说与人通奸、得个汤匙就觉得很好了,好像还不至于。

从文化专制的层面讲,元朝有种族等级制度,欧洲有宗教裁判所,社会制度倒是差不了太多。当时蒙塔尤的居民对"黄祸"记忆犹新,一说鞑靼人要来,大家就心存惶恐。在种族和宗教的压迫下,人性发生了一些扭曲,有人告密,有人献媚,有人出卖色相,有人阿谀逢迎,种种恶行,层出不穷,古今中外,几无二致。可见,什么样的社会就有什么样的人性,此话不错。

贫穷会形成一种文化,包括安于现状和以穷为荣的价值观,还有连带的是非标准和审美意识。比如,他们说衣服脏不要紧,只要皮肤干净就好;又说,皮肤不干净没问题,只要灵魂干净就好。再如,穷人鄙视和憎恨富人,说他们死后灵魂进不了天堂也见不到上帝,但是还是有很多人积极巴结富人,希望做他们的情妇。又比如,穷人形成了自己的阶级观念,他们不可能跟那些有头有脸的人拜把兄弟,也不可能成为权势者的教子教女,所以穷人很注意彼此的接济。这些,和中国差不多。

14世纪的欧洲乡村,依然还很愚昧,但在社会底层已经有新思想产生了。书中描述的那个纯洁派,那些宣扬朴素自然主义的人,就有点像中国的道家,思想上则接近王阳明的心性说。同时期,泛神论、自然神论等非主流思潮在欧洲都出现了,虽然微弱,但对传统的基督教有一点挑战的意味。有些不相信教条的人到处散布朴素的唯物主义论,雷蒙说灵魂就是血液,人死了不能复活,还说教士、基督都是人干了那种事之后生出来的。他的兄弟听到这些后要拿锄头砸烂他的脑壳,可见新旧思想的冲突在乡村已经相当厉害。

中国当时的情况也差不多。到明朝,因为商业的发达,中国的城市中出现了很多新思想,只可惜没有集大成者。还有,中国的文化人很容易被吸纳,也善于转化,隐居是一途,埋头训诂是一途,青灯一盏潜心书画是一途,遁入空门,也是一途。真不行就装疯卖傻,像徐青藤,像八大山人。这表明,脆弱而腐朽的旧文化没有面对新思想的胆量,也没有承担社会变革的强大的肩膀。如谭嗣同那样"我自横刀向天笑,去留肝胆两昆仑"的,实属凤毛麟角。

这本书给人最强烈的印象,就是教职人员的不德行为。看那个本堂神甫皮埃尔·克莱格,他不择手段地搜刮财富,无耻地勾引良家妇女,给异端分子罗织罪名,鼓励告密,胡作非为,把个蒙塔尤搞得乌烟瘴气,可他的地位照样还是很稳固。老百姓除了巴结他,没有别的办法。上帝只是个虚拟的形象,并不能给予坏人以惩罚,于是那些顶着神圣的名义、穿了道袍的伪君子就成了英雄人物,而"村子里的人都说他是个善良而能干的人"。

看来,欧洲人的民主习惯也不是从来就有的,也是从无到有慢慢培养起来的。最初的自由主义并非如今所诠释的体系,基本上还是自然主义和朴素的无神论。经过几百年的努力,很多人被宗教裁判所抓到监狱里,甚至被夺去了生命,欧洲人终于取得了巨大的进步。我觉得,只有为某件事作出过牺牲的民族才配享受相应的美好。望梅止渴,或者企图以没有代价的方式取得历史性进步,只能是一种自欺,而不是智慧。

还有一点,就是克莱格神甫之所以敢于和愿意如实记录那些隐私和丑事,我认为,不光因为欧洲人有实录历史的习惯,更强大的根据可能是,神甫克莱格觉得,他作为一个神职人员,有资格这样记录。同样的事情,对别人是犯罪,就得当着神的面进行忏悔,而且有义务得到神甫的性的关怀,即使不给她们汤匙也是一种宠幸。反过来,这类事情对他来说,只是上帝赋予他的特殊权力,一种荣誉。如果他不这样表达,就显不出神的区别对待世人的美好用心,就违背了神的意志。你看,中国也有很多贪官记录了和情妇的勾当,其内心没有恐惧,没有犯罪感,只有优越感和得意忘形。

《蒙塔尤》给人描述了一幅欧洲14世纪的乡村风情画,读后有了切近的印象,人物栩栩如生,事件如在眼前。纪实作品能写得这么生动细致的,真是稀少。中国民间社会有很多值得记录的东西,可惜没人去做。有些东西看起来是大题材,政府投很大的资,作者阵容浩大,招摇过市,冠冕而且堂皇,一出书就是几大本,其实呢,并没有什么了不起的价值。这种文化上的愚蠢和浪费,我相信,会有报应。

鲁迅是一种精神

风骨随身

数年前,网上有一篇短文,题目已经记不起来了,内容涉及李敖先生批评鲁迅的一些话,还有陈丹青对此发表的评论。当时我曾写道:"这是我近来读到的关于鲁迅的最好的文章之一。"陈先生不仅是一位优秀的画家,文化学识也很渊博,且敢于直言。这两点,都不容易做到。此前,他曾在一个电视节目中直率地批评美术系招生考外语的事,当时我的反应是,这节目没经过审批!其实,凡是给我留下点印象的,多属于此类。

鲁迅到底是不是文学家,要看他的全部创作,不能拿了几条现在看起来似乎不大通顺的句子攻其一点不及其余。鲁迅的文字,有些地方读起来是有些别扭,但读者都知道,当时中国文学创作所使用的是刚从文言文中走出来的白话文,很不算成熟,鲁迅又是南方人,个别地方稍微拗口,本不足奇。李敖先生从鲁迅作品中抠出几句话加以批评,借此说他的语法有问题,我就觉得茫然不解。比如,关于勇士和苍蝇的那句话,鲁迅表达得很清楚,语法上也精练,没什么不好读的,怎么李敖先生偏说看不懂呢?

鲁迅的价值在于他所体现的精神气质,在于他对旧文化的批判上所表现的不屈不挠的反传统精神,在于他对国民性的清醒而透彻的认识。那种倔犟的抗争、深刻的洞察、辛辣的嘲讽和彻底的不合作,是鲁迅精神的精髓。今人没有必要对他的作品吹毛求疵,故意找些拿不上台面的琐屑加以戏耍,有伤大雅。倘若是为了切实的评价,鲁迅身上还有很多值得探讨的,比如他个性中的冷峻,比如他对国民劣根性何以如此痛心疾首,比如他为什么不喜欢京剧和中医等。

　　不论是一个人还是一个集团,只要稍微有点统治者的自觉,大都不喜欢鲁迅,或封杀,或歪曲,或冷冻,或抬到神灵的高处叫人不敢靠近,都是办法。毛泽东赞美鲁迅的那些话,我以为是相当准确的。他说他的心和鲁迅是相通的,哪些地方相通呢?没有见过谁去深入研究,倒是不少所谓学者热衷于翻检他生活中的隐私(比如兄弟不和),还有某些看似不大通顺的句子和有点聱牙的用词。有人认为,鲁迅、毛泽东都是受了尼采超人哲学的影响,这也是个好题目,但是这个课题上没有见到多么深刻的文章。我不懂哲学,读书也有限,所以不敢妄言。但有一点,青年时代的毛泽东的确和鲁迅一样都有反抗旧制度的豪迈激情,不同的是,鲁迅用文字加以揭露加以批判,毛泽东则用实际的斗争去进行改造。

　　鲁迅的最大特点其实是"脑后有反骨",他反什么呢?反对封建制度及其连体共存的旧文化,包括被歪曲的儒家礼教。他几乎全盘否定旧制度的专制与虚伪,说整个历史的本质其实就是"吃人"。他说话常常不留情面,对同行也多有挑剔,有时用语尖刻,掘人祖坟,不仅"城头变幻大王旗"的统治者不喜欢,同行也多有恨之猎猎的。我以为,在文化批评方面,鲁迅有时确实显得刻薄了些,冷峻多于宽容,淋漓痛快的杂文有时可能会伤及不是敌人的人,但我们要知道,他所处的那个时代,人的嘴脸多么无常,他看得多了,不得不防。

　　大陆解放前,先是军阀政府竭力封杀鲁迅,后来的国民政府也不喜欢他,这更加逼迫了鲁迅的激愤,竟放下了许多熟悉的学问,拿了投枪和匕首到文化的前线战斗了。帮闲的文人趁机组成了圈子,要把鲁迅围起来加以嘲弄,鲁迅腹背受敌,所以只能"横着站了",面上一直保持着战士的表情。据他的亲友回忆,鲁迅的为人其实是很随和的,对受害的不幸者充满仁爱之心。我们相信谁呢?

冷峻、深邃、桀骜不驯，是鲁迅给我的印象。当代人最缺乏的就是鲁迅的不妥协的精神。很多人为了求生活，以为今天让一寸，只要保留发言的机会，就有影响力。恰恰就是这个想法，知识分子丢失了良知，没有了中流砥柱，让坏人有机可乘。鲁迅先生的不驯成就了他的人格，也成就了他的文章。他既不肯做龙爪，也不肯做龙鳞，宁肯冷眼旁观，宁肯抄写了七年碑帖，也不肯把青灯一盏换成时髦的喝彩。

李敖先生说鲁迅不懂民主，反对议会，这我不敢苟同。袁世凯以后，好几拨军阀都和议会打过交道。那时的议会并非是民主的产物，值不得爱惜。辛亥革命之前的资政会很有点议会的样子，其最高目标也就是立宪罢了。段祺瑞当总理的时候，也有议会，还不是照样发生"三·一八"惨案？军阀时期的议会是什么东西——鲁迅怎么会给予赞赏呢？

有人说，当时鲁迅还能出书，还能办《语丝》，还能到处讲演，足见那时当局对知识分子还是存了些善意，社会还有些民主的。这话也值得商榷。鲁迅的内心应当是相当孤独的，统治者不会喜欢他的文章，民众很难读到他的文字，一班时髦的知识分子常常把他看做遗老，鲁迅是个不讨人喜欢的角色。他虽然参与办过若干杂志，但常常是出不上两三期就被查封了，只好另外换一个名字。之所以未曾把他封杀到"不著一字"的程度，一是因为鲁迅名气大，统治者即使想下手，也要担心舆论的反应，不得不权衡再三；二是鲁迅先生自己也采取了韧斗的方式，尽量不授人以柄。如果因此就责备先生未曾拿了枪去前线打仗或去大街上发传单，让人把先生抓起来，那就失于刻薄了。

近代文化史充满了悖论和无奈，我们不可能复原鲁迅。我以为，鲁迅的胆量、人格和学识，至今还没有能望其项背者，他的批判精神具有强烈的现实意义，比如国民性。有些人喜欢打死老虎，装怯作勇，戳一指头立即就跳了开去，大可不必。探讨鲁迅，争论鲁迅，包括剖析他的局限，都是有益的。在这个意义上，我赞成李敖先生。鲁迅不是神，他本人也憎恨尸位素餐的家伙，对他的批评当然应当存在，但不要在过于琐屑的地方空耗了工夫。

有人假设，70年前去世的那位文学泰斗如果多活30年，会怎样？这是一个幽默而又尖锐的假设，不好说，也不好回答。有一点可以肯定，鲁迅如果还活着,照样是伟大的,因为他的意识形态是非常坚定的,他不怕捧杀,也不怕棒杀。历史不好假设,如果硬要猜测,我以为,如果鲁迅活到解放后,很可能沉默的时候多说话的时候少。要么不说话,只要让他说,他就会说真话。他不会虚与委蛇,不会随意糟蹋自己的声誉。在极左思潮泛滥的时期,他很可能失语,但绝不会做坏人的帮凶。即使将鲁迅束之高阁,虚其名而去其实,按鲁迅的性格和见识,大抵也不会做个弄臣,一来了运动就唱赞歌。

今天流行"颠覆"一词,好像历史的旧账都要重新算一算。能算得清,自然谢天谢地,但我至今没有看到算总账的高手,倒是一班东张西望的人,每过一些日子有人就拿了鲁迅说事,兴致勃勃地,尘土飞扬,煞有介事地糟蹋我们本就不多的民族文化英雄,如同乡村集市上割破头、洒狗血的乞丐,企图找来几个无聊的看客。有几个明白的学者读出了鲁迅的玄机,可又不肯过分坦白地说出本色,吞吞吐吐,察言观色,神情暧昧,叫人不知他们是假热爱呢还是真忌恨。

别的我不敢说,至少,当有人推荐鲁迅先生作为诺贝尔文学奖提名时,他写下的那几句答复,就足以成为今人的楷模。他说,他自己不够格,别人好像也没有够格的;如果只是因为获奖名单上需要中国人的名字,他宁可不要等。想一想当下那些朝思暮想着要拿世界大奖的文化人和作家,叫人对鲁迅先生不能不"景仰仰止"!

鲁迅是民族文化历史上的伟大人物,虽然他的一生不乏悲剧成分,但作为一个划时代的文学大家,他的光辉将继续日照中天。《牡丹亭》里有一句:原来姹紫嫣红开遍,似这般都付与断井颓垣——叫人好生伤感啊!陈丹青先生的文章道出了这种深刻的无奈和悲伤,这是打动我的地方。

风骨随身

笛卡儿与帕斯卡尔

笛卡儿和帕斯卡尔,两人都是法国17世纪(路易十四时代)伟大的天才。笛卡儿出身于法国中西部的卢瓦尔省的一个小乡村,帕斯卡尔出身于多姆山省的省会。笛卡儿两岁时丧母,父亲不久再婚并迁移外地,他的童年可谓不幸,少有亲情的温暖。但是,笛卡儿的父亲是个负责任的人,他给寄养在外祖母家的笛卡儿留下了丰厚的教育费用和家产。笛卡儿先是接受教育,后来到荷兰当兵,二十六岁那年他卖掉家产并开始了四年的欧洲游历,后来只身到了巴黎——当年欧洲的文化中心。

笛卡儿对数学产生兴趣比较晚,那时他在部队里看见一个难题求解的比赛,就情不自禁地参加了。多亏一位懂数学的士兵指点,他做出了那道难题。多年以后,他写信给这位士兵,称赞他"把他从冷漠中唤醒"。此后,笛卡儿创造了很多数学成就,比如算术符号abcd、xyz,比如使用两个轴的坐标等,都是他最先使用的。他相信,数学方法的本质是以命题为起点的,这不同于三段论,他认为三段论只能使用过去的资料作分析,而不能预测将来。

帕斯卡尔也是幼年(三岁)丧母,但他一直生活在城市和教会里。由于体质不好,医生希望他经常跳舞,出入社交场合,随意游玩享乐,不做勉强的劳动,连学校里布置的功课都不必全部完成。他的父亲热爱数学,父子俩经常参加当地梅森神甫组织的每周一次的沙龙(法国科学院的前身),帕斯卡尔因此对产生了数学的兴趣。他注重实验,为了帮助父亲计算该地区的税收,他发明了最早的计算机,其中一台现存于美国IBM总部里。

笛卡儿的兴趣十分广泛,不仅在光学、气象学、生理学和数学方面有建树,在哲学方面也有很大的贡献。他的怀疑主义成为科学发展的动力之一,著名的"我思故我在"、"人是芦苇命运是风",都是他的名言。他认为,没有领悟的生活是没有意义的,所以推崇思考。由于受到伽利略被迫害致死的恐惧,他后来转向哲学领域,写出了《方法论》、《论世界》、《沉思录》、《致外省人书》和《哲学原理》等著作。他把肉体和心灵作为二元,将哲学从经院哲学中解放出来,被黑格尔称为"近代哲学之父"。

帕斯卡尔对人类的局限性认识得比较深刻,也许正因此,他相信宗教。他在《辩护》一书中说:"如果上帝不存在,你不会因为相信而失去什么;如果上帝真的存在,你将因为相信上帝而获得永生。"在科学领域,帕斯卡尔凡事注重实验,亦步亦趋,不像笛卡儿那样天马行空。他比笛卡儿小二十多岁,两人在巴黎见过很少几次面,笛卡儿对这个聪明的晚辈的计算机发明表示赞赏并推荐了几个关于治病的药方。后来,笛卡儿对帕斯卡尔关于真空可能存在的批评被证明是错误的(可见老前辈未必都对),后者也对笛卡儿的一些命题提出过疑问。

帕斯卡尔也喜欢避世的生活,但比起隐居荷兰的笛卡儿来,他参加社区活动还是比较多,是半个隐士。帕斯卡尔擅长辞令,喜欢文学和艺术。他的轻松生活主要因为尊重了医生的建议——体质孱弱的人不能过于劳累。帕斯卡尔曾两次皈依宗教,本人喜欢苦行僧生活。有一次,他发现自己说话太多,就做了一条满是钉子的带子绑在身上,提醒自己谨言慎行。他有一颗博爱的心,曾经亲自为巴黎市民设计了一辆公共马车,并且成立了一个公司来专门运行这种的新的交通工具,那大概就是巴黎公交公司的前身。

笛卡儿后来被瑞典女王派出的一艘豪华军舰接到斯德哥尔摩,专门为女王讲解哲学。从来爱睡懒觉的笛卡儿不得不每周三次按时去宫廷上课,而且是在寒冷冬天的凌晨三点钟(女王起得这么早也够辛苦的,我们的慈禧太后绝对做不到)。尽管女王的赏识被人羡慕,但笛卡儿多次表示对此感到不习惯。六个月后,笛卡儿因为肺炎复发死于异乡。这位伟大的哲学家最终死于高贵和宠爱,而不是死于贫寒和忧患。

这两个人,幼年时期都吃过一些苦头,一个失去父母的爱护,一个因为身体不好,不能像正常孩子那样做功课,但他们通过特别的途径和学习,都成为伟大的学者和科学家。可见,幼年经历一些苦难并不是坏事。当代的孩子们缺失了对苦难的感受,所以不刻苦,身心都很弱,又因为独生子女,父母百般宠爱,万事依赖,独立性也不够。我担心,这样成长的一代人甚至两代人,可能会造成一个民族的精神变形,甚至会影响文化的健康和进步。

任何形式的教育都可以产生伟大的成就和杰出的人物。笛卡儿和帕斯卡尔诚然都有着良好的禀赋,但他们的成功主要来源于积极学问、刻苦努力和注重实践。笛卡儿善于思考,以怀疑作为智慧的源泉,又乐于运用自己的知识去解决问题,所以成了大数学家和大哲学家。还有,就是对人的真诚。幼年时期得到一位士兵的指点,多少年后还想着那一字之恩,专门写信表示感激,这是了不起的磊落!对比今天那些抄袭别人作品成为作家的,抄袭别人论文当了教授的,何其羞耻乃尔!

帕斯卡尔因为体弱多病,老师让他多休息少做功课,甚至要求他多参加社交活动。如果是中国的老师提出这样的要求,家长能接受吗?更多的可能是,中国的学校一看孩子太弱,干脆不接收这个学生。然而,正是因为交游广泛,帕斯卡尔才拥有了善于辞令的优点,而且对人性、宗教、科学、哲学有了广泛的兴趣,卓有成就。尤其发人深省的是,这么一个谈锋甚健的人却要求自己谨言慎行,其中确实有值得学习的地方。至少,他明白一个说话太多的人往往剥夺了别人的言论机会,自己也会陷入哗众取宠的不义境地。而且,他自己过着苦行僧般的生活,却为大众的生活费心费力,设计出了人类历史上第一辆公共马车……

优秀人物的足迹中隐藏着很多学问,值得后人仔细推敲。笛卡儿出身乡村,所以有人说,优秀人物大多具有乡村经验。帕斯卡尔一直生活在都市里，照样成为天才骄子。看来，任何经验都是可贵的，出身并非重要，关键在于独立思考。笛卡儿说，未经领悟的生活是没有意义的，可见他对生活中的许多事情都是反复推敲过的，并且充分吸收了其中的营养。这一点，肯定是他们成功的共同因素。

读苏东坡

风骨随身

苏东坡曾经当过陕西凤翔太守的文字秘书,相当于现在的县政府秘书吧。那时他年轻气盛,自恃才高,对太守改动他拟的奏章多有不满。后来太守叫他写一篇《凌虚台记》,他便借此发泄牢骚,还说了类似"多么了不起的人物将来都得死"那样不吉利的话,自以为借此揶揄了太守一把,窃自高兴。可是太守是个厚道人,就那样一字未改地用了,以后也没有因此报复他(难得)。这件事让苏东坡后来很自责,觉得自己不仅是个意气用事的小才子,而且心地褊狭(也难得)。陈太守的儿子陈慥是个性情中人,慷慨义气,喜欢打猎击剑,后来成了苏东坡毕生好友。苏东坡与之回忆前事,常常觉得万分羞愧。

那时期,苏东坡还认识了另一个有才气也有胆识的文人章惇,此人豪爽大方,正是苏东坡喜欢的那一类。有一次他们一起游芦关,进入秦岭,见一悬崖,万丈深渊之上有一独木桥,好生险要。章惇说,你过去那边写几个字怎么样?苏东坡不敢。章说:"你不去我去!"只见他,气定神闲,将长袍塞在腰间,抓住绳索,顺峭壁下去,飘然过了独木桥,然后在对面峭壁上写下:苏轼章惇游此。苏东坡见此,不但没有给予应有的赞扬,反而说:"你这人将来敢杀人!"后来章惇果然成为苏东坡仕途的克星,并因此人而走向穷途末路。

才子多不厚道,这是大毛病。朋友冒险穿过峡谷,在峭壁上书写下两个人的名字,无论如何得算是一件壮举,苏轼为什么就不能对朋友的豪情说哪怕是半句好话呢?可见才子多有心胸狭窄者,难为大用。黄庭坚也是个才子,宋代书法大家,他说读东坡的书法好像树上挂着的蛇,苏东坡则反唇相讥,说黄庭坚的字好像石头下压着的癞蛤蟆。二人虽然是好友,也未曾因此造成多大的隔阂,但也足见才子们的意气用事,喜欢嘴巴上片刻的痛快,容不得别人的荣誉。所以,君子遇到桀骜锋利的天才,即使对方有些褊狭,尽量让了他们。胜利不属于他们,而属于厚道和宽宏。

宋神宗熙宁七年(1074),苏东坡在杭州任职届满,请求调山东,因为弟弟子由(苏辙)当时在济南任职。不久,苏东坡调任密州太守,就是作家莫言的故乡。密州是个穷地方,除了五谷杂粮之外,当地能换点钱的主要是蜜枣和桑麻,公务员的薪俸也很低。苏东坡在《菊赋》序言中说:"余仕宦十有九年,家日益贫,衣食之俸,殆不如昔。及移守胶西,意且一饱。而斋厨索然,不堪其扰;日与通守刘君廷式循古城废圃,求杞菊食之,扪腹而笑。"不久朝廷开始实行新的所得税法,人民不堪负担,饿殍遍野,苏东坡除了安排人掩埋尸体,整日就是忙于救济。那几年,他先后收养过30多个无家可归的孤儿。也就是这时候,他的诗歌走向成熟,有了大家风度。那时他开始写"和陶诗",情调之高,可以乱真;而忧愤之心,有高于陶诗处。如《吏隐亭》:"纵横忧患满人间,颇怪先生日日闲;昨日清风眠北牖,朝来爽气在西山。"他的《水调歌头·兼怀子由》的千古绝唱,也是在密州任上写的。

幼稚刻薄的才子气在受到生存的磨炼,尤其是民间疾苦的巨大震撼之后,才有可能变成精深的、健康的、璀璨的才华。读东坡在黄州的日子,就觉得那时的他真有点像农民了。他在黄州城东有土地十来亩,当时并不算多。在《东坡八首》中,他说:"地既久荒,为茨棘瓦砾之场,而岁又大旱,垦辟之劳,筋历殆尽。释耒而叹,乃做是诗,自愍其勤。庶几来岁之人,勿忘其劳焉。"他的五间房子也是那时盖的,因为二月下了雪,故称"雪堂"。门窗都是苏东坡亲手油漆的,房里的画是雪中寒林和水上渔翁,可见文人总是文人,饿死不放弃情调。那时画家米芾22岁,常来苏轼府上做客,却是作为门生来的。附近有一竹林,他常去那边休息乘凉,顺便捡些竹叶,为太太缝纫之用。在和友人孔平仲的诗中,他曾经写道:"去年东坡拾瓦砾,自种黄桑三百尺;今年刈草盖雪堂,日炙风吹面如墨。"

虽然清苦辛劳,但在那段日子里,苏东坡却是快活的,性情也变得温厚了一些,少了青年时代的嚣张和显摆。苏东坡喜欢很多事物,尤其喜欢盖房子,走到哪里,住不上一段时间就想盖几间房子,总以为会在那里长期住下去。这是一个人热爱生活的重要标志。他还喜欢打井,总希望找到最好的水。他也喜欢研究菜肴,附近有个潘酒监,一个郭药师,一个庞太太,都是他的饮食好友,几个人经常聚到一起研究怎么做好吃的。他很感激这些邻居,在一首诗中写道:"腐儒奋粝支百年,力耕不受众目怜;会当作溻径千步,横断西北遮山泉;四邻相率助举杵,人人知我囊无钱。"这个时期,东坡收王朝云为妾(此人为他的妻子的堂妹)。这个患难中跟苏家一起生活的女人成为苏东坡一辈子的贤内助。有一次,苏东坡洗澡后问家人:"我这个大肚子里盛的什么东西?"王朝云说:"一肚子的不合时宜。"可见,她是最了解苏东坡的。苏东坡那时作过一首诗:"人皆养子望聪明,我被聪明误一生;唯愿孩儿愚且鲁,无灾无难到公卿。"可见他还是没有真聪明,不然怎么还是希望后代做达官贵人呢?

黄州时期,苏东坡的诗作很多,最有名的就是他的《赤壁赋》和《黄泥坂词》。经过宦海沉浮,他不仅在政治上成熟了,而且未曾因坎坷而丧失才情。他的旷达明亮,他的激情睿智,他的浪漫情怀,从此以后得到进一步的表现。当人们吟诵"大江东去,浪淘尽"的千古名句时,谁能不赞叹这位中华文明培育出来的大才子!天地造化,日月精华,历史给我们留下了伟大的诗人,真是我们的福气!对比这样的人物,我常感羞愧,没有谁像苏东坡那样顽强地表现自己,没有谁具备苏先生那样的才华,我们太单薄,太容易随波逐流了。不能成为大家,也是理所当然。如果成了大家,倒是这个时代的羞耻了。

再读苏东坡

　　宗教之于苏东坡，儒家是根本，佛道是调节。弟弟子由多次劝他少说话，可他还是放任性情，口无遮拦，说三道四，有时批评时政，有时臧否人物，不仅要一一条陈，还要加进一点文人的刻薄，往往叫人在感叹他的才华之余，生出一点尖酸之感。他自己知道祸从口出，可是抵挡不住"致君尧舜上再使风雨淳"的人世情怀，也就是儒家精神，还是坚持"知无不言"的老习惯。当时文坛上清高的人物对他说，政治是政客的事情，文人少掺和。苏东坡不赞成这个。如果没有说话的机会，必须封嘴，他才会把兴趣转到肴馔、游览和求田问舍上。只要有机会，他就大声疾呼。

　　这种积极进取的精神是可贵的，中国文人缺少的就是这种健康的品质，较于苏轼，他们都显得苍白、文弱、怯懦，还有玩世和投机，而这就是对社会和民众的麻木和冷漠。即使用现代观点看，那种所谓清高避世的做法，也是对个人天赋权利的放弃。统治者喜欢这种文人，有时会把他们从终南山弄到朝廷做个小官，摆摆样子，帝王用吸纳的大法对待文人的附庸和投机。现在很多人也在走这路子，加入一个清谈的组织，装出与世无争的样子，自己得些好处，对民众的疾苦与社会清浊并不关心。他们在现实面前百依百顺，在老百姓面前往往谨慎地显示出一点与官沾亲的荣耀,苏轼不是那样的人。

穷困潦倒的黄州,让苏东坡的散文升华到大家的水平。前、后《赤壁赋》,都有一种天高月小、水落石出的意境,读起来顿觉其中有一阵清风,至远至高,令人不由得万千遐想,如同灵魂洗浴。这样的千古优雅,不可模仿。他当时所描写的一些小风景小情境,也都充满了淡远的诗意。如《记承天寺夜游》,小小一篇文字,只有几百字,味道悠长,不可思议。"何夜无月?何处无竹柏?但少闲人如吾两人耳!"叫人读起来如身临其境,还启迪了人们的悟性:处处都有美,就看谁能感觉到;人在困难时,尤其要乐天知命,那些能够随时发现美好事物的人,才是最智慧的高人。

炼丹术,瑜伽,苏东坡都曾喜欢过,但并没达到什么水平。他的儿子苏过后来在回答友人的询问时说:"我父亲那个人就是喜欢试验新东西,其实在炼丹术方面并没有多大成就。"他还说:"父亲在惠州时自己酿酒,因为当地没有酒肆,但法不禁酒,所以要想喝醉就得自酿自用。很多人喝过父亲酿的酒,有人还因此拉过肚子。"苏东坡喜欢尝试新事物,好奇心强,以为自己什么都行。同时,文人多喜欢将并不成熟的做法写下来,后来人便以为当初某人怎样专业,其实是误解⋯⋯

我想,苏过的说法是真实的,他几十年跟随父亲颠沛流离,对苏老爹非常了解。而且,他本人也是有名的诗人,父子之间必定有很多交流。苏东坡的可贵之处在于生活的热情和浩然之气。他在《东皋子传后记》中写道:"余饮酒终日,不过五合,天下之不能饮者,无在予下者。然喜人饮酒,见客举杯徐饮,则予胸中为之浩浩焉,落落焉,酣适之味乃过于客。闲居未尝一日无客,客至未尝不置酒,天下之好饮亦无在予上者。"苏东坡喜欢喝酒的根本原因在于追求那种酒后的轻松飘然,那种非理性的自由美好的感觉,可谓得之焉。

黄州时期,苏东坡在书画艺术上的造诣有了很大提高,在交往中心情也颇健康。那时他已是诗文字画大家,有人向他求画求字,只要高兴,他就写,谁要给谁。有人给他丝绸布匹,他就用来做衣服。附近州县的官员,附庸风雅的文化人,多有来求字求画的,可能给些钱,多少他都不在乎。有一次,一位朋友送他夫人一把梳子,他就给那人写了一封信道谢,也等于送了字。一封信似乎意犹未尽,他在第二封信里说,过些日子我要送您一些咸猪肉,云云。

此时,苏东坡对艺术的节奏问题有了深刻的领悟,甚至引申到做人做事上。林语堂先生在这方面对苏东坡有过很好的阐述。中国书画基本上是印象主义的,具有很强的抽象意味,线条、轮廓、组织、对比、平衡、比例等,都有无限的想象在其中。其次,中国书画非常注意整体意境,一笔一画的成功不算好作品,要的是整个作品所表现的诗意内涵。比如书法,从第一个字到最后一个字,好比一支乐曲,一段舞蹈,一气呵成,疏密有致,整个作品贯穿着一种节奏,叫人感受强烈但一时还说不清楚,因为作品是运动的,波光粼粼,流水潺潺,无论是猛冲还是散步,无论拈须微笑还是金刚怒目,都有合适的节奏。这是对艺术的很高的理解。

根据这一点,所有不具备意境和动感的线条和平面都不属于艺术的范畴。为了追求这种活动的节奏,苏东坡领悟到,最好的老师就是大自然。这不仅是他喜欢游览的精神原因,对他的书画艺术也有很大的助益。一草一木,一山一水,每个人物,每件事情,都有其独特的韵致与节奏,感受到那种东西,什么都好办了。所以,他的书法看上去就是随意为之,有的字大,有的字小,狂放时一笔拉到底,犹豫时像行人歧路踌躇不前。积蓄的、压抑的、奔泻的、恬静的、忧伤的,都有所表现。猎豹的魅力,绵羊的美好;狮子的凶猛与大气,大象的拙笨与稳重;游蛇细而长,长颈鹿高而慢,都作为营养进入他的书画艺术。他找到了不同,找到了节奏。

苏东坡说,他的朋友文与可长期练习书法而不见长进,后来在山谷中看见两蛇相斗,那种攻守的律动启发了他,于是书画大有长进。又有一次,他看见某男子在山道上遇见一位村姑,彼此让路,两人的犹豫不安和复杂表情感动了他,吸收到书画中,又一次长进。这说明,苏东坡充分注意到大千世界蕴涵的韵律,能够将这种生活与自然的营养吸收到艺术中去,不仅依靠了智慧,也有赖于他个性中那种追求自由表达的天性。这种天性,人人都有。

苏东坡的一生得益于几任太后。这些高贵的女人,因为喜欢苏东坡的才情和率直,认定他是好人,不论朋党之争多么严重,她们都知道谁好谁坏。对比起来,女人到底更多一点天性,常能超出教条,以人之常情论事论人,不像男人那样沉沦与险恶。宋神宗时,太后喜欢苏东坡。神宗去世,皇后成为太后,还是喜欢他的诗文。宋哲宗(或世宗)的太后死后,苏东坡彻底失去了保护他的女神,当年曾被他讥讽过的王安石党人章惇(就是那个曾经飞岩写字的人)一再加害于他,先是流放他到岭南,后又流放到海南。苏东坡早就不想在朝廷里跟那帮人纠缠了,多次要求外放,都因太后阻拦而没能成行。最后成行了,对手得意了,自己遭了大罪。政治这东西,虽然肮脏,但臭气也有出处和用处,单凭文人的喜怒哀乐去对付,是不行的。传统文化同时又要求文人热心仕途,所以这类故事就难免频繁。严格地说,中国历史上没有几个政治家,倒颇有些半吊子文人在权力舞台上活动,政客不像政客,文人不像文人,如同三花脸。宋朝尤其如此。

  当代文人也喝酒,但大多是应酬,少了苏东坡的那种豪放与热情及悲天悯人的情怀。不要抱怨当今没出什么文豪大师,这样的环境是不会出大文豪的,少出几个流氓就谢天谢地了。我们的土壤,既不是古典的也不是现代的,既没有君臣父子的礼仪,也没有公民社会的独立和自由。如果不信,你可以看看,周围还有几个人像苏东坡那样喝酒的?大部分文人聚会,不是为了炒作自己,就是吹捧别人,沽名钓誉,沉瀣一气,就连喝酒的顺序都要论资排辈,还有什么能突破的!这种文化氛围不可能出大家,正如污水中长不出好吃的鱼虾一样。希望在不久的将来中国文人能够像苏东坡那样直率,那样充满生活的情趣,那样博闻强记才华出众——只能这样宽慰了。

从浮世绘看历史的相似

幕府时期,日本的工商业迅速发展,社会走向繁荣,文化也日渐出现多元状态。由于传统政治体制的束缚,工商业主虽然有钱,但在政治上依然没有相应的地位,享受不到皇族、官员和军士的荣誉。这很类似于中国的古代社会——士农工商,商人排在最末。日本人此前主要是学习中国,封建制度、农业经济和儒家文化的影响,商人被轻视是可想而知的。

日本社会的尊荣那时集中在军人和官僚那里。商人得不到应有的重视,于是就以财富来炫耀自己的荣华和才干,社会上出现了大量的歌厅和艺伎。武士贵族们虽然在文化上鄙视商人和艺伎,但又渴望享受。商人于是拉拢他们进入自己喜爱的风月场合,好像现在的企业家请官员去歌厅。一来二去,官僚武士和工商业者的界限渐渐变得模糊起来。正如中国古代的"官食商人"和"商人食官"。

在浮华的世界里,官商勾结,挥霍无度,醉生梦死。大量的金钱流动形成了人欲的河流,文化人也被裹挟其中。艺伎们为了生意,请画家给她们画像(等于今天的明星广告)。一流画家和优秀作品可以大大提高艺伎的名声,也相应地提高了她们的收入和行业地位,就像现在的炒作一样。这些作品,通称浮世绘。

大量印制的浮世绘后来被出口瓷器和陶器的商人当做隔垫，随着各种海船而散落到欧洲各地，并且引起当时的印象派画家们的注意，于是法国的艺术家和收藏家们用海外贸易的废纸在巴黎举办了一个东方画派的展览，轰动一时。热衷于创新的欧洲艺术家对不同类型的不同风格的艺术品的喜爱，使浮世绘作为重要的东方艺术流派在更大的舞台上展现出的独特的影响力。

中国古代社会和当时的日本很类似，也许因为前者曾经是后者的老师。武士和官僚有地位，但是经济上相对寒酸一些，商人有钱但在政治上处于末流地位，于是二者开始联盟，形成了一个新的阶层。商人对权力的渗透和腐蚀，不仅提高了自己的声望，其中也有利用官吏从而得到更多发财的机会的考虑。官员与商人勾结，挥霍有人埋单，另外还有类似贿赂的金银好处。

日本电影《艺海深深》写的就是那段历史。一位酷爱浮世绘的女子，刚刚长成就离开家庭去学画。垄断画坛的权威以名家和老师的地位将她玩弄，还生了个孩子。寡居的母亲不容女儿的"堕落"，也听不得邻居的责骂，画家只好将那个私生子送给别人。后来这孩子死了。从西洋学画回来的男子——她从前的恋人回来了。这个新派艺术家的画风受了欧洲的影响，不为老权威们所接受。此时她投靠了新老师，但那个横行画坛的老家伙还常来骚扰她，如果不遵从他的旨意，她的画就不可能得到展览的机会，也就不可能有出头之日。她接受了潜规则，屈从了，他让她再次怀孕。

当她征求老家伙这孩子怎么办时，老画家居然不承认那是他的孩子，还污蔑她"利用两个男人"。她愤怒地离开老家伙，到青年画家那里诉苦。青年画家批评她艺德不好，将她驱逐出弟子的队伍。她牺牲了自己的贞洁，却焦头烂额，为了家计，只好去卖画。为了得到三块钱一服的打胎药，她在极端的痛苦中完成了一幅名画。买画的人叫她舍弃美好的纯艺术改画春宫画（好比现在严肃作家去写畅销书），她只好那样做——艺术家的身和心都被逼良为娼。

母亲知道她去海边打胎时，把她叫回家去，与其如此还不如生下这个孩子呢，她十分感动，母女和好。她生下孩子后，被当时十分保守的邻居们咒骂,亲戚也不来往。青年画家知道了内情,将先前发布的那个驱逐弟子的命令取消,她回到画家的队伍。她的画在昭和初期得到很高的评价,终于成了大名。她的成名的过程也是现代中国的艺术工作者(甚至包括商人)所经历的,具有共同性。

我一直喜欢日本电影。日本电影(不是全部)始终不曾放弃思想的追求,早年看的《金环蚀》、《远山的呼唤》,近来看的一部写医院的电视剧(忘记名字了),都是这样,沉甸甸的,不琐碎,不浅薄,有追求。即如《艺海深深》这样的片子,也有很高的人文和艺术价值。他们的影视作品有特点:认真地讲故事,看不出哗众取宠的卖弄,这就了不起。对比韩国的电视剧,这一点看得很清楚。

耶稣之死的经济原因

我相信,大多数人都以为耶稣是被犹大出卖了的;耶稣之死完全是因为当事人执意要为生来就背负原罪的人们代过受罚;耶稣的死因似乎完全出于非理性的精神偏执,因而具有了炫目的神性;《最后的晚餐》上那个表情暧昧的人就是叛徒犹大等。我非教徒,也不是《圣经》研究的学者,所以多少年来都是人云亦云,不知就里。

最近看了一部关于基督教的片子,才知道,耶稣的受难原是一件复杂的历史故事,甚至是一桩至今影影绰绰、不甚了了的公案。在这部宏大的历史叙事片中,欧洲的历史学家们旁征博引,道出了耶稣当年走向十字架的综合因素,廓清了一般读者的心头迷雾。虽然欧洲的制片人极力为当时的罗马专制政权开脱,有些地方甚至依然闪烁其词,将那次事件说成带有某种戏剧性的偶然,但总起来看,有些学者还是说出了导致耶稣之死的主因。那就是,罗马统治者用强权占据了地中海南岸那片美丽的地方,然后增加赋税,盘剥人民,造成了大量不得温饱的贫民,从来造成了民众的反抗,而耶稣就是他们——穷人的代言人。

地中海南岸原非罗马的属地,罗马统治者占领那里之后,建立了自己的殖民地,对该地区实行严酷的政治打压和经济盘剥。举一个例子,后来成为耶稣大弟子的彼得几代人以捕鱼为业,家道还算小康,后来罗马人来了,除了征收什一税,还有很多徭役负担,最后无法维持捕鱼的老本行,加入当时的流民队伍当中去了。那些本来就很穷的家庭,更是无法维持基本的温饱,纷纷流落到耶路撒冷。

穷人的辛酸感动着耶稣,于是耶稣开始批评罗马统治者,为穷人的利益奔走呼号。他指责罗马统治者的政权是个"贼窝",号召人们奋起反抗。这激起了罗马将军和执政官的愤怒和敌视。如果单是这一点,耶稣还不至于被出卖,耶稣的谴责同时还指向当地族群的富人们,他说那些人是罗马的帮凶。这必然得罪了本地的贵族和商人。据考古发现,当时的宗教首领们为了牟利,利用教徒朝拜圣殿这一有利可图的机会,光是在耶路撒冷一个城市就修建了强迫民众净身的水池子达150多座,还规定"凡参拜神殿的人都要多次净身"。其中一条戒律是:凡不是出于延续后代而和妻子发生的性关系,都是严重的不洁行为,当事人要洗浴几十次甚至上百次,才能让自己有一副可以面对上帝的净身。于是,浴池成为当地贵族和商人发财的生意借口和剥削手段。

此类打着宗教旗号的剥削行为让教会的祭司们发了大财。这些人操纵了与此有关的所有商业活动,除了池塘,他们还掌控了所有的肉铺和杂货店。据统计,仅仅一个逾越节,当时的耶路撒冷就要消耗20多万斤牛羊肉。与祭祀有关的物品,比如蜡烛和袍子,几乎都被祭司们控制着。据《圣经》记载,当时该城神殿的大祭司该亚控制着本地相当一部分商业,财源滚滚,肥得流油。耶稣将该亚和那些神商勾结的一伙人称为"盗贼",说神殿是个剥削平民的"大贼窝"。耶稣的批评启发了人们的觉醒,普通百姓对祭司们的行为多有指责,一时怨声载道,大大小小的反抗如干柴烈火,深刻危及该亚等上层神职人员的政治地位和经济利益,还有社会名声。

这必然引起该亚等一群人的极大恐慌。为了巩固他们的地位和经济利益,便借助罗马专制政权千方百计地迫害耶稣,希望耶稣闭嘴,或者把耶稣赶出去。耶稣并没有被吓倒,他一如既往地大声疾呼,甚至组织小规模的起义反抗罗马的剥削和压迫,这在当时已是公开的事实。当比拉多将军(罗马政权的代理人)结束了其他领地的巡视来到耶路撒冷时,本地的祭司们就告发了耶稣。具体是哪些人告发的,没有明确说明,但绝不是犹大。比拉多将军打算惩罚所有和耶稣一起从事反抗的人,包括犹大,犹大是当时跟随耶稣反对该亚这帮罗马走狗的重要分子之一。

当耶稣和十二门徒在花园开会时,罗马军人前来逮捕了他,带路的就是犹大。据说,犹大因此次效劳拿了30个第纳尔的奖金。这个数额差不多等于当时一个工人的月薪。史料记载,犹大是在被恐吓——要么交出首领耶稣要么把他们全部逮捕——的情况下将"罪责"归于耶稣一人的。比拉多的手段是"惩办首恶",犹大则希望以此获得本人和集体的安全,这虽然是幻想,但也可以理解。犹大是在罗马专制力量的压力下的变节者,但不是控告耶稣的始作俑者。

而且,犹大对耶稣的某些做法是有不满的,次非出自私心。当时犹大分管那个组织的财务,因为马利亚曾经没有必要地给耶稣的脚上涂抹过香油,犹大认为首领不应当享受这样的特权,马利亚的做法也类似于讨好领导,于是犹大和耶稣发生了纷争。现在看,这个纠葛除了说明犹大是一位不徇私情的财务主管,他没有别的过错。后来有人将整个历史事件的责任放在犹大头上,说是犹大出卖了耶稣,犹大恼火地把30个第纳尔摔在地上,大声宣称自己不是罪魁祸首,只是一个对在耶稣被捕一事上犯有错误的人。

显然,告发耶稣并假手统治者加害耶稣的,是该亚那些人,是那些享有既得利益的祭司,而不是犹大。耶稣的伟大在于,当他知道自己组织反抗罗马统治者的行为触犯了王法,且必死无疑,他在即将到来的政治迫害面前没有丝毫的退缩。他以坚定不移、一往无前、以卵击石的悲壮行为,执著地坚守了自己的信念和价值,甘愿为穷人的利益呐喊,为苦难的灵魂得到救赎而不惜赴汤蹈火。他的死最终戏剧化地成就了一个伟大宗教的诞生,影响极为深远。一部《圣经》,几乎就是欧洲政治、思想、文化、艺术和秩序的奠基石。

从这一历史事件的发端看,耶稣之死有着深刻的经济和社会原因,绝不是一次没有根基的精神游行。历史上所有创造宗教的先哲圣贤,其发轫之举几乎都是如此。被伊斯兰视为上帝使者的穆罕默德也是因为替穷人说话,向真理要公平,同样遭到了厄运,但最终被民众视为圣人。

犹大确实不是耶稣之死的罪魁祸首。

俄罗斯双城记

2006年,我们和家人游览了俄罗斯的两大城市:莫斯科和圣彼得堡。

一、中苏的历史纠葛

从19世纪到20世纪,中国人和自己的邻居俄国、苏联、俄罗斯结下了不可解脱的历史纠葛。沙皇俄国参与了帝国主义列强对中国的侵略,抢占了中国东北、西北大片土地。后来,俄国革命了,我们又学习列宁,跟斯大林做了朋友。应当说,中国共产党的胜利和苏联有着很大关系。除了思想上的共树一帜,还有经济上和军事上的联系。抗战胜利后苏联坚持把东北让给解放军接收,从而促成了中共在东北的胜利。即使在不肯公开的秘密历史中,我们也可以散见到一些中苏交往的许多实例:大量的军火供应,思想传播和文化输入,经济援助,各种工程技术支持,高级干部的伤病治疗,为中共培养青年干部,抚养烈士遗孤等。中国建国后,两党发生分歧,朋友反目成仇,闹得剑拔弩张,直到兵戎相见。到邓小平和戈尔巴乔夫时代,两国刚要恢复友好,中国出事但有惊无险,苏联和东欧社会主义阵营却解体了。于是两个大国在意识形态领域的"家包子"宣告结束,只剩下不同的国家利益和文化存在。

成长于五六十年代的我及和我同时代的这一批人,接受了来自苏联的很多影响。初中三年,我学的是俄语,40多年过去,几乎忘光了。那时说到苏联老大哥,真是家喻户晓。后来中苏闹了矛盾,老百姓搞不清楚为什么,嘴上说的是意识形态问题,互相漫骂,又是教条主义又是修正主义,其实还是国家利益问题。

对我来说,最大的影响来自俄国、苏联文学,从契诃夫、果戈理、屠格涅夫到陀思妥耶夫斯基,从普希金、托尔斯泰、肖洛霍夫到艾特玛托夫,各种小说、诗歌、电影(我看的第一部彩色故事片就是《法吉玛》),真是应有尽有。《卓娅和舒拉的故事》、《铁流》、《毁灭》、《钢铁是怎样炼成的》,几乎成为我们这一代的人生教材。加加林上天,中国人的兴奋不亚于苏联人,苏联的集体农庄被描绘得天堂一般,至于美国、法国、英国,则被看成帝国主义。直到进入大学,我才阅读了一些欧洲和美洲的文学作品。

所以,在很长一段时间内,苏联在我的心目中都是美丽的。即使在中苏交恶的年代,屠格涅夫笔下的俄罗斯的大自然依然萦绕在我的梦中。那里有黛色的山峦,到处都是森林,大小河流在草地和山林中流出,伏尔加河上的船夫发出响亮的号子,被流放的十二月党人穿过可怕的风雪走向西伯利亚的荒原,高尔基接受斯大林的奖赏,谁谁走向基辅谁谁奔向敖德萨,那些地名、人名、故事都那么熟悉,往事纷纭,都如邻居家的故事。叶甫盖尼·奥涅金,奥勃洛摩夫,日瓦格医生,叫人耳熟能详。还有列宾、列维坦,那些伟大的作品叫人觉得不可企及,那不仅是俄罗斯的伟大,也是人类灵性的证明。即使是俄罗斯充满泥沼的荒原和摄氏零下四十度的严寒,一想到那里曾经让拿破仑折戟沉沙,让希特勒的坦克无法转动,也让我感受到苏联和俄罗斯的伟大。

如果40年前有机会去苏联,那将是一次心灵的顶礼膜拜,因为在那里有太多让人崇敬的东西,太多的美丽和伟大。然而今天,历史的光环大都消失,我得以平静的心情去旅行。我懂得了比较,经验扶助了人的认识,也多了一些清醒,不再迷信,也不轻易否定。当我坐上俄罗斯购买的美国波音767客机飞往莫斯科时,心中几乎没有什么激动。当时在我心中占有位置的,还是文学艺术作品和俄罗斯的大自然。

二、红场和列宁墓

去红场,首先瞻仰的就是列宁墓和1941—1945年在反法西斯战争中牺牲的无名烈士墓。我不很赞成领袖去世后留下遗体供人瞻仰的做法,除了列宁,还有毛泽东、胡志明、金日成,这容易让人想到社会主义国家的弊端——个人崇拜。叶利钦反对这样做,降低了列宁墓的规格。很多人要求俄罗斯现任领导人搬走列宁,普京说,如果那样做,我的父母将找不到自己的人生价值。无论是出于政治的考虑还是出于人性的善意,普京是对的。当我从这里走下地宫,看见列宁的遗容时,我依然对这个人充满敬仰。虽然那只是一副皮壳,但列宁的相貌依然生动。缓缓走过这位历史的伟人,脚步轻轻,不敢有一点点轻慢。

20世纪的历史大事中,最让我倾倒的还是列宁领导的十月革命。无论现在多少人攻击他,甚至用同性恋之类的恶语中伤他,都不能让我减少对他的尊敬。他是第一个通过实际操作实现工农的解放、穷人当家做主的伟大的革命家。他们在一片长期被贵族统治的土地上建立了一个"贱民"政权,这个政权生存了70多年。应当说,苏维埃本身是一次伟大的创造,但是不得不承认,穷人缺乏政治操作的经验,第一次革命就遇到了很多麻烦,不仅有敌人的扼杀和围攻,还有自身的不成熟、人性的局限、历史的早产和政权本身的变异问题。历史上有很多朝代是短暂的,但它们留下的启迪却深远而且深刻。中国的秦朝时间也很短,而且充满了血腥镇压和文化毁灭,但作为一种制度,秦始皇是了不起的,秦朝的制度具有划时代的意义。也许,在某种新的历史条件下,穷人会找到一个更完善的政治制度。苏联的解体,原因很多,我并不因此否定列宁和布尔什维克的努力。

无论如何,苏联不存在了,列宁的初衷也许比苏联消失得更早。如果列宁复活,他会有很多话要说。由于人类的无知和不义,历史被活人们所歪曲,很多极端珍贵的经验被死亡埋葬了。人们很容易根据当年苏联的某些行径否定列宁,因为斯大林及其后来的政治制度确实充满了恐怖,社会统治密不透风,没有自由,因为食物不足而经常排长队,人权受到蔑视等。但那不都是列宁的罪责,也不是平民政权的必然结果。除了缺乏经验和外部环境恶劣之外,我以为,社会主义国家从一开始就对资本主义国家的政治经验过分排斥,也是失败的原因之一。一个进步的政权应当勇敢接受行之有效的经验,比如民主(而不是独裁)经验,适度的市场因素,言论自由等。从暴力革命产生的穷人政权,往往难以切入(借口是来不及)这些先进的东西,洪流滚滚,泥沙俱下,谬种流传,差之毫厘,失之千里,最后弄得面目全非,因此也否定了始作俑者。叫人说什么好呢!

红场并不红,只有一座历史博物馆的墙壁是红色的,巨大的钟楼紧靠列宁墓,对面是一座童话般的色彩丰富的大教堂,据说当年沙皇问过设计师,如果这座教堂倒塌了你们能不能再造一个?回答:是。结果,杀头。教堂的另一边是克里姆林宫,宫殿是沙皇家族生活区,里边有些教堂。其中一个是伊凡雷帝的,他是俄罗斯历史上最残暴的皇帝之一,臭名昭著,所以后来的帝王不喜欢站在他当年加冕的地方承受上帝的授权。说实在话,我在这里没有找到一点感觉,所有那些历史故事都不过是外人的传说。我甚至连一张相都不愿照。后来我去了红场对面那个巨大的古姆商场,希望有所喜爱,还是没有感觉,我只是在一家咖啡馆闲坐了片刻。不过,那里的咖啡味道确实好。

红场有个地方叫做瓦西里斜坡。20年前,大约是1986年,一个丹麦的还是瑞典的小孩子,当时不过十六岁,驾驶一架很简单的飞机穿越苏联领空,逃避了所有雷达侦察,安全地降落在红场大教堂前边的斜坡上。这个斜坡,就是著名的瓦西里斜坡。这件事是对当年苏联国防的巨大讽刺,是国家的丑闻。事后,空军司令、国防部长都受到严厉处分。俄罗斯人至今不愿意提起此事,以为是民族的耻辱。

三、新圣母公墓和国家美术馆

所谓的新圣母(或者新圣女)公墓,就是莫斯科名人公墓,并非谁都可以进来安息的。在我看来,这里是一处陵园雕塑奇观。很多雕塑显现出奇妙的构思。除了材质的不同,还有设计简洁而新颖,上千个艺术形象,异彩纷呈,五花八门,美不胜收,叫人充分感受到俄罗斯艺术家的独创精神。据说有一本画册专门介绍这里的雕塑,可惜我们没买到。

苏联领导人死后大多要被做成塑像放在列宁墓附近的英雄大道上，如斯大林、弗洛希洛夫、勃列日涅夫、安德洛波夫。赫鲁晓夫被做成半白半黑的一组塑像，也放在这里。在结束斯大林专制统治方面，他有功劳，但他并没走出苏联的藩篱，有些地方做得有过之而无不及。看过这个曾在联合国讲台上摔皮鞋，也曾对美国人说苏联生产导弹就像生产香肠那么容易的人，如今躺在这个墓地的边角处，叫人不知俄罗斯对他到底怎么个说法。

一位正为亲人扫墓的老人很不高兴地埋怨我们忽视了他正在祭扫的那个墓地，嘴里发出强烈的牢骚。我们不知那里葬的是谁，所以他的埋怨也只能是徒然的哀伤。每个人都在寻找自己心目中敬仰的人物，谁也无法勉强别人的信奉。在这里，我找到了契诃夫、果戈理、陀思妥耶夫斯基的雕像，鞠躬、照相，算是对世界文学殿堂里这几位神仙表达一份敬仰之情。有些青年人不知时代背景，妄自尊大，漠视当年的大师，牛犊精神诚然可贵，却叫人有些不安。历史不都是沉重的包袱，也有动力和美好，随大师走一段路并不可耻。

在这里占有一席之地的中国人，只有王明。导游带着我们，匆匆看了一眼王明先生的塑像，还有对面他妻子高庆舒女士的墓地。王明出身贫寒，父兄苦力支持他读完中学并上了大学，在大学里他接触到了共产主义思想，立即为之倾倒。后来他被推荐到莫斯科大学深造。在那里，他两年就精通了俄语，而且表现出纯真而狂热的共产主义倾向，被莫斯科大学校长看中，重点培养，使之成为往中国传达共产国际思想的得力人选。

在大学里，王明接触到一位出身豪门的淑女，就是高庆舒。据说高从徽州到上海，全程都是坐着二人小轿。当王明向高女士表示爱慕之情时，高当即拒绝。她看不上这个满脑子充满马列主义的穷小子。后来，王明回到中国领导中国共产党，理论上很强，俄语又好，而且能从苏联搞来经济和军事援助，所以成为当时的中共最高领导。即使这样，同在上海从事共产主义工作的高庆舒对王明依然不屑一顾。后来，"四·一二"事变，上海工人运动组织者很多被捕，党的干部撤走，王明为了营救高庆舒坚持留守上海，直到把高庆舒救了出来。这时，高庆舒接受了王明的爱情。

　　第五次反"围剿"失败后,王明没有及时得到苏联的支持,加上党内农民革命派在武装斗争中积蓄了强大的力量,王明被作为"左"倾错误的代表人物被拉下马(书本上说他的"左"倾是进攻中的冒险主义和防御中的逃跑主义),后来王明和周恩来都在长江局工作,有一段清闲日子,抗日战争时期,他从南方回到延安,担任延安女子大学校长,基本没事做。只有在讲述党的历史和批判路线错误时,王明才被拿出来奚落一番。新中国成立后,王明知道自己已成瓮中之鳖,很想去苏联治疗"胆囊炎",中央不同意,后又要求去香港工作,也不行。再后来,1956年,苏联外长莫洛托夫亲自出面与中国方面协商,才达成协议,并派飞机将其夫妇和两个儿子(一个女儿已是苏空军驾驶员)接到了莫斯科。后来中苏分裂,王明对毛泽东路线多有批评。王明的一生充满着天真和教条,是一个很简单又很复杂的人物。他的儿女现在都在莫斯科居住,据说有的在跟中国做生意,搞中俄友好,可谓时势比人强,一代比一代聪明了。

　　参观莫斯科大学,随便走了走,没什么印象。回住处的路上,我们看见莫斯科河上有一条大船,船上有个大人物。问那是什么,导游说,2003年圣彼得堡庆祝建城300周年,莫斯科人效法当年法国人送给美国人自由女神像,做了这条大船,要送给圣彼得堡作为300年庆典的礼物,上面的人物据说是当年开城的彼得大帝。可是,从来对莫斯科人不怎么敬重的彼得堡人说船上那个人不像彼得大帝,倒像是哥伦布,建议莫斯科人送给美国。美国人看了,说船上那个人不像哥伦布,还是像彼得大帝,也不要。最后,莫斯科人只好将这条送不出去的大船留在自家门口的河里,让人当笑话不断地传说。

四、雄丽而富饶的俄罗斯

　　为了节省成本,旅行社把我们的行程尽量安排在晚上,所以只有早晨才能领略俄罗斯原野的风景。夏天,枫叶还没有红,大地到处都是绿色。由于所处的纬度,这里的白天有十七八小时,夜晚转瞬即逝。当朝霞显露的时候,无边无际的原野揭开了面纱,叫我充分感受到辽阔和旷远的含义。从原始森林中飘荡出来的雾气带着充足的水分和草木的气息飘进车窗,沁人心脾。一条条黝黑的河流闪耀着柔和的光波,安闲地流淌在起伏不大的平原上,让人想到当年在河边洗马的哥萨克英雄,想到俄罗斯作家引以为自豪的肥沃的土地。从前总觉得俄罗斯作家在描述他们的国家时用了过于冗长的风景描写,现在当我面对那美丽的白桦树林,想象着冬天的皑皑白雪,马拉的雪橇,还有秋天五彩缤纷的枫树和随风飘动的矢车菊,我多少理解了一点,他们太热爱这里的大自然,所以不惜顶撞读者的心理,固执地使用大量笔墨去歌颂这个民族的骄傲。

沿途有很多小屋子,那是俄罗斯人的别墅。俄罗斯人将周末看得比平日更重要,享受胜于工作,一到周末就带着家人到郊区的别墅里去,或者钓鱼,或者种菜,或者打猎,逍遥自在。俄罗斯人在城市里的住处并不宽敞,但每家都有别墅。从这一点上看,中国人的生活水平远远比不上他们。我们没有那么多土地,即使有钱也不能做到家家有别墅。俄罗斯有太多的资源,除了无边无际的土地和森林,地下还埋藏着丰富的石油。19世纪后半叶的美国,20世纪上半叶的苏联,20世纪后半叶的中东,都得益于石油资源。美国人目光远大,把自己的油田封存起来,先用中东石油,等以后其他地方的石油枯竭了再启用自己的油田。俄罗斯人不用担心,他们的地下有用之不竭的石油。这不仅是他们的经济支柱,也成为一种经常利用的外交手段。

俄罗斯的天空格外高远,清爽的风在西伯利亚的田野上掠过,吹拂着荒草、树木和庄稼。在旷远的草原上,偶尔可以看见一些奶牛,但没看见羊群。俄罗斯人喜欢吃牛肉和奶酪,不喜欢吃羊肉。在别墅和农田之间有一些道路,道路大都未经硬化,那里有弯曲的车辙,还有褐色的泥泞。古老的车辙年复一年被覆盖,当年拿破仑在这泥沼中惨败,改变了欧洲的局势,成就了俄罗斯人的凯旋和骄傲。斯大林和朱可夫曾经在这里反击德国法西斯,最终赢得了世界大国的威望。古老的车辙如同一曲交响乐的音符,谱写了一个民族不可抹杀的自豪。俄罗斯人值得骄傲的不光是辽阔的国土,还有他们金戈铁马、一往无前的骑士精神。

五、彼得大帝的脱亚入欧政策

次日,我们来到圣彼得堡,也就是从前的列宁格勒。这个当年被德国法西斯围困过900天的城市,说起来让人肃然起敬。在那次长时间的围困中,这个城市的居民死亡100多万人,饥饿最严重的时候,不仅吃老鼠吃虫子,也吃死人!后来好不容易在波罗的海上开出一条冰道,好歹维持了这个城市的一息生命,没有被敌人灭绝。拿破仑大的大火没有烧毁俄罗斯,法西斯的坦克也没有征服俄罗斯,在斯大林格勒保卫战胜利以后,红军转入反攻,才解救了圣彼得堡。20世纪90年代初期苏联解体,叶利钦宣布全民投票公决列宁格勒改名问题,60%的人同意改为圣彼得堡。

300年前,俄罗斯广袤的大地上到处是些不大不小的公国,莫斯科公国是其中较强大的一个,如同我们战国时期的秦国。后来,莫斯科大公的儿子彼得不满于俄罗斯一直被波罗的海国家所剥削,他不仅要发展俄罗斯的农业和畜牧业,还要独立进行海外贸易。当时的强国是瑞典,是俄罗斯的敌人。当年瑞典与中国的贸易十分发达,著名的"歌德堡号"大船今年重访中国,让我们窥见当年瑞典的海上贸易规模!当时,中国的国民总产值超过现在美国在全世界所占的比例,世界各国争相和中国做生意。可是很不幸,那个在电视剧中被很多文人歌颂的乾隆皇帝只知道吃喝玩乐,妄自尊大,不求进取,对外封闭,津津乐道古旧书画和鼻烟壶,让我们失去了泱泱大国的强盛,也失去了绝好的历史时机,让后人蒙受了列强的羞辱。乾隆是个历代皇帝中最应当被唾弃的败家子!

彼得发动了一场战争,用了数年时间,终于从瑞典人那里夺取了一片沼泽地。这地方当时到处都是森林、灌木和水洼,瑞典人以为难以利用,但是彼得大帝决心在这里建设一个港口城市。他命令士兵用三天时间在那里搭建了一处临时使用的木头房子,作为自己的行宫和指挥部。然后开始筹划蓝图,要把这里建成俄罗斯通向欧洲的码头,一个大国的港口。他要求每个进入这里的人每次至少交出三块石头作为入境许可的基本条件。这座城市就是这样开始建设起来的,主要建筑材料不是砖瓦而是石头。到1712年,统一了俄罗斯但不喜欢莫斯科的彼得大帝索性把首都迁到圣彼得堡,从而开创了俄罗斯以圣彼得堡为首都的大约200年的历史。

也许因为俄罗斯过于寒冷,经常出现畸形儿。长臂尤里,是个畸形儿,彼得也是个畸形儿。在黑山要塞附近,我们看到的那尊据说最像彼得本人的铜像,脑袋较小,圆圆的,手指头很长,没有皮肉,看起来是一双魔爪。他的腿脚不方便,一条腿粗一条腿细。就是这个长相古怪的家伙,却拥有抢占一切的雄心壮志。从瑞典人手里抢夺了港口以后,他访问过法国和罗马,觉得那里的教堂富丽堂皇,于是也造了大教堂。他从小有个朋友,一次他去这个铁哥们家吃饭喝酒,见人家老婆又白又胖又会做菜,说你的老婆很好,给我吧。人家不情愿,他就硬硬地抢到宫中,这就是历史上著名的叶卡捷琳娜一世。彼得没有儿子,继承王位的是他的弟弟亚历山大。亚历山大也喜欢到处抢夺,不仅是珠宝和女人,还有土地。这个时期,俄罗斯占领了周围很多小国,只是没有战胜当时的土耳其帝国。

在中国人失去雄健和刚毅之后,欧洲人一直保持着到处抢夺的帝国主义精神。中国文化培养了许多谦谦君子和伪君子,他们善于逢迎、追随和巴结,但是不善于跟敌人和强盗作战,因此失去了珠宝和女人,也失去了土地。彼得的父亲赶走了蒙古统治者鞑靼人,亚历山大奴役了中亚各弱小民族,建立了辽阔的俄罗斯帝国。沙俄在向欧洲学习的过程中开始强大起来。当中国人沉迷于心学、玄学、大写意的时候,欧洲的文艺复兴在实证论的支持下走向科学和文明。秉承了刚毅作风的欧洲和俄罗斯因此获得了飞翔的翅膀,而清朝统治者还在闭关锁国的自我陶醉中做着中心大国的美梦,我们不可避免地失败了,两次鸦片战争中,以后是八国联军,沙俄就是那群强盗中的一个。正如马克思说的,在世界历史上正义和成功往往是背离的,中国信守和平,道义在中国一边,却是个被侵略的对象。欧洲列强是强盗,可他们成功了。我们应当从中吸取的教训太多了!这里不仅有政治的经济的教训,也有文化上的教训!

因为这种强悍的传统,欧洲后来发生了几次大规模战争,包括两次世界大战,都和欧洲人的战国精神和强盗逻辑有关。他们觉得好的,就要拿过来。你不给我开放市场,我就用大炮轰开你的国门,逼你开放,直到你答应五口通商,直到你交出海关贸易权,直到在你家的厅堂里建立租界。德国人觉得自己起步晚了,没有抢到足够多的殖民地,于是就跟自己的邻居们打仗,战火殃及池鱼,连中国也拐带上了。我不懂政治和经济,也不懂军事,单从文化上说,我们的传统文化中有些东西显然跟这个世界不和谐。我们可以不做强盗,但一旦失去了雄健和刚毅的精神气质,就连自己的家园都保护不好。从这一点看,儒家学说、佛教精神、道家思想,都有问题,倒是毛泽东的"人不犯我,我不犯人"还有一点当家人的气概。

六、土耳其战争和十二月党人

彼得大帝和叶卡捷琳娜一世生了一个女儿叫伊丽莎白,这个女儿又生了一个女儿,跟她姥姥一个名字,也叫叶卡捷琳娜,是为叶卡捷琳娜二世。叶卡捷琳娜二世是个有个性的女子,她不喜欢外祖父建在波罗的海海滨的夏宫,虽然那里有很多喷泉,但是教堂、道路、喷泉、树林、草地的设计过于对称,看起来很死板,所以她在另外一个地方建了新的夏宫,这个地方被称为叶氏夏宫,也叫皇村。因为这里也是大诗人普希金读书的地方,也叫普希金城。普希金是俄国人从非洲买来的奴隶,却成为俄国最伟大的诗人。

叶卡捷琳娜当了皇帝后,领导俄国人打败了土耳其人,不仅拥有了自己在黑海的出海口,还夺取了乌克兰那大片珍贵的土地。俄罗斯女导游充满遗憾地说,可惜这片土地被叶利钦送给了乌克兰人。我不同情她这种大俄罗斯主义情怀,却更多地想到当时的十二月党人。列宁曾给十二月党人很高的评价。这些人热情支持叶卡捷琳娜对土耳其的战争,女皇本来答应这些经过启蒙的年轻贵族"战争结束后将给予民众言论自由、迁徙自由"等,但是战争胜利后,女皇翻脸不认人,说她当时的那些话都是不能作数的,你们不要痴心妄想。女皇的出尔反尔导致了十二月党人的激烈反抗。结果,这些人不仅没有得到言论自由和迁徙自由,反而被流放到数千里外的西伯利亚,很多人在半路上就因饥饿与寒冷而抛尸荒野,有些人好不容易逃脱灾难,但是万念俱灰,成为无所事事的人。他们消极、颓废,既不能进入主流社会,也不愿意走进草根社会,成为历史上著名的"多余的人"。上文提到的奥勃洛摩夫、叶甫盖尼·奥涅金,都属于这种"多余的人"形象。

十二月党人的教训是深刻的。一个社会的制度性进步不可能通过少数人的协商来解决,更不可能通过皇帝的恩赐来获得。《国际歌》中的那句话很有道理,要打碎身上的锁链全靠自己,不能靠神仙皇帝,也不能靠那些上不着天下不着地的知识分子(但他们是了不起的先知先觉者)。只有当一个社会具有经济的能量、文化的自信、政治的自新后,才能得到一种内驱力,进而完成制度上的进步。同一时期,英国完成了工业革命,法国和欧洲其他国家也完成了启蒙运动,所以产生了新制度。在这方面,不仅瓦特有贡献,孟德斯鸠、狄德罗、卢梭、达尔文也有贡献。当时的俄国并没完成这些进步,十二月党人的要求一旦被拒绝,便什么都不是了。他们又不能像共产党人那样深入民间,所以注定成为多余的人。

七、俄罗斯人的内心如今充满矛盾

莫斯科人看不上圣彼得堡人,说他们是没落的贵族;圣彼得堡人也看不上莫斯科人,说他们没有文化也不懂艺术,连房子都不如圣彼得堡的漂亮。这种互相看不起的情形,起始原因很复杂,非我所能说清楚的。但是有一点不容置疑,那就是,中央政府控制着所有税收和预算,地方政府要想建设什么,不论是修复宫殿还是改造码头,都得找莫斯科要钱。得到的钱多,圣彼得堡人就高兴;不然,就不高兴,怪话连篇。叶利钦不给圣彼得堡钱,圣这里人就对叶氏多有微词。普京出身圣彼得堡,跟现在的女市长关系很好,追加了很多投资,这里人就说普京比叶利钦好。这种矛盾,也存在于其他城市与莫斯科之间。

政治上,俄罗斯处于权威主义与民主之间的过渡状态。说到伟大人物,俄罗斯人津津乐道,无论是彼得大帝还是现在的普京,大多数人都不吝啬赞颂之词。同时,由于苏联的解体,人们对从前的专制政体颇多批评。在圣彼得堡的黑山要塞里,女导游说到当时的恐怖时,依然心有余悸。她说,那时监狱外边经常停着一辆黑色高级轿车,说不定谁在哪一天被带走,带走的人全都有去无回。有些人被弄到荒郊野外处决了,有些人则被弄到公海上杀死,沉入海底,葬身鱼腹。说到那段历史,人们对民主、和平、自由,充满了真诚的热爱。但是,为了解救刚刚复苏的俄罗斯社会,人们渴望强势人物,渴望权威。这种矛盾心态到处可见,俄罗斯人还需要相当一段时间调整首鼠两端的心情。

很多人说俄罗斯人懒惰,也许是的,也许有别的原因。如果这是说天气寒冷造成的,可是瑞典、芬兰比俄罗斯更冷,为什么那里的人并不懒惰?日本、我国的东北,和俄罗斯所处的纬度差不多,日本人和中国人都很勤劳。我觉得,气候不是主要原因。俄罗斯人的懒惰和优雅背后有着对丰富的自然资源的心理依赖,也许还有市场经济不够发达的因素。1.5亿人口,是中国的1/8;土地却有1700多万平方公里,是中国的两倍。他们拥有世界上最丰富的石油、矿产、森林和土地,还有大量的军工产品。光靠出卖那些东西就够俄罗斯人维持相当水平的物质生活了,所以他们不着急。很多人收入不高,但是喜欢读书,在咖啡馆里一坐就是大半天。俄罗斯人喜欢歌舞、音乐、书画,精通艺术的人比做生意的人多。他们看不起整天守着小摊子过活的商人,却喜欢诗歌和明星。由于轻工业不发达,很多东西靠进口,物价不低,生活指数很高。不过,随着经济的复苏和工业布局进一步合理,俄罗斯将会得到很快的发展,绝不可小视之。中国有句俗话,瘦死的骆驼比马大,看看俄罗斯,很容易产生这样的感慨。无论是莫斯科还是圣彼得堡,只要注意一下他们的咖啡馆就会知道,俄罗斯人的基本生活水平比我们要优雅,要富足,也更有美感。

圣彼得堡的市民月收入在100到500美元,与中国一般城市的收入水平差不多,莫斯科高一些,和北京上海差不多。退休的工程师、教师,虽然每月只有百把美元的收入,但他们大都羞于找第二职业,总觉得在街面上卖点小东西有失身份,这和20世纪80年代的中国差不多。现在的俄罗斯,能够发大财的人几乎都和官员有关系,到处都有主动索取好处的小官僚。俄罗斯的官僚主义很严重,服务态度也不好。如果出现什么错误,他们从不说自己的失误,都是别人的错。你在商店里买东西,服务员总是懒洋洋的,不肯答理顾客的现象比比皆是,爱买不买。不光对中国人这样,对他们自己人也是如此,叫人觉得他们都有一点不可思议的傲慢。俄罗斯人收入虽然不算高,但他们的优越心理无处不在,很多人巧妙地隐藏着低收入造成的窘迫,昂首挺胸,女人漂亮,男人帅气。这个国家从来没有被占领过,从来没有成为殖民地,深刻的优越感造成一定程度的封闭和自大。很多中国人来旅游来购物,大包小包的,络绎不绝,俄罗斯人的心情就有些矛盾,眼看着这个小老弟飞速发展,不知怎么回事。他们喜欢你们买他们的东西,可满眼都是纳闷。上海实业公司与圣彼得堡市政府合作开发房地产,搞了一大片地方,叫做波罗的海明珠,俄国人称之为中国城,很多圣彼得堡人感到惊讶,不知道中国人怎么这么有钱。

为了平衡这种无可奈何的心情,他们显得冷漠。在飞机上,俄罗斯空姐(实际上都是空嫂、空大妈)显得很骄傲,好像不屑于为我们炎黄子孙服务似的。飞机上80%都是中国人,可她们不会说汉语,甚至也不会说英语。因为疏漏,她们没有给我热饭食,我用英语提出抗议,她们虽然改错了,但没有对我说对不起,甚至也没有用俄语道一声歉(这点俄语我还是懂的)。我想,即使在美国的飞机上,这些礼节性语言都是必需的。在莫斯科和圣彼得堡,麦当劳、必胜客等世界著名的连锁店都被换成俄语拼写的名字,取消了英文原名。只有花旗银行,除了被换成俄语之外还保留了一个Citibank,算是恭敬了。很多应当说英语的地方没人会说,只好跟他们打手势。汉语,就更不说了,只有那些推销邮票册子和望远镜的小商贩会说"人民币100块不贵"。我觉得,俄罗斯社会的开放程度和对多元文化的认同,比中国差很远,也比不上美国。因为这种文化心理,有些俄罗斯人喜欢夸大外国来访者的缺点,并用各种笑话加以褒贬。当然,我们不能因此掩盖国人的缺点,很多行者过于随便,到处大声喧哗,随地扔垃圾,让人不堪。

中国人和俄罗斯人之间存在着东西方文化的不同。俄罗斯的国徽是一只双头鹰,一只眼睛看着东方,一只眼睛看着西方,这很能反映今天俄罗斯人的心态。弄得好,可以兼得东西方的优点;弄不好,就会似驴非马,什么都不是。俄国缺蔬菜,有些人建议在俄国开辟菜园,让中国人来种菜,我以为这动议不错。在俄罗斯旅行,虽然到处都有中国餐馆,但很难吃到绿叶蔬菜,每顿饭都是土豆、包菜、甜菜疙瘩,豆角、茄子虽然有一点,不多。如果俄罗斯开放一些,允许新的商业因素进去,对他们的经济发展将有所促进。但是,俄罗斯不能把菜园当成禁区,中国人不可能被禁在那里当菜奴,俄罗斯必须给予我们同等的国民待遇,允许自由交往,自由旅行,自由买卖,才能谈得上平等。

俄罗斯给了我这些感想,也算不虚此行。

纪念维克多·菲克先生

初识菲克先生,是在加拿大的魁北克,在拉瓦尔大学的学术年会上,热心的伯顿先生介绍我认识了他。那时我还不会说英语,连寒暄的话都要经过翻译的传达,交流不深。

听伯顿先生说,他是捷克人,从新加坡到加拿大已经好多年,快退休了。伯顿到博洛克大学任教授,就是接了他的班。菲克先生走路时歪三扭四的,人又胖,看起来有些吃力。那次年会上,他研究的是政治课题,我参加的是文化方面的,彼此不在一个组,会议上除了吃饭时打个招呼,没有别的交流。我注意到,他早饭吃的全是水果和沙拉,不吃别的,食量倒是不小。

到了安大略省的圣凯瑟林市,我和伯顿先生住进菲克先生预先为我们租好的房子。这里的风景真是漂亮,一座小山,连着原始森林,站在山上可以看见那边博洛克大学的主楼,穿过山林,要经过几个湖泊,那里有许多肥胖的加拿大鹅。我们的房子,前面和左边是很大的草坪,草坪上有五六棵高大的樱桃树和一些灌木。屋后是游泳池。过了游泳池,50米以外,是一片菜地。菲克先生说,如果喜欢园艺,就在这里一显身手吧,你可以随便在这里种地,种多少都可以。

大概是次日或第三天,我们去菲克先生家吃饭。他的太太是一位中学教师，印尼人，很漂亮，也很健康。她按照印尼的习惯给我们做了一顿典型的东南亚风味的美餐，米饭里放了一种很香的植物油，主菜是咖喱炖肉，还有鱼。饭后，我们就坐在他家屋后的院子里聊天。这院子紧靠一片山林，有点鸟鸣山更幽的感觉。菲克说，从这里可以看见野兽。他劝我："为了安全，不要给它们任何食物。"

那天晚上，通过断断续续的翻译，我从伯顿那里知道，菲克是个自由主义者。在西方，这个名称本不足奇，但菲克先生是20世纪50年代捷克自由主义运动的领导人之一。1956年，东欧发生了匈牙利事件。菲克先生不满苏联对捷克斯洛伐克的钳制以及按苏联的模式建立起来的政体，被作为"反革命分子"镇压。幸亏他得到消息早，连夜逃了出来。在逃往瑞士和法国的途中，大风雪冻伤了双腿，差点死掉。

后来，他去了印度尼西亚。在那里，他不仅学会了英语和马来语，还学了一点中文，会说"好朋友"、"你好"等几个词。他和现在的太太亚历山娜结婚，生有一对儿女。他们向我们展示了家庭相册。他们的儿子是位英俊的青年，在多伦多工作。他们的女儿，是我见过的最美丽的姑娘。欧洲人和亚洲人的混血，皮肤细如绸缎，眼睛晶亮如电，生动而且妩媚。

大约60年代末，他们到了新加坡。菲克先生在向我们展示他跟李光耀总理的合影时说，那是他在受邀担任新加坡南洋大学亚洲系主任时所举行的宴会上的合影。他和李光耀是好朋友，两人对中西方政体和文化传统有过多次深入的交流。他很佩服李光耀，赞赏新加坡在经济现代化过程中对传统文化的完美继承。

离开捷克之后，菲克先生一直惦记着自己的祖国，一直坚持自由主义思想原则和对民主制度的向往。他利用各种机会宣传自己的祖国，颂扬捷克民族伟大的历史文化，介绍祖国的民主运动和反对苏联集权统治的消息。他写了不少书，介绍东方文化，并对东西方文化作了深入的比较。很多流亡国外的捷克人都得到过他的帮助。

70年代，他们一家来到加拿大，菲克先生在博洛克大学政治学系任教。在美洲的舞台上，他做的事情就更多了。来往于捷克和北美洲的同胞，只要愿意找他，他尽量腾出时间会见他们。他们参加当地的捷克移民的教会活动，主要目的不是崇拜上帝，而是见到自己的同胞，并通过上帝祈祷他们祖国的未来。

时间流逝,如白驹过隙,菲克先生到了退休的年纪。就在这时,捷克传来了福音:东欧剧变,捷克终于摆脱了长达50年的专制统治,自由民主政权得以建立起来。著名的政治活动家、民主斗士、伟大的剧作家哈维尔成为新政权的第一任总统。菲克先生被邀请回国参加庆祝活动,并被请求回国从事政治活动和文化建设。

菲克终于盼望到这一天,他非常兴奋,多少年来一直等待的最激动人心的兴奋。他带了太太回到自己的祖国,受到热烈的欢迎。哈维尔代表国家给他颁发了国家一级勋章,设国宴招待他们。菲克先生发表了激动人心的讲演,但表示不能参加新政权的建设,因为他老了,能做的事已经不多。他用大半生的辛苦和坚持,终于得到了理念的实现,太值得高兴了。

他们回捷克的那些日子,我受托给他们照看房子。有时,我坐在屋后的院子里乘凉,从山林那边吹来的风凉爽宜人,我默默地想了一些问题。欧洲的近代文化传统丰富了民主的成分,有一整套哲学精神,比我们的进步得多。那里的知识分子主动承担了文化建设的责任,具有良好的情操,崇尚原则,坚定不移,值得我们学习。对比当时流亡在外的一些中国人士,就能发现这种差别。

菲克先生前几年去世了。一个人,坎坷一生,奋斗一生,没有丢弃自己的追求,为之奋斗,终于赢得了胜利,菲克先生得到的荣誉是对他长期坚持的理念的肯定。在他身上,欧洲的传统价值观和自由主义得到了很好的结合,给一个人的生命赋予灿烂的光辉。这种人,叫我不由得想起与孙中山先生同时的那些革命前辈,他们那种孜孜不倦、永不放弃的精神,万古长青。

值得永远敬佩菲克先生!

好在他的希望终于实现了。

陈汤的教训

史料记载：陈汤，字子公，好读书，善属文。年轻时家境贫寒，常常靠借贷度日，同乡多有厌烦。到长安后，得到宰相张勃的赏识，于汉元帝二年被推荐为"茂才"(大概相当于今天的人才库)。陈汤做官心切，父亲去世也不回家奔丧，当时有"居丧三年"的制度，此事曾为当时的司隶所究，连累张勃削掉其俸禄二百户。陈汤受处分后，觉得没面子，多次要求外派，正好赶上甘延寿出使西域，陈汤于是得以西域副校尉之职同行。

汉朝厚待呼韩邪单于(王昭君所嫁者)，其兄郅支单于嫉妒，出匈奴地，入西域，杀康居国王及百姓，掳其妇女，无恶不作。先，郅支杀汉朝来使，又欺负乌孙国，几下里一起闹翻。陈汤分析形势说，郅支虽然剽悍，但树敌太多，我们应当动员所有屯垦的士兵，加上乌孙国的力量，出其不意袭击郅支。甘延寿同意，要求朝廷发兵。陈汤说，等那些王公大臣作出决定，此事就办不成了，不如先斩后奏。于是沿途招徕人马，壮大力量，得四万人，一举夺回西域失地。胜利之后，陈汤给朝廷的捷报中说出"犯汉者，虽远必诛"的豪言壮语，深得大家赞赏。

然而朝廷并不领情，大臣们说这是独断专行目无朝廷。大臣石显又因当初甘延寿拒绝娶他的姐姐而记仇，乘机说他们的坏话。汉法严厉，元帝虽叹赏两人的大功，但又事关纪律，迟疑不定。陈汤此时据理力争，上表说："……臣等总百夷之军,揽城郭之兵,出百死,入绝域,斩郅支之首,悬旌万里之外,万夷慑服,莫不惧震。立千载之功,建晚世之安,群臣功劳莫过于此!武帝时,贰师将军李广利兴师五万,费钱数亿,经四年劳顿,仅获骏马三十匹,武帝仍不录其过错,封拜军人共两侯、三卿,而千石一百多人。现甘延寿、陈汤不劳汉师,不费斗粮,斩郅支之首,功高百倍于贰师将军,应高官厚禄,以奖有功。"元帝信服,封甘延寿为义成侯,陈汤为关内侯,各食邑三百户,另外恩赐黄金百斤。

至此,我们可以看到陈汤的几个特点:第一,积极入世,锋芒毕露,胆识过人,临大事敢决断,又能因势利导,不循礼教旧法,就连居丧三年的规矩也不放在眼里,虽受处分,亦不能阻挡其展现才干的豪情,终于获得一酬报国之志的机会。第二,这个人具有英雄主义情怀,勇敢而坚定,虽然当时力量不足,但在战略上他十分清醒,抓住时机,一举拿下叛国之军,让人至今读来还觉痛快淋漓。第三,在群臣嘀嘀咕咕、皇帝犹豫不决的时候,他敢于据理力争,慷慨陈词,终于说服了皇帝,虽有朝廷小人作祟,不能挡其锋芒。这不仅是封侯荫子的事,其中还有仗义执言的勇气,确实值得佩服。

后来又有人告他们收取康居国财物,陈汤被免侯爵,下狱当死,因前有功,得免为士兵。十多年后,西域都护被乌孙叛军围困,情势危急。大将军王风举荐陈汤,皇帝特别召见他,因陈汤在攻打郅支时患了风湿病,行动不便,皇帝此时特别免他拜礼。陈汤生性率直,把满腔牢骚当面发给皇上,说:"你们这么多王侯将相,我不过是个残疾人,哪里知道什么治国安邦的大事啊!"用人之际,成帝极力劝慰。陈汤才说出自己的看法:敌人之围,不日当自解。众人不相信。四天之后,有报告来,敌人已经遁去。皇帝赞服陈汤的分析,复其官。

陈汤复官之后,日子相对安稳了,自恃才高,不甘寂寞,于公务之外又经常代替人家写奏章,得些虚名与小利。这就不好了。大臣写奏章,原属本分,但是替人写奏章,言辞多有激烈之处,批评指责太多,就难免得罪人,于是被丞相王商弹劾,陈汤被贬到敦煌。朝廷给予他这个处分,其目的是让当年郅支遗留的俘虏耻笑他——你也有今天啊。后因有人不平,上书皇帝,才将他从敦煌弄回来。

陈汤在回归长安途中病死。

按陈汤的才华、激情和办事能力，当属一流。但是，这个人做事冲动，言语缺乏节制，才华丰满而横溢，激情澎湃而伤人，个性强悍而自傲，虽琐屑虚名亦不放过，又好实利小得，易授人以柄，虽在朝廷，终不能自重而安居，以至于代人捉刀，轻率为文，得罪同侪，此乃才子好汉之大忌也。从陈汤的教训中也可以看到封建制度的深刻弊端：即使皇帝宽厚，亦不能抵挡朝廷大臣的暗算，能吏倒霉，早为题中应有之义。

(京)新登字 083 号

图书在版编目(CIP)数据

风骨随身/王兆军著. —北京:中国青年出版社,2011.9
ISBN 978-7-5153-0064-1

Ⅰ.①风… Ⅱ.①王… Ⅲ.①随笔－作品集－中国－当代 Ⅳ.①I267.1

中国版本图书馆 CIP 数据核字(2011)第 128799 号

责任编辑:万同林

*

中国青年出版社 出版 发行
社址:北京东四 12 条 21 号 邮政编码:100708
网址:www.cyp.com.cn
编辑部电话:(010)57350404 门市部电话:(010)57350370
三河市华润印刷有限公司印刷 新华书店经销
*
700×1000 1/16 12.5 印张 2 插页 180 千字
2011 年 9 月北京第 1 版 2011 年 9 月河北第 1 次印刷
印数:1—6000 册 定价:26.00 元
本图书如有印装质量问题,请凭购书发票与质检部联系调换
联系电话:(010)57350337